醫統江山

卷5

辣手摧花

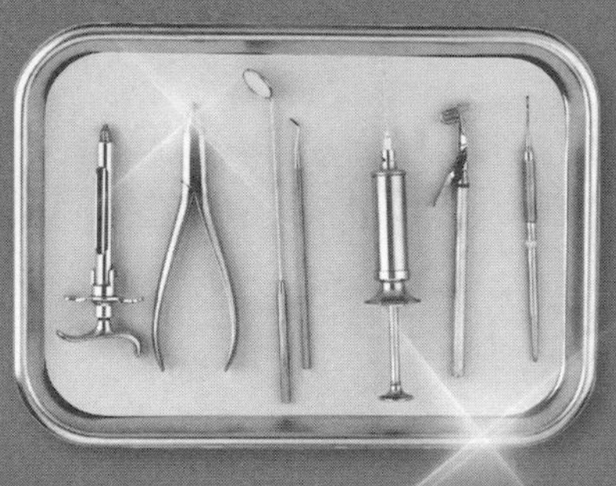

石章魚 著

除非你願意過著遠離人世
與世隔絕的日子
只要生存於現實社會中
就不得不面對爾虞我詐
就不得不面對形形色色的世態炎涼

目錄

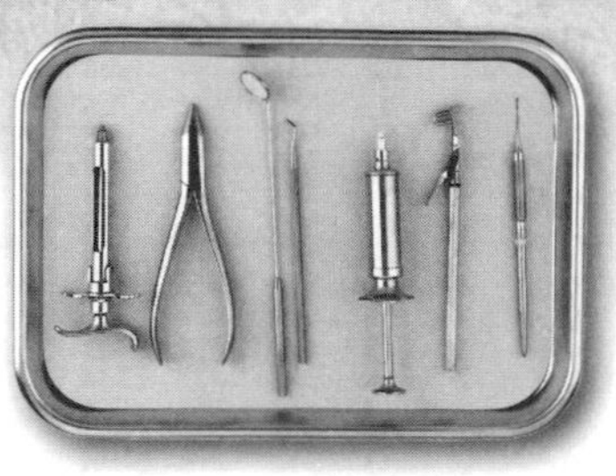

第一章

如意算盤失算

胡小天感到一股冷氣順著脊椎一直躥升到自己的頸部，
雖然是三伏天，可是他卻感覺到一股森森的冷意。
安德全的這番話分明是在暗示著什麼，
難道說他已經看透了父親將自己派到青雲做官的真正用意，
難道朝內的事情發生了變化？

不可能啊，這世上哪有鬼魂存在？胡小天暗叫邪門，他放棄了回房休息的想法，直奔院門而去，伸手準備拉開院門的時候，腦殼之上被一物砸中，痛得他呲牙咧嘴，轉過身去，梆！的一聲，一顆棗兒正撞擊在他的腦門上，撞得他眼前金星亂冒。

胡小天差點沒一屁股坐倒在地上，他嚇得魂飛魄散，張嘴就準備大聲呼救，可嘴巴剛剛張開，就被一隻棗核彈了進去，雖然力道不大，可是彈得極其準確，嗆得胡小天接連咳嗽了幾聲方才吐出一顆小棗核，眼淚都被嗆出來了。

此時方才聽到屋頂發出一聲輕笑，胡小天聽到這笑聲居然有幾分熟悉，抬頭望去，卻見一位紅衣少女正坐在屋脊之上，衣袂飄飄宛如仙子，一雙雪白的玉足未著鞋襪，踩在細瓦之上，宛如暖玉一般溫潤晶瑩。不是夕顏還有哪個？

胡小天見到是她，頓時一顆心放回了肚子裡，敢情不是鬼，是美女在裝神弄鬼。

夕顏一雙蕩人心魄的美眸望著胡小天，伸出右手的食指向他勾了勾，姿態撩人之極，胡小天絕非色迷心竅之人，不過看到此情此境，也是心曳神搖，勾引我？不對啊，普通的女孩子誰能爬到這麼高的地方？胡小天搖了搖頭，也勾了勾食指，示意夕顏下來，心中不禁想到，有趣，這種隔空勾搭還真是蠻有情趣。

夕顏白了他一眼，抓起一片細瓦作勢要砸他。

胡小天抱頭向東南角跑去，夕顏咬了咬櫻唇，不禁莞爾，暗罵這廝膽小如鼠。等胡小天再次出現的時候，手裡已經多了一張木梯，這貨將木梯架在牆角，可惜木梯的長度不夠，他沿著木梯向上爬去，爬到盡頭，距離房頂還有三尺左右的距離，雙手攀住屋簷，準備來個引體向上。不意手腕被夕顏捉住，用力一提，這廝感覺自己騰雲駕霧般向上飛了起來，嚇得慘叫起來，剛一出聲，馬上意識到不妥，慌忙雙手掩住嘴巴，卻又發現自己已經飛到最高點，一個倒栽蔥向屋頂栽落，這要是栽下去，最輕也是個鼻青臉腫，如果不幸，恐怕就是個腦漿迸裂的結果。

這貨嚇得兩眼瞪得老大，還好視野中出現了夕顏的倩影，她仰頭向上看呢。

胡小天張開雙臂，你既然不仁，休怪我不義，老子就算摔死也得拉上一個墊背的。他是準備將夕顏撲倒在身下，讓這小美妞給自己墊背。

夕顏清麗無倫的俏臉之上卻浮現出一絲笑意，在胡小天看來，她的笑容說不出的詭異，暗叫不妙，這妮子看來沒安好心。

卻見夕顏抬起美腿，晶瑩的玉足飛揚而起，標準的一字馬，以足背和胡小天的肚子來了個親密接觸，把胡小天當成皮球了，胡小天再度飛了起來，這次是橫飛，飛出兩三丈，來了個俯衝式落地，貼著屋簷標準的平沙落雁，胡小天捂著嘴巴，雖然如此，鼻息中仍然發出唔唔唔不停的慘叫，只可惜跑道的長度不夠，眼看就要衝出跑道，飛向地面，後領一緊，卻是被夕顏一把揪住了衣領子。

胡小天腦袋已經露出了屋簷外，這貨驚得一頭冷汗，四肢頭皮都麻木起來，過了一會兒方才漸漸找回了知覺，雙手在屋簷上一撐，小心翼翼地爬了起來，再看夕顏，已經坐回了剛才的地方，雙手托著俏臉，靜靜望著夜空中的那輪明月，似乎剛才發生的事情跟她毫無關係。

沿著傾斜的屋頂走路並不是那麼的容易，胡小天也不會輕功，小心翼翼挪到屋脊處，在距離夕顏一丈開外坐下，整理了一下自己的衣袍，這才意識到自己在落地時身上的皮膚也擦傷了多處，還好不算嚴重。

目光落在夕顏的身上，先看了看她的俏臉，然後開始往下遊移。

夕顏的雙眸閃爍了一下，黑長的睫毛垂落下去，目光顯得格外淒迷：「剛才在房間裡你還沒看夠？」

胡小天笑道：「百看不厭，秀色可餐！」同樣的話他對別的女孩子也說過，不過倒沒有任何的虛偽成分，全都是由衷而發的大實話。

夕顏道：「畫還真是不錯，從沒有見過有人可以用一根碳棒畫得如此出色。」

胡小天道：「一般一般啦，其實我畫得最好的不是頭像。」這廝的目光落在夕顏白嫩的玉足之上，實在是有些不明白，這小妞為什麼要赤著雙足，難道是為了誘惑自己的？這小妞條件真是不錯，改日有機會給你畫個人體，你才知道老子畫技的厲害。

在他稍嫌火辣的目光下，夕顏卻沒有表現出任何的不自在，胡小天顯然還沒有到可以給她造成威脅的地步，兩者強弱分明，孰強孰弱，彼此心裡明明白白。胡小天敢在慕容飛煙面前說些輕薄話，因為他們已經有了相當深厚的感情基礎，敢偶爾占占樂瑤的便宜，因為在樂瑤的心中他簡直是一個無所不能的救世主，對他有著相當的依賴。可在夕顏面前，胡小天始終表現得小心謹慎，他不瞭解對方，不知夕顏是敵是友，他只知道夕顏絕不是環彩閣普普通通的一名風塵女子。

夕顏道：「你是不是很怕我啊？」

胡小天嘿嘿笑道：「那倒不是，只是咱倆才剛剛認識，有些生分，我為人本來又有些靦腆，總覺得男女授受不親，所以保持點距離是應該的。」

夕顏道：「一回生兩回熟，咱們又不是頭一次見面，說起來我多少也算得上有恩於你吧？」

胡小天以為她是想自己還她銀子，嬉皮笑臉道：「你住在哪裡？明兒一早我便差人將欠你的那些銀兩送去。」

「先欠著吧！我又不怕你賴帳！」

胡小天道：「我不喜歡欠別人東西，還是儘快還了吧。」

夕顏一雙美眸迸射出凜冽寒光：「我借出去的東西，不是你想還就能還清的，什麼時候我讓你還，你必須要還！」一番話說得斬釘截鐵，聽得胡小天一陣心裡發毛，這小妞也忒霸道了點。

夕顏說完那番話，美眸重新投向空中朦朧的夜月：「今晚的月色真美！」

胡小天道：「能和姑娘並肩賞月，也算得上是一場緣分，以後見面，咱們就是朋友了。」這貨明顯是在套關係。

夕顏搖了搖頭：「我沒有朋友！」她站起身道：「雖然咱們不是朋友，可咱們也不是敵人，看在相識一場的份上，我給你一個忠告。」

胡小天連連點頭道：「洗耳恭聽！」

夕顏道：「你最好離秦雨瞳那個妖女遠一些，小心被她連累。」

胡小天心中一怔，夕顏怎麼知道自己和秦雨瞳相識？難道這妮子一直在暗處留意自己？他本以為秦雨瞳只是玄天館的一位醫生，可夕顏卻冠以妖女二字，她們兩人究竟又有何糾葛？不過胡小天也無意介入她們的恩怨之間，微笑道：「我跟她只是一面之緣，甚至連朋友都算不上，說到感情，還是咱們兩個親近一些。」

「記住你今天的話，若是日後你敢和她一起害我，我絕不會饒了你！」

胡小天道：「你從燮州翻山越嶺地來到青雲，就是為了過來告訴我這句話？」他當然不信，一千個不相信。

夕顏緩緩站起身來，赤足走在屋脊之上，此時迎面一陣夜風吹來，衣袂飄飄，宛如凌波仙子。她緩緩回頭，唇角露出一絲笑意道：「其實我是來殺你的！」說完這句話，向前騰躍一步，晶瑩的玉足踏在屋脊之上，宛如一團火焰投入深沉的夜色之中。

胡小天慌忙起身追了上去：「等等……」再看夕顏的身影早已在遠處消失成為一個紅點，眨眼的功夫就已經完全不見。

胡小天搖了搖頭，這小妞來無影去無蹤，但看這身輕功應該不在慕容飛煙之下，甚至還要強上許多，要殺我？就因為那一千兩銀子？老子又不是賴帳不還，你憑什麼殺我？胡小天還真想不出自己究竟在何處得罪了她，站在屋頂上四處張望，可以看到東廂房那邊燈火閃動，應該是那幫護院日夜不停的在那裡守護。防護的重心全都在那邊，其他地方反倒無人關注了。

胡小天小心翼翼從屋頂爬回地面，這會兒意識到武功的好處來了，就算是有錢雇保鏢，可保鏢也不可能二十四小時不間斷地跟在自己左右，畢竟有落單的時候，還好夕顏沒有加害他的心思，不然就以夕顏的武功，自己只有引頸就死的份兒。

胡小天摸黑推開房門，取出火鐮將桌上的油燈點燃，打了個哈欠，正準備去床上休息，卻發現床上坐著一個白髮蒼蒼的老頭兒，胡小天被嚇得原地蹦起三尺多高，張嘴想叫，卻感覺胸口似乎被人戳了一下，嘴巴張開老大，卻發不出任何的聲息。

那老者一身灰衣，身材瘦削，坐在床上一動不動，雙目直勾勾看著胡小天，有如蠟像一般，說難聽點更像是一具挺屍。

胡小天嚇得一身冷汗，這次的驚嚇比起剛才夕顏戲弄他的時候更大，當他看清那老者的模樣，方才發現眼前老者也是熟人，居然是在蘭若寺被他救起過的安德全。聯想起今晚過來的十七皇子龍燁方，再想起擁有皇族身分的七七，胡小天幾乎可以斷定安德全出現在此應該和周王龍燁方有關。

當初他在蘭若寺親手為安德全做了右腿的截肢手術，還發現了安德全是個太監的秘密，想到這裡，胡小天越發膽寒了，安老頭該不是來殺人滅口的吧？

安德全低聲道：「你不用害怕，我對你沒有惡意。」他右手抬起，虛空點了一指，一股內勁隔空彈射到胡小天的胸前，胡小天感到胸口一痛，不由得嗯了一聲，他的嗓子終於可以發出聲音了。安德全竟然可以凌空點穴，這份功力實在是高深莫測。

胡小天不由得想到這老太監不知何時來到了這裡？卻不知自己剛剛和夕顏說話的時候，他是不是已經在監視著他們。胡小天雖然是安德全的救命恩人，卻不指望這老太監能夠知恩圖報，古往今來，越是宮中之人，人心越是複雜，老太監不會無緣無故出現在這裡的。胡小天心中暗自提防，表面上仍然鎮定自若，微笑道：「老爺子，您的傷好了？」

安德全表情木然道：「你是不是以為我早就讓蘭若寺的孤魂野鬼給收去了？」

胡小天笑道：「您老人家福大命大，我早就知道您一定沒事。」暗自盤算從蘭若寺一別不過一個月多月的光景，這老太監身體恢復神速，居然能夠在自己毫無察覺的情況下進入自己的房間內。胡小天的目光向四處搜索，看看除了安德全是不是還有其他人在。

安德全道：「你看什麼？」

胡小天道：「您怎麼過來的？」

「自然是走過來的！」

「你的腿！」

胡小天已經將安德全的右腿截除，如今看到安德全兩條大腿似乎都在，兩隻腳也都踩在地上，難道這老太監的大腿如同壁虎尾巴一般能夠再生不成？不對啊，倘若大腿能再生，緣何他中間那根東西切了之後再沒長出來？

安德全似乎猜到了胡小天的想法，緩緩拉開了他的褲管，胡小天舉目望去，卻見他的那條右腿完全是金屬製成，暗影之中閃爍著金屬深沉的反光，果然是一條義肢。

安德全重新將自己的褲管放下，低聲道：「失去的東西再也不會回來了。」

胡小天笑了笑，沒有接話，卻不知老太監究竟感歎的是他的大腿還是命根子。

安德全緩緩站起身，一步一步走向胡小天，雖然他控制得很好，但是走路之時仍然一瘸一拐，來到胡小天身邊坐下，借著油燈的光芒打量著眼前的年輕人，低聲道：「七七的事情多虧你了，老夫說過我欠你一個人情。」

胡小天搖了搖頭：「區區小事何足掛齒。」不知為了什麼，他對這老太監打心底感到發怵，只希望安德全永遠不要找到自己才好。

安德全道：「那塊蟠龍玉佩還在你那裡嗎？」

胡小天心中一怔，難道安德全翻山涉水來到這裡，目的只是為了找自己討要那塊玉佩？他搖了搖頭道：「丟了，離開燮州前來青雲的路上，我們又遭遇劫匪，逃跑的途中玉佩給弄丟了，想起這件事我還真是遺憾呢。」

安德全有些遺憾地歎了口氣道：「丟了？」

「啊！」胡小天才不會老老實實將玉佩交還給他，老子千辛萬苦九死一生地幫你把人給送到燮州，那塊玉佩明明是你送給我的辛苦費，現在事情過去了，你居然想把東西要回去，天底下哪有那麼便宜的事兒？再說玉佩也不在我這兒，我送給小寡婦樂瑤了，你就算搜身我都不怕。

安德全道：「既然丟了就算了，反正是你的東西。」

胡小天向他湊近了一些，樂呵呵道：「老爺子，您是宮裡的人吧？」事到如今，倒也不怕將實話問出來了。

安德全緩緩點了點頭道：「一直都是。」他的目光平淡如水，臉上的表情似笑非笑，越發顯得高深莫測。

胡小天旁敲側擊道：「這次跟周王殿下一起過來的？」他層層推進，步步為營，試圖從老太監那裡問出真相，在他看來，周王此次過來給自己捧場應該和老太監有關。

安德全深邃的目光盯住胡小天年輕的面龐，唇角露出一絲淡淡的笑意，他早已聽出胡小天的目的，知道這小子想問什麼，低聲道：「不是！」

胡小天認為老太監在說謊話，既然周王龍燁方是受了七七的委託過來給自己捧場，老太監當初捨命護衛七七一路前往燮州，他們之間肯定認識，而且註定關係不同尋常。

安德全道：「你是不是很想知道七七的身分？」

胡小天嘿嘿笑了一聲道：「我沒那麼大的好奇心！您老愛說不說！」其實這廝不但好奇，而且好奇得很。

安德全道：「其實你只要問，我必然會坦誠相告，老夫的這條性命都是你救的，對你這位恩公，我無需任何隱瞞。」

胡小天道：「每個人都應該擁有自己的秘密，我從不強人所難。」

安德全微笑道：「你現在該知道燮州豐澤街玉錦巷周家主人的真正身分了？」

胡小天抿了抿嘴唇，不知為何他忽然有些緊張了。

安德全道：「他曾經是當朝一品大員、官拜大康右丞相，太子太師、翰林學士奉旨、同平章事、上柱國的周睿淵，周大人。」

胡小天道：「我對朝廷裡的事情不是太熟。」

早在將七七送抵周家之時，他就已經知道了周家主人的身分，之所以急於離開，就是預感到七七被人追殺很可能涉及到一樁驚心動魄的政治陰謀，胡小天明哲保身，並不想參與其中，所以才理智地選擇和他們劃清界限，本以為來到青雲之後，就斷絕了和他們的聯繫，卻想不到老太監居然保住了性命，也來到了這裡。

安德全道：「你雖然不熟，可是你爹對這些事情卻熟悉得很，我聽說你在娘胎裡的時候就和周家女兒定下了娃娃親，可後來周家聽說你是個傻子，所以主動解除了婚約，有沒有這回事？」

胡小天額頭已經開始冒汗，老太監把自己的底細摸了個一清二楚，在他面前繞彎子是沒有任何意思的，胡小天點了點頭道：「陳穀子爛米的事兒，您老要是不說，我都不記得了。」

安德全道：「三年前，皇上廢了太子，周大人據理力爭，結果觸怒了陛下，因而被削職為民，這事兒你也應該知道了。」

胡小天歎了口氣道：「天威難測，不過那時我年齡幼小，對於朝內的事情毫不關心。」

安德全道：「不錯！這陛下的心思是最難捉摸的。」

胡小天道：「我只是一個九品芝麻官，連陛下的面都沒見過，可能這輩子也沒機會見到了。」

安德全道：「七七說，如果不是你，她已經死在途中了，之所以能夠安全抵達燮州，全都依靠你們，她欠了你們一個天大的人情，還說以後一定會報答你。」

胡小天道：「這事兒都已經過去了，您幫我轉告她，不必放在心上。」心中暗忖，你們不找我麻煩，老子就謝天謝地，你們的報答我可不想要。

安德全道：「我真是奇怪，胡不為只有你這一棵獨苗，為何會捨得讓你翻山涉水，不遠千里來到西南受苦。」

胡小天道：「我爹是嫌我在京城裡面醉生夢死，招惹是非，所以才讓我來這邊鍛煉一下。」

「欺男霸女無惡不作才對！」

胡小天面皮一熱，看來這老太監沒少在自己的身上下工夫。

安德全道：「七七是太子殿下的女兒！」

胡小天內心一震，雖然他已經有了準備，可此時仍然不免被這個真相給震撼到了，脫口道：「哪個太子……」說完之後頓時感到後悔，當今太子龍燁慶就要繼位，用不了多久就會君臨天下，誰敢追殺他的女兒？這七七顯然是那個被廢黜的倒楣太子龍燁霖的女兒。可龍燁霖已經失勢，他女兒被人一路追殺，自己卻在無意中救了她，這件事若是傳了出去，別人會怎麼想？該不會連累到自己的老爹？胡小天越想越是心驚。

安德全並沒有解釋，意味深長地望著胡小天，他相信以這小子的頭腦必然能夠悟出七七的來歷，然後又道：「小子，你爹打得一手如意算盤，可惜這世上的事情未必能夠讓人如願。」

胡小天感到一股冷氣順著脊椎一直躥升到自己的頸部，雖然是三伏天，可是他卻感覺到一股森森的冷意。安德全的這番話分明是在暗示著什麼，難道說他已經看透了父親將自己派到青雲做官的真正用意，難道朝內的事情發生了變化？不對啊，自己並沒有聽說京城有什麼大事發生？難道這老太監只是在嚇唬自己，所以才危言聳聽。

他恭敬道：「還望老爺子指點迷津！」內心已經煩亂到了極點，老爹一直都沒有公開支持過龍燁霖，太子失勢之時，他還曾經趁機參了太子太師周睿淵一本，等於公開和龍燁霖一方站在了對立面。最近發生的這些事情證明龍燁霖很可能又有所動作，假如此人再次得勢，那麼老爹的境遇可想而知。

安德全從腰間取出了一個陳舊的烏木牌，扔到胡小天的面前。

胡小天接過烏木牌，卻見上面只刻著一個禁字，翻開背後，發現刻有承恩兩個字，不知這木牌意味著什麼，難道比胡家的丹書鐵劵還要厲害？

安德全道：「收好了，也許將來能夠救你一命！」

胡小天鄭重將這木牌收好，心情突然變得沉重起來，他不知安德全因何會來到這裡，只是覺得這老太監的到來絕非偶然，也不可能只是為了自己。

安德全道：「剛剛找你的那個丫頭是五仙教的妖女！」

胡小天倒吸了一口冷氣，安德全既然知道這件事，就證明剛才自己和夕顏聊天的時候，這老太監便已經在監視他們，自己不懂武功感覺不到他的存在並不稀奇，可是以夕顏那身驚人的輕功，居然也察覺不到老太監的到來，由此可見安德全的武功修為到了怎樣駭人的地步。

倘若安德全所說的這一切都是真的，那麼之前在飛鷹谷的刺殺和夕顏就有著脫不開的干係，她今晚過來找自己應該不是為了給他的慈善義賣捧場，而是要報復！胡小天這才意識到自己今晚已經在鬼門關前繞了一個圈，倘若夕顏想要殺他，只怕他連一丁點逃生的機會都沒有。

此時此刻胡小天仍然揣著明白裝糊塗，他皺了皺眉頭道：「我跟五仙教的人沒什麼聯絡，我還以為她是環彩閣的風塵女子。」

安德全呵呵笑了一聲，伸出手去輕輕拍了拍他的肩頭道：「看到的未必是真的，周王殿下也不是過來給你捧場的。」

胡小天道：「老爺子，周王來青雲到底為了什麼事情？」

安德全道：「我得到消息，有沙迦王國的使團不日前來大康，周王此次前來青雲就是為了迎接使團一行。」

胡小天忽然想起青雲橋斷之事，難道這件事針對的是沙迦使團，如果真的如此，這件事豈不是麻煩？

安德全看出胡小天神情突然變得凝重，道：「你在青雲聽到了什麼消息？」

胡小天低聲道：「一個月前，青雲橋坍塌，關於橋塌的原因眾說紛紜，我實地考察之後發現，這橋並非是洪水沖塌，而是人為毀壞。」

安德全皺了皺眉頭，左手下意識地撚起蘭花指，一雙深邃的眼睛轉了轉：「人為破壞？」

胡小天點了點頭道：「我循著通濟河一直走到了上游，在上游發現有人曾經築壩攔水，應該是先用蓄水洩洪的方法試圖衝毀橋樑，可惜未能得逞，於是才改為炸掉橋樑，針對此事我專門調查過，有不少人都聽到爆炸聲，現場紛亂的石塊也證明了這一點。」

安德全道：「炸毀青雲橋的目的何在？」

胡小天道：「炸毀青雲橋，那麼除了乘船渡河之外，剩下的唯一通路就是南下七十里，從紅谷縣永濟橋過河，我得到消息，天狼山的馬賊很可能會在這條道路上設伏。」

安德全道：「這件事非同小可，若是周王和使團出了任何事情，上頭必然會追究下來，到時候只怕不僅僅是烏紗不保的問題了。」他看了胡小天一眼道：「你是青雲的地方官，務必要保護好周王殿下，假如他出了什麼事情，我唯你是問。」

胡小天心想干我屁事，老子在青雲也只是個二把手，他低聲道：「安老爺子，保護周王是我份內之事，可惜我手頭人手不足啊。」

安德全道：「你身為青雲縣丞，居然說人手不足？這青雲縣的士卒衙內加起來也有幾百人吧。」

胡小天道：「我是縣丞，還有縣令啊！」

安德全陰測測笑道：「那我不管，該怎樣做是你自己的事。」他起身欲走。

胡小天道：「老爺子慢走，那暴雨梨花針可還有？」

安德全冷冷瞥了他一眼，果然從袖口中取了一個暴雨梨花針的針筒遞給了胡小天，然後轉身就走。

胡小天起身送了出去，等他來到門外，卻發現安德全早已消失無蹤，有些詫異地摸了摸後腦勺，真是不可思議，這老太監拖著一條殘腿，怎麼走得如此之快。

雖然已經是深夜，青雲縣衙二堂內卻仍然亮著燈，這還是很少有過的情況，青雲縣令許清廉不安地來回踱步，他的身邊站著六名同僚，每個人的臉色都透著惶恐，此時主簿郭守光匆匆步入堂內，顫聲道：「大人，我家裡失竊了！」說完這番話，他方才留意到已經先於自己來到這裡的那幫同僚，從他們陰沉而惶恐的臉色頓時明白了什麼，在場的所有人應該都發生了同樣的遭遇。

縣尉劉寶舉道：「我已經吩咐下去，全城戒嚴，緝拿飛賊。」

許清廉停下腳步，兩道眉毛幾乎擰在了一起，他用力搖了搖頭道：「此事不可聲張。」

眾人微微一怔，馬上就都明白了他的真正意思。

許清廉歎了口氣道：「你們不要忘了，周王千歲正在城內，千萬不可驚擾了他的大駕。」

劉寶舉道：「老郭，你到底丟了多少銀兩？」

郭守光被問得一愣，馬上道：「其實也沒丟什麼重要東西，只是幾件破舊衣服……」

眾人彼此對望，其實心知肚明，從剛才郭守光進來時那心急火燎的情景來看，這廝應該損失不少，可因為身分所限，即便是損失慘重，也不敢當眾承認，他們這幫人何嘗不都是這樣，一個個心急如焚，卻苦於無法聲張，這種滋味太過煎熬。

許清廉道：「還好大家損失不算太大，這件事劉大人還需小心處理，秘密查辦，千萬不要在城中造成恐慌。」

劉寶舉點了點頭，他的內心也在滴血，今晚他前往鴻雁樓參加慈善義賣的時候，竊賊潛入他的府邸偷走了整整一百兩黃金，還有他珍藏的一對玉如意，只是他無法將這事公開，不然別人一定會追問他財產的來路，此時唯有打落門牙往肚裡咽。忍著心如刀絞的感受道：「許大人說得是，周王千歲還在城內，咱們千萬不可以造成城內恐慌，反正也不是丟了什麼重要的東西，相信不日就能偵破此案。」這番話甚至連他自己都不相信。

此時後堂傳來一陣婦人歇斯底里的哭聲，卻是許清廉的老婆哀嚎著跑了過來：「老爺……老爺……我的首飾全都被人給偷了……連那顆夜明珠也……」

聽到老婆哀嚎，許清廉的腦袋嗡的一下就大了，他一個箭步衝了上去，照著剛剛露面的老婆的大餅臉上就是狠狠一巴掌抽了過去：「賤人，你胡說什麼？」

一巴掌打得清脆至極，他老婆被打懵了，所有人都知道許清廉是個妻管嚴，做夢都想不到他會上演當眾虐妻的戲碼，他老婆反應過來之後，嗷嚎一聲大叫，揮舞雙手照著許清廉就抓了過來，許清廉雖然躲避及時，臉上仍然被抓了幾條血痕。

隨後趕來的許安和一幫官吏慌忙上來將他們夫妻兩人分開，許夫人嚎叫道：「你居然敢打我……許清廉，你這個王八蛋，丟了這麼多的東西，你心疼，老娘比你還要心疼……」

許清廉氣得臉色鐵青，怒吼道：「將這個賤人給我拖回去，再敢胡說八道，老子休了你！」

一句話居然將他老婆給震住了，許安低聲對許夫人說了句什麼，許夫人頓時如同泄了氣的皮球一般軟了下去，大聲哀嚎起來。

一幫官吏全都心知肚明，看來今天縣令大人最慘，只怕連家底都被人給偷乾淨了。夜明珠？他居然還有這麼貴重的東西，活該！

許夫人離去之後，所有人都望向許清廉，許清廉的臉上青一塊紫一塊，再加上剛剛被他老婆抓的血痕，越發顯得狼狽不堪。

主簿郭守光這會兒冷靜下來了，本來丟了這麼多東西，內心低落到了谷底，可來到這裡馬上就發現自己絕不是最慘的一個，在場的幾乎都比自己更慘，有這麼多人墊底，這心裡就舒服多了，他低聲道：「各位大人，我看這件事有些蹊蹺啊！」

劉寶舉道：「有何蹊蹺？」

郭守光道：「在同一個晚上，我們同時失竊，而失竊的時候，我們又幾乎都不在家中。」

劉寶舉和許清廉對望了一眼，許清廉道：「你是說，有人蓄謀策劃了此事？」

郭守光道：「卑職也不清楚，只是覺得這件事實在太奇怪，今晚咱們都去了鴻雁樓參加慈善義賣，可偏偏就同時遭遇了失竊之事，這其中是不是有什麼聯繫？」

劉寶舉瞇起雙目，眼縫中射出一縷寒光，咬牙切齒道：「難道是調虎離山？」

許清廉道：「胡小天現在何處？」

郭守光道：「他陪著周王殿下一起去了萬家。」

許清廉來回走了幾步。

劉寶舉道：「我馬上帶人前往他家裡搜查！」

許清廉停下腳步，搖了搖頭道：「不可！」倘若今晚之前，或許他會毫不猶豫地贊同劉寶舉的想法，但是在鴻雁樓，他親眼看到胡小天方方面面的人脈關係，如果派人堂而皇之地上門搜查，只怕會觸怒胡小天。

郭守光也覺得不妥，低聲道：「不知他那裡有沒有失竊？」

胡小天已經成了這幫同僚的重點懷疑對象，這倒也沒冤枉他，反正這件事從頭到尾都是他在策劃，慕容飛煙負責竊取許清廉的東西，而其他偷盜大小官吏財物的任務全都由蕭天穆大包大攬下來。其實這幫官吏家裡根本談不上什麼戒備，所以才會讓他們成功得手。

安德全離去之後，胡小天總算能夠睡上一個安穩覺，雖然睡得很晚，第二天清晨卻早早就醒了，洗漱之後，第一件事就是前往周王那裡請安。

他本以為周王龍燁方仍然未起，可到了東廂方才知道，龍燁方早已起來，如今正在萬伯平的陪同下在花園內閒逛呢。胡小天急忙趕了過去，來到後花園，看到龍燁方站在水榭亭中，萬伯平躬身陪在他的後面，表情卑躬屈膝，獻媚到了極點。

看到胡小天的身影出現，萬伯平慌忙稟報道：「周王千歲，胡大人來了。」

周王龍燁方點了點頭，雙手負在身後，昂頭挺胸地望著園中的池塘，輕聲道：「你先忙自己的事情吧，我有些話想要和胡大人單獨說。」

萬伯平聽到他下了逐客令，自然不便留下，深深一揖，倒退著離去，來到胡小天身邊的時候方才敢轉身。

胡小天朝他笑了笑，邁著不緊不慢的步子來到周王身邊，也是躬腰九十度深深一揖道：「卑職胡小天見過周王千歲千千歲！」眼睛趁機向周圍一瞄，發現不遠處有四名侍衛全神貫注的負責警戒，心中暗忖，這皇家子弟的保安措施就是嚴密。

周王龍燁方微笑道：「這裡沒有外人，你我之間，不必拘泥禮節。」

胡小天受寵若驚道：「卑職對殿下的敬仰之情由衷而發，如長江之水滔滔不絕，絕不是拘泥禮節，而是被殿下崇高的人格魅力所感染。」

一番話說得龍燁方心花怒放，他搖了搖頭道：「本王過去也遇到許多溜鬚拍馬的，可頭一次感到這麼開心，小天啊小天，你這嘴巴還真是會說啊！」

胡小天被龍燁方當面戳穿拍馬屁的事實，可這廝一點都沒感到難堪，眉開眼笑道：「開心就好，人活在世上最重要的就是開心。」

龍燁方點了點頭道：「不錯，人活在世上最重要的就是開心！」他轉過臉來，向胡小天低聲道：「小天，本王和你一見如故，頗為投緣，很想交你這位朋友，不知你意下如何？」

胡小天道：「承蒙殿下看重，小天誠惶誠恐。」心中卻琢磨著龍燁方主動屈尊示好莫不是打自己什麼主意？禮下於人必有所求，十有八九要讓自己幫他做事。

龍燁方道：「小天啊，能不能為我安排一下，我想和那位夕顏姑娘見見面。」

胡小天感到頭皮一緊，就知道沒什麼好事，原來這位十七皇子是想讓自己幫忙拉皮條呢，倒不是胡小天不想幫忙，而是那夕顏神出鬼沒，自己去何處找她？再說了昨晚老太監安德全親口告訴他，夕顏是五仙教的妖女，那五仙教是跟朝廷作對的，是朝廷曾經出兵剿滅的邪教，安排龍燁方和妖女見面，真要是出了什麼差池，只怕自己有多少顆腦袋也不夠砍的。

胡小天恭敬道：「殿下，那夕顏乃是環彩閣的風塵女子，殿下若是見她，難道不怕招人閒話？再者說了，她昨晚就已經走了，卑職也不清楚她去了哪裡，唯一知道的就是她出身於燮州環彩閣。」想見，你自己去燮州環彩閣去見，總之離開青雲發生天大的事情跟老子也沒關係，我才懶得管這種閒事。

龍燁方道：「本王只是想和她見一面，難道這還要昭告天下？你不說，我不說，又有誰會知道？」他面露不悅之色。

胡小天道：「卑職實在是有心無力，真不知道她落腳何處。」

「她住在福來客棧！接下來該怎麼做，不用我教你吧？」

胡小天錯愕得張大了嘴巴，龍燁方啊龍燁方，你都查到了夕顏的住處，為何不自己登門去找她？還讓老子去拉這個皮條作甚？

龍燁方將一封信遞給胡小天道：「你去那邊，親手將這封信交給夕顏姑娘。」

胡小天點了點頭，事到如今由不得他不答應。

胡小天領了周王派給自己的任務，垂頭喪氣地離開了萬府，連早飯都沒顧上。他真不想將這封信送給夕顏，不是因為私心作祟，而是因為這夕顏從頭到腳都透著詭異，他相信安德全的話沒錯，夕顏十有八九就是五仙教的妖女，周王想跟她見面，有點耗子給貓當三陪的意思，輕則被抓傷，重則小命玩完，可胡小天也不能直接點破，假如他照實說，周王很可能會以為他也對夕顏動了心思，所以才借機推卻。想到這裡胡小天有些明白了龍燁方的本意，這位周王殿下不是不能直接去見夕顏，之所以借自己的手將這封信給夕顏送去，是婉轉地向自己表明態度，是想讓自己知難而退，是要自己斷了對夕顏小妞的念想。

胡小天真是有些哭笑不得了，再漂亮的女人也不值得搭上一條性命去玩，夕顏美麗絕倫不假，可真要是讓他石榴裙下死，做鬼也風流，胡小天寧願老老實實當個本分人，重活一次不容易，什麼也比不上老子的性命更重要。美女誰都想泡，可那也得活著才能泡，命都沒了，哪還有福氣去享受美女的溫柔滋味。

出了萬府拿出龍燁方讓他轉呈的那封信，發現信並沒有封口，周王應該不會如此疏忽，肯定是故意留給胡小天一個機會看看。

胡小天也不客氣，來到僻靜之處從裡面抽出了信箋，卻見上面一行行清秀飄逸的瘦金體小字，寫的是一首詩——遊目四野外，逍遙獨延佇。蘭蕙緣情渠，繁華蔭綠渚。佳人不在茲，取此欲誰共？巢居知風寒，穴處識陰雨。不曾遠離別，安知慕儔侶？結尾署名楓林公子。

情詩，求愛的情詩，這楓林公子不用問就是龍燁方了，胡小天搖了搖頭，想不到周王還真夠文青的，這首詩從頭到尾透著濃濃的酸氣，巢居？穴處？是我想多了，還是原本這首詩就有點小黃呢？

胡小天將這首情詩重新裝好，知道周王故意不封口讓自己看到，是轉彎抹角地告訴自己他對夕顏有意思，讓自己斷了對夕顏的念想，話說這周王也不是沒頭腦，只是那點兒聰明才智全都用到追女人方面了。胡小天想了想，最後還是決定前往福來客棧給夕顏送過去。人還沒有來到福來客棧，迎面就遇到前來尋他的慕容飛煙。

慕容飛煙道：「大人哪裡去？」

胡小天有些無奈地揚了揚手中的那封信道：「給周王殿下跑腿送信去。」

慕容飛煙道：「昨晚收穫頗豐，你不想聽聽到底找到了什麼？」

胡小天道：「天大的事情也不如周王的事情重要，飛煙，咱們的事兒待會兒再說，你先回家等我。」

慕容飛煙原本帶著喜悅而來，被這廝的反應弄得大感掃興，櫻唇一撅，轉身就走，身後傳來胡小天的聲音：「對了，回頭幫我下碗麵，我還沒吃早飯呢。」

慕容飛煙忍不住抗議道：「我是你丫鬟嗎？」

「你是我親人！就快趕上我老娘的地位了！」

「呃……」

胡小天來到福來客棧，夕顏並不在那裡，只有香琴一個人在，見到胡小天表現的相當熱情，上前抓住胡小天的手腕道：「小天兄弟來了，裡面坐！」拖著胡小天就往房間裡走。

胡小天現在算是知道這幫女子全都不簡單，表面上是環彩閣的風塵女子，實際上是打著幌子從事犯罪活動，陰謀顛覆大康政府的五仙教徒，他將手從香琴手裡抽了出來：「琴姐，我這次來是特地求見夕顏姑娘的。」

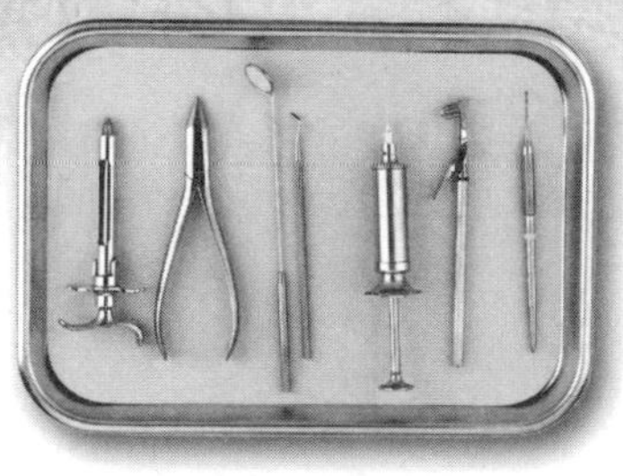

第二章

多情皇子

胡小天面對這位多情的十七皇子實在是有些頭疼了，
夕顏那邊都已經明確拒絕了，
龍燁方居然還擺出一副鍥而不捨窮追猛打的架勢，
胡小天真正擔心的是夕顏的身分，
倘若老太監安德全所說屬實，那麼她就是五仙教的妖女！

香琴瞪了他一眼，啐道：「男人果真沒一個好東西，我原以為你和別人有所不同，現在才發現你也是個喜新厭舊貪慕美色的登徒子。」言語間顯得頗為委屈。

胡小天道：「琴姐，您可別這麼說，別人不知道還以為我把你怎麼著似的。」

香琴嗤的一聲笑了起來，推了胡小天肩頭一把，看似忸怩卻力道十足，胡小天被推得一個踉蹌，差點沒坐倒在地。香琴嬌滴滴道：「討厭，你就是想怎麼著我，人家也不怕。」她不知從哪兒弄了一方手帕，掩住口鼻，做出嬌羞無比的模樣，然後發出一連串不遜色於夜梟的笑聲。

胡小天被她笑得不寒而慄，也跟著哈哈乾笑了兩聲，屁股挨在院內的石凳上坐下，你不怕，我怕，老子還真怕你色心大起，把我給強那啥了，到時候我哭都找不著地方。

香琴湊了上來，大屁股幅度極大地落在胡小天對面的石凳上，胡小天不由得有些擔心，這石凳太小會整個戳了進去。香琴朝他飄了個媚眼，手中大紅手帕嫵媚地招展了一下，一股濃香撲鼻，胡小天聞得頭腦發暈，險些忘了自己前來的目的。

「你找我們家小姐有什麼事情？」

胡小天這才想起了自己的任務，趕緊將那封已經被他捏得有些皺巴的信給拿了出來。

香琴一把就奪了過去，問都不問，直接就拆開了，事實上這封信是開口的，根本不用拆，於是香琴有幸成為了第一位女性讀者，在通讀了一遍內容之後，香琴切了一聲，然後大圓臉皮笑肉不笑地衝著胡小天道：「你寫的？這個狗屁楓林公子就是你的字號？」

胡小天暗讚了一聲香琴的評價，可不就是個狗屁楓林公子，他笑道：「別黑我，跟我沒一點關係，我是替人送信，這封信是周王殿下讓我給夕顏姑娘送過來的。他還托我給夕顏姑娘帶個話，看看夕顏姑娘有沒有時間單獨見個面？」

香琴滿臉狐疑地看著他，外帶還有點鄙視。

胡小天道：「夕顏姑娘呢？」

香琴道：「不用見我們家小姐，我就能做主幫她回了，這首詩寫得狗屁不通，看到什麼楓林公子我就想吐，你回去告訴那位周王殿下，我們小姐不接客的，她是我們的掌櫃。」

胡小天瞪大了眼睛，到現在他才知道夕顏是掌櫃，看香琴的樣子不以為恥反以為榮，要知道在現代社會組織那啥要比直接那啥罪名更重。不過胡小天也明白，所謂環彩閣只不過是一個幌子罷了，這幫女人不好惹，自己還是遠離為妙。

得了香琴的明確答覆，胡小天也沒有久留，直接返回萬府向周王覆命，一來二去耽擱了一個時辰。

再從萬府出來的時候，許安在萬府門外等著他，只說縣令許清廉有要事商議。

胡小天剛好想看看許清廉今天的倒楣相，於是欣然前往。見面的地點就在許清廉的家裡，也就是說並非公務性質的見面，胡小天本以為還有其他同僚在場，到了地方方才知道只有許清廉自己。

許清廉的狀況一如胡小天想像中的狼狽，臉色不好看只是其一，臉上橫七豎八的抓痕，那是他老婆昨晚給他留下的印記。

胡小天佯裝吃驚道：「哎呀呀，許大人，您這是怎麼了？一夜不見，怎麼變成了這般模樣？」

許清廉對這廝恨得牙癢癢的，可今時不同往日，親眼見證胡小天的人脈之後，他知道自己根本不是人家的對手，咳嗽了一聲道：「天黑路滑，不小心摔了一跤，胡大人快請坐。」

胡小天笑瞇瞇坐了下去，接過許安送上的茶水，悠哉遊哉地品了口茶：「許大人這麼早找我過來，有什麼事情？」

許清廉道：「周王千歲大駕光臨，咱們這些地方官理當有所表示，以免讓千歲有慢待之嫌，所以我特地請你過來商量一下，在殿下停留期間，咱們應當如何接待。」許清廉的這番話說得非常誠懇，形勢逼人，以目前的狀況，他也玩不出什麼花樣。

胡小天道：「許大人做主就是，我全都聽大人的吩咐。」

許清廉道：「胡大人和周王如此熟悉，一定瞭解殿下的喜好，我看接待周王千歲的事情還需胡大人出面。」

胡小天搖了搖頭道：「周王的喜好我雖然知道，可我也幫不上什麼忙。」

許清廉向胡小天湊近了一些，顯得頗為關注。

胡小天道：「其實你也明白，只怪那位夕顏姑娘不給周王面子。」

許清廉聽完這句話頓時明白了，想起昨晚慈善義賣時候周王的表現，顯然是看上了那個叫夕顏的女子，許清廉的心思不由得活動了起來。

胡小天道：「我得走了，家裡出了點事情，我還沒顧得上回去。」

許清廉故意問道：「家裡出了什麼事情？」

胡小天道：「小事，昨晚遭了竊賊。」

許清廉有些誇張地啊了一聲又問道：「損失嚴不嚴重？」

胡小天搖了搖頭道：「損失不大，丟了幾件衣服，幾兩銀子，對了，昨晚慈善義募集到了不少的銀子，算起來修青雲橋的資金綽綽有餘了，我想等這些錢全都到齊之後，馬上著手修橋，許大人意下如何？」

許清廉道：「青雲橋的事情既然交給了你，就由你全權做主。」

兩人今天的談話算得上前所未有的和諧，可和諧背後卻始終在相互試探。

胡小天離開縣衙的時候聽到傳來哭泣之聲，卻見仵作李廣勝陪著一個年輕人走了過來，胡小天看得真切，那年輕人正是義莊的夥計范通，胡小天攔住他們的去路：「喂，范通，你哭什麼？」

范通看到胡小天，趕緊抹乾了眼淚，抽了抽鼻子道：「胡大人，我們家掌櫃突然死了。」

胡小天聞言一怔，義莊的老闆朱延年他曾有一面之緣，前兩天他和秦雨瞳前往那邊一起去驗屍，朱延年一直陪同左右，想不到今天就死了：「什麼時候的事？」

仵作李廣勝答道：「啟稟大人，昨晚的事情，今晨我已經過去勘驗過屍體，應該是突發疾病，身上並沒有傷口。」

范通含淚道：「掌櫃身體一向好得很，我從未聽說他有病。」

李廣勝聞言顯得有些不悅，歎了口氣道：「我不會看錯，從頭到腳都沒有任何的傷痕。」

胡小天對這位仵作的專業水準相當的懷疑，不過他也沒有多說，安慰范通道：「既然事情已經發生了，你也不要太過傷心了，先去衙門裡說一聲，儘快準備後事去吧。」

范通含淚點頭。

胡小天回到自己三德巷的住處，發現慕容飛煙並不在家，院子裡空無一人，原本還想回來有一碗熱騰騰的湯麵可吃，現在看來只能繼續餓著了。胡小天不由得想起梁大壯的好處來，若是這廝還在，雖然嘴貧了一點，可生活起居至少都安排得妥妥當當，不至於讓自己餓肚子。

胡小天正準備出門吃飯，聽到外面傳來一個熟悉的聲音道：「胡大人在家嗎？」卻是西州長史張子謙到了。

胡小天趕緊迎出門去，卻見張子謙正從一乘深藍色的軟轎內走了出來，胡小天慌忙上前行禮道：「學生不知張大人前來，有失遠迎還望恕罪。」

張子謙撫鬚大笑，很親熱地握住胡小天的手臂道：「胡老弟何必跟我如此客氣。」

胡小天將他請入房內。

張子謙留意觀察了一下胡小天居住的地方，兩人來到堂屋落座，胡小天去給他倒茶，方才發現家裡已經沒有了熱水，爐灶還沒有生火，臨時燒水只怕是來不及了，自從梁大壯回京送信之後，這個家裡就暫時處於無人照顧的狀態之下，胡小天公務繁忙，慕容飛煙也屬於女強人類型的，雖然廚藝不錯，可是她顯然不屬於能夠安心留在家裡做家務的那種。

張子謙讓胡小天不必客氣。

胡小天回到他身邊訕訕笑道：「大人勿怪，這兩日忙於慈善義賣的事情，昨夜又陪著周王去了萬府，所以家裡亂糟糟的，真是失禮了。」

張子謙微笑道：「胡老弟，周王殿下專程來青雲看你，你自當陪同左右。」

胡小天聽出張子謙話裡有話，他搖了搖頭道：「張大人誤會了，我和周王殿下還是頭一次見呢。」雖然明知道解釋人家也未必肯信，可該說的還是得說。

張子謙道：「胡老弟不用向我解釋，什麼該說，什麼不該說老夫是知道的。」

胡小天真是有些哭笑不得了，他歎了口氣道：「張大人，我跟周王真是素昧平生，我都不明白他為什麼會來，就像我也不知道您會親自過來給我捧場一樣。」

張子謙道：「老夫祖籍便是青雲，在長生巷還有一套舊宅，說起來咱們也算得上有緣，當日我在通濟河釣魚，巧遇你來青雲上任，咱們算得上是一見如故，因聯為友。胡老弟的才華讓我心悅誠服，你有事情，我自當捧場。」

胡小天聽到他現在仍在跟自己繞彎子，這隻老狐狸，乾脆直說你是李天衡派過來搞諜報工作的不就得了，搞那麼多彎彎繞繞幹什麼？真當我那麼好騙？

胡小天笑道：「現在回想起來，學生真是有眼不識泰山，如果我當時知道您的身分，無論如何我是不敢班門弄斧，接您那幅下聯的。」

張子謙道：「西岸尾一塔似筆，直寫天上文章。除了胡老弟，誰又能對出如此絕妙的文章呢？」

胡小天呵呵笑道：「南橋頭二渡如梭，橫織江中錦繡。這上聯是張大人所出了？」

張子謙微笑搖頭：「老夫可沒有那個才學。」

胡小天意味深長道：「莫非是李大帥？」

兩人目光對視，彼此都明白對方已經知道了自己的身分和來意，然後同時哈哈笑了起來。

張子謙仍然沒有主動挑破這件事，委婉道：「大帥對這幅對聯也是喜歡得很呢，還親手書寫了一幅，送給了戶部尚書胡大人。」其實等於在告訴胡小天，你小子別裝了，你的出身來歷我們都知道的清清楚楚，還在這兒故弄玄虛呢，若非是因為你老子，若非是因為兩家的姻親關係，我會放下架子來到你這裡登門拜侯？

胡小天知道自己的身分現在已經沒有了任何隱瞞的必要，他起身向張子謙深深一躬道：「張大人勿怪，小天之所以隱瞞身分實在是有些苦衷。」

張子謙趕緊上前扶住他的手臂道：「胡老弟何須如此。」

他左一個胡老弟，右一個胡老弟叫得胡小天頭皮發麻，他恭敬道：「張大人千萬別這麼叫我，按照輩分，您可是我的師長。」按照年紀，叫爺爺都夠了。

張子謙微笑道：「老夫對於這些虛浮的名份向來都不介意，小天啊，你剛剛說有苦衷，可不可以跟我說說？」

胡小天點了點頭道：「張大人，實不相瞞，我生性頑劣，在京城惹是生非，搞得天怒人怨，我爹為了我的事情大動肝火，所以才將我送來這裡，他的用意是讓我在青雲好好磨礪一番，讓我知道人世疾苦，讓我明白仕途艱辛。臨來之前，我爹特地交代，千萬不要輕易洩露我的身世背景。」

張子謙撫鬚歎道：「可憐天下父母心，你爹真是用心良苦，他是擔心別人知道你的身分之後，對你處處照顧，反而起不到錘煉你的效果。」

胡小天道：「正是此意，小天雖然性情頑劣了一些，可是我心底還是有些自尊的，既然來到這裡，我就想做出一些事情，不必依靠任何人，只憑藉自己的能力。」他看了張子謙一眼道：「只是我沒有想到，從我來到青雲，就已經被李大帥知道了。」他心中明白，張子謙假扮漁翁，在通濟河那裡等著渡自己過河絕對是事先安排。

張子謙道：「年輕人有些志氣總是好的，不比我們這些老傢伙，等到了我這個年紀，能坐轎絕不乘車，能乘車絕不騎馬，能讓人攙扶一把，就懶得自己費力，節省出來的精力是自己的，時間也是自己的。」他笑瞇瞇看著胡小天：「年輕就是好，折騰得起，我這把老骨頭已經折騰不起了。」

胡小天聽出張子謙話裡有話，分明是在說自己不懂利用關係，說是好強，其實是浪費時間。胡小天心中暗笑，他只怕不知道自己來這裡壓根不是為了磨練，而是老爹想讓他遠離京城政治風暴，也是為胡家留下的一條退路。胡小天道：「張大人一席話如醍醐灌頂，讓小天茅塞頓開。」

張子謙笑道：「你是個聰明的年輕人，根本不需要我多說。」停頓了一下又道：「青雲的這幫地方官吏，沒少給你製造麻煩吧？」

胡小天笑而不語，青雲的事情他自已就能處理，並不想讓張子謙幫忙。

張子謙又道：「周王殿下此前曾經在西州遊歷過一段時間，我也有幸和他見過面，聽說殿下立下宏願，要走遍大康的名山大川，要為陛下祈福。」

胡小天道：「真是孝心可嘉。」

張子謙道：「我看你們很是投緣呢。」

胡小天知道張子謙又在探自己的口風，他笑道：「我也是第一次見他，我看他此次前來並非是衝著我，而是衝著那位環彩閣的夕顏姑娘。」

張子謙聽胡小天這麼說也不禁莞爾，龍燁方對夕顏的迷戀幾乎所有人都看在眼裡。他看似漫不經心地問道：「你和那位夕顏姑娘交情匪淺，看來認識了不少時候了。」

胡小天心中暗笑，張子謙絕對是個老滑頭，真正的用意還是在試探自己和夕顏之間的關係，這也無可厚非，畢竟他是李天衡的心腹，出發點自然向著李家。

對胡小天來說這卻是一個大好機會，他拿捏出一副糾結難堪的表情，在張子謙看來，這廝就是心裡有鬼，而胡小天就是要給他這個印象，心理學碩士可不是白來的，胡小天眼神閃爍，睫毛低垂，說話的時候都不敢正眼看張子謙：「我跟夕顏姑娘不熟！」

張子謙呵呵笑了一聲道：「看得出來。」此地無銀三百兩，越描越黑，張子謙心中暗忖，這小子在京城聲名狼藉，之前便傳出他光天化日之下公然調戲良家婦女的事情，現在又有環彩閣的風塵女子從燮州翻山涉水過來尋他，不熟？才怪！以張子謙的精明都不免要上了胡小天的套兒。

胡小天道：「等忙完這陣子，我會親自去西州一趟，給李伯伯請安。」

張子謙道：「大帥也牽掛著你呢。」

胡小天道：「張大人，夕顏的事情還望您不要向大帥提起，我擔心他會誤會。」他知道張子謙前來青雲的目的十有八九就是為了李天衡考察自己，他當然不會為了自己保密，故意裝出緊張的樣子，意在麻痹張子謙，越是如此，張子謙越是會懷疑他和夕顏之間有曖昧。

張子謙撫了撫鬍鬚，歎了口氣道：「小天，有些話，我不知當講還是不當講。」

胡小天點了點頭道：「大人只管教誨。」

張子謙道：「你身為朝廷命官，需謹言慎行，有些事不可去做，有些人還要敬而遠之。」張子謙肯定胡小天的才華，昨晚的慈善義拍又讓他見識到胡小天的機智，但是張子謙對胡小天和環彩閣的風塵女子來往仍然頗有微詞，最怕這小子有才無德啊。

胡小天道：「我明白！」

張子謙也沒有繼續在這件事上糾纏，話鋒一轉道：「其實青雲這邊也沒什麼事情做，不如你跟我一起返回西州去吧。」

胡小天內心一驚，張子謙這麼著急想讓自己跟他一起回去幹什麼？難道李天衡等不及了？看到我太優秀，生怕別的女人把我給拐跑了，這就想強迫我跟他的閨女成親？胡小天道：「張大人也看到了，青雲這邊的事情實在是放不下啊。」

張子謙微微一笑，也沒有勉強，從這句話中已經試探出胡小天的態度，這小子似乎並不願意去見李天衡。

張子謙道：「老夫明日就要返回西州了，既然你公務繁忙無法抽身，那自當要以公事為重，對了，你還有什麼事情需要我轉達嗎？」

胡小天道：「張大人，我有事還想大人給我幫忙。」

「說！」

胡小天壓低道：「其實周王殿下此次前來並非是為了給我捧場，而是專程迎接沙迦使團的。」

張子謙聞言一怔：「沙迦使團？」

胡小天點了點頭，從張子謙的表情已經猜到他對此並不知情，他也不禁有些奇怪，沙迦使團前來大康，途經西川這麼大的事情，居然張子謙都不知道。

胡小天繼續道：「我收到消息，天狼山的馬賊很可能在青雲前往紅谷縣的道路之上伏擊使團。」

張子謙的表情變得凝重之極，若是沙迦使團中途被伏擊，搞不好會挑起兩國之間的戰爭，沙迦人的凶猛彪悍他是瞭解的。

胡小天道：「張大人，此事非同小可，若是周王和沙迦使團出了任何的事情，別說是我頭頂的烏紗不保，只怕連李大帥也會很麻煩啊。」

張子謙眉頭緊鎖，沉吟道：「你想怎樣做？」

胡小天道：「先下手為強，與其等到天狼山的馬賊襲擊使團，不如我們及時將危險剷除。」

張子謙道：「你是說要搗毀天狼山馬匪的老巢？」

胡小天搖了搖頭，心想這張子謙雖然有些學問，可真說到臨陣對敵看來頭腦也不甚靈光，之前官府剿匪那麼多次，每次都是無功而返，想要搗毀天狼山馬匪的老巢談何容易。

張子謙道：「那要如何？」

胡小天道：「天狼山馬匪盤踞多年，官府派兵也剿殺多次，可至今收效甚微，大人以為是什麼緣故？」

張子謙道：「難道說官府內部有人向馬匪通風報訊？」

胡小天打了一個響指道：「然也！」

張子謙怒道：「查出是哪一個，老夫必上書大帥，將之千刀萬剮方解心頭之恨。」

胡小天道：「或許不是一個，我現在手頭沒有確切的證據，可是眼前的事情迫在眉睫，想要保護周王殿下和使團的平安，咱們好像不能繼續猶豫了。」

張子謙道：「你想如何？」

胡小天壓低聲音道：「事到如今，留給咱們的已經沒有太多時間，與其任由他們裡應外合，不如咱們先將他們的聯絡切斷。」

張子謙道：「什麼意思？」

胡小天道：「寧可錯殺一千，不可放過一個！」

張子謙暗自吸了一口冷氣，這小子可真夠狠毒的，難不成他要將青雲縣的一幫官吏全都殺乾淨？

胡小天道：「張大人不要誤會，我是想將有嫌疑的官員全都軟禁起來，等到周王和使團平安離去之後再做打算！」

張子謙沉吟片刻點了點頭道：「你只管放手去做，出了任何事情，老夫替你擔當。」

胡小天道：「張大人，只可惜我來到青雲時日尚短，那幫胥吏衙役全都是他們的心腹，想要解決這件事並沒有那麼的容易。」

張子謙焉能聽不出他是來找自己要幫手來了，沉吟片刻，從腰間取下一塊令牌遞給了胡小天，胡小天忙不迭地接了過來。有禮不嫌多，雖然之前已經收過了安德全的烏木令牌，可那是留到關鍵時刻使用的。

張子謙道：「這令牌是大帥所賜，見到此令如同大帥親臨，你只要亮出令牌，那幫胥吏但凡敢有不從者，格殺勿論！」

胡小天喜形於色，心想這可是個寶貝，在西川擁有著無上權威，未來老岳父就是這一帶的土皇帝，他的令牌在西川等同於尚方寶劍。

張子謙又道：「此事非同小可，我即刻前往西州，向大帥面稟此事，馬上著手安排沿途護送之事。為了你便於行事，我再留下梁慶和徐恒供你調遣，他兩人武功高強必能助你一臂之力。」提到名字的兩人是張子謙此次帶來的得力助手，武功全都非同泛泛。

胡小天連連點頭道：「如此最好不過！」

得到令牌之後，胡小天頓時就有了底氣，兩人正準備商量具體對策的時候，周王龍燁方居然尋了過來，張子謙和胡小天兩人慌忙迎出門去，龍燁方這次只帶了兩名侍衛隨行，也算得上是輕車簡行了，他來找胡小天的目的很簡單，就是讓胡小天陪著他一起前往福來客棧一趟。

胡小天面對這位多情的十七皇子實在是有些頭疼了，夕顏那邊都已經明確拒絕了，龍燁方居然還擺出一副鍥而不捨窮追猛打的架勢，胡小天真正擔心的是夕顏的身分，倘若老太監安德全所說屬實，那麼她就是五仙教的妖女，龍燁方跟她走得太近，很可能會影響到他的安全。

張子謙雖然對龍燁方表現得相當客氣，可並沒有抓住機會巴結他的意思，事實上像龍燁方這種皇子可利用的價值並不大，在諸多皇子之中，皇位繼承如果按照一二三四來排序，龍燁方連前十都排不進去。張子謙為人老道練達，一眼就看透了龍燁方前來的目的，自己留下來反而多有不便，所以也就沒有多作耽擱，及時告辭離去。

張子謙走後，龍燁方提起讓胡小天陪同他前往福來客棧拜會夕顏的事情，胡小天對這廝真是有些無可奈何了，他斟酌了一下，必須要將這位多情的皇子點醒，不然還會有麻煩，將龍燁方請入自己的書房內，低聲道：「周王千歲，並非卑職不想給您幫這個忙，而是這件事的確有些複雜。」

周王龍燁方聽到他推三阻四，臉色馬上變得有些不好看了，冷冷道：「有什麼複雜的？本王只是讓你陪我去一趟，又不是逼你去做壞事，這你都不願意？」

胡小天陪笑道：「殿下，有件事我一直都沒敢告訴你……還望殿下不要責怪。」這廝的臉上故意拿捏出猶豫糾結的表情。

龍燁方皺了皺眉頭：「說！我不怪你。」

胡小天壓低聲音道：「那夕顏很可能是五仙教的妖女。」

龍燁方聞言一怔，旋即臉上又浮現出一絲笑意。

胡小天看到他的表情不由得愣了，都告訴你她是妖女了，你為何還表現得如此興奮？

龍燁方道：「既然知道，為何不把她抓起來？」

這下輪到胡小天發愣了，他趕緊道：「只是懷疑，目前還沒有確切的證據。」

龍燁方道：「證據？抓起來再慢慢找，你馬上帶人將她們全都拿下，五仙教陰謀顛覆朝廷，乃是大康明令禁止的邪教，人人得而誅之，絕不可放任自流，把她們抓起來，本王要親自審問。」

胡小天留意到龍燁方的表情非但沒有深惡痛絕，反而流露出一絲藏不住的欣喜，馬上明白了，這位多情皇子是要借著這個機會來個英雄救美，又或是他本來只是覬覦夕顏的美貌，這下可以堂而皇之地將之據為己有了。胡小天感到自己聰明反被聰明誤，故意透露這個消息給龍燁方反而弄得作繭自縛了。

胡小天道：「殿下，此事萬萬不可，她們只是五仙教的一些小嘍囉，我想放長線釣大魚，現在還不到收網的時候。」

龍燁方臉色一沉：「胡小天，你什麼意思？明明知道她們是五仙教的妖人，難道你還準備放任自流？你和她到底什麼關係？她何以會跟你如此親近？」

胡小天恨不能抽他兩個嘴巴子，然後再給自己一個大嘴巴子，我這不是犯賤嗎？沒事跟他提這幹嘛？這孫子根本不知道人心險惡，整一個精蟲上腦的主兒，看情形，他只要能把夕顏弄到手中，其他的事情他是根本不在乎的。

龍燁方輕輕轉動手中的玉扳指，目光瞥著胡小天冷冷道：「胡小天，你若是真覺得為難，本王可以讓其他人去做這件事。」

胡小天心中暗歎，這龍燁方也不是什麼好鳥，老子讓你知難而退，還不是為了你的安全著想，可你狗咬呂洞賓，不識好人心。難怪都說伴君如伴虎，這幫皇子也沒幾個好東西，全都是餵不熟的狼崽子。

胡小天道：「殿下，我這就去安排！」

龍燁方此時臉上的表情稍稍緩和了一些，輕聲道：「算了，本王也不想強人所難，這件事還是交由其他人去做吧。」

胡小天心想你愛找誰找誰，不找我更好。

龍燁方叫來一名貼身侍衛，讓他前往青雲縣衙，傳自己的命令讓縣令許清廉率人前往去緝拿五仙教的妖女。龍燁方也沒有走的意思，坐在胡小天書房內，擺明了是要跟他耗下去的架勢，胡小天心中明白，人家是擔心自己前去報訊呢，想想這件事全都是自己的緣故，本來揭穿夕顏的身分，只是想讓龍燁方知難而退，想不到卻捅了一個馬蜂窩。

龍燁方坐在那裡，不鹹不淡地扯著西川的風土人情。胡小天這會兒卻如坐針氈，夕顏的武功他是知道的，她敢於堂而皇之地出現在青雲，和她本身強大的武力值有著直接的關係，至於夕顏是五仙教的人，胡小天也沒有切實的證據，只是老太監安德全這樣說。不過從這兩天的情況來看，安德全一直都沒有公開露面，看來龍燁方應該並不知道這老太監也到了青雲。

約莫過了半個時辰，許清廉親自過來稟報，他親率衙役前去，卻撲了一個空，夕顏等人早已人去樓空，所以只能將客棧的老闆蘇廣聚給拿了，現在已經押到衙門裡準備訊問。

龍燁方聽說沒有抓到夕顏，整個人頓時變得意興闌珊，也沒說接下來應該如何處理，起身拂袖而去，顯然是心情極度不爽。

許清廉也不知道這位周王是什麼意思，趕緊跟了出去。

胡小天並沒有跟著出去，這位周王就是個貪玩的性子，興頭上來根本不考慮事情的後果。

經周王龍燁方這麼一折騰，胡小天喜悅的心情大打折扣，當天正午的時候，秦雨瞳登門造訪。

秦雨瞳這次前來並非是為了切磋醫術，而是帶來了上次的鑒定結果，那兩名殺手全都死於五絕陰煞散，這種毒藥乃是五仙教內部秘製。

秦雨瞳看出胡小天心事重重，輕聲道：「胡大人是不是遇到了什麼煩心事？」

胡小天歎了口氣道：「近日青雲城內禍事不斷，剛剛聽說那位義莊的掌櫃朱延年暴斃了。」

秦雨瞳秀眉微顰，輕聲道：「怎會這樣？」

胡小天想起昨晚夕顏對他所說的話，其中特別提醒自己要和秦雨瞳保持距離，卻不知她們兩人之間又有什麼糾葛？

胡小天低聲道：「我收到消息，最近青雲城內有五仙教的妖人現身，不知他們在籌謀什麼事情。」

秦雨瞳道：「剛剛我途經福來客棧的時候，看到官兵衙役將那裡團團圍繞，說是要抓五仙教徒，不知情況怎樣了？」

胡小天道：「我也不甚清楚，只是最近城內來了很多人，百密一疏，即便是混進來幾個五仙教徒也是難免的事情。」

秦雨瞳眨了眨明眸，輕聲道：「大人和五仙教有仇？」

胡小天搖了搖頭：「無怨無仇！」

秦雨瞳道：「那麼他們何以會在飛鷹谷刺殺你？」

胡小天苦笑道：「連我自己都不清楚。」他又想起一件事，起身去拿來收藏有萬廷光毛髮指甲的木盒，這些都是慕容飛煙收集而來的，胡小天本來準備將這些東西丟棄，可事到臨頭卻又改變了念頭，決定將這件事查個水落石出，秦雨瞳顯然有能力查出其中的真相。

秦雨瞳接過他遞來的木盒收好，輕聲道：「最遲三日，我會給你一個結果。」

胡小天點了點頭。

秦雨瞳道：「對了，有件事要告訴你，閻伯光已經可以下床行走了。」說這番話的時候，秦雨瞳流露出欣賞之意，若非胡小天為閻伯光剖腹治療，只怕他早已死了。

胡小天並不關心閻伯光的死活，淡然笑道：「算他命大福大，也幸虧他遇到了你們！」

慕容飛煙卻不敢居功，輕聲道：「他的性命是你救的。」

胡小天盯住秦雨瞳的雙眸道：「你知不知道閻伯光是天狼山賊首閻魁的兒子？」

秦雨瞳道：「蒙先生之所以堅持救他，是因為閻怒嬌的緣故，當年她曾經救過蒙先生的性命。」

胡小天道：「眾口鑠金積毀銷骨，秦姑娘大概不明白流言的厲害，倘若被別有用心的人知道這件事，誣衊你們和天狼山的馬賊勾結，只怕事情就麻煩了。」

秦雨瞳凝望胡小天的雙目道：「在胡大人看來，一個醫者最重要的是什麼？」

胡小天微笑道：「人不一樣，看待問題的方式也不一樣。」

秦雨瞳道：「胡大人既然擁有一身如此不凡的醫術，為何不施展自己的本領，挽救病患於疾苦之中？」

胡小天道：「我對救人不感興趣。」

秦雨瞳望著這奇怪的少年，唯有在心底默默歎息了。

周王龍燁方的到來並非是為了遊山玩水，更不是為了給胡小天的慈善義賣捧場，安德全果然沒有欺騙胡小天，在龍燁方來到青雲的第三天午後，來自西方大國沙迦的使團抵達青雲。

沙迦使團進入青雲城的時候，胡小天還在城外和蕭天穆、周霸天一起清算著他們前晚所得，慈善義賣進行的同時，由胡小天策劃，慕容飛煙、周霸天、蕭天穆負責執行的一場盜竊行動展開，一共有七名青雲官吏被竊。一共盜取財物折算紋銀一萬三千兩，其中以縣尉劉寶舉那裡最多。這一萬三千兩並沒有將縣令許清廉丟失的財物計算在內，倘若全都算上，應該有兩萬兩之巨了。

雖然丟失了這麼多的銀子，可是報案失竊的數目卻和實際丟失嚴重不符，比如劉寶舉，至少從他家裡盜取了價值六千兩的財物，而劉寶舉報案宣稱只丟了五十兩銀子。胡小天也沒有料到能夠搶到這麼多的不義之財，由此可見即便是將這幫官吏全都抓起來砍了，其中也沒有一個冤枉的。

胡小天對這幫官吏的習性摸了個清清楚楚，所以才會籌畫這件事，以目前事情的發展來看，這件案子十有八九要 成為懸案了，就憑許清廉那幫人的破案能力，永遠也別想破了這案子。

胡小天之所以選擇跟兩人合作也是慎之又慎，一是因為他手握周霸天的秘密，不怕他出賣自己，還有一個原因是他在青雲也的確沒有更好的選擇，胡小天也想過最壞的一步，萬一事情敗露，他大可將周霸天的秘密完全揭穿，一個逃犯的話又有誰會相信。他在事先將周霸天的身分資料調查得清清楚楚，確信此人是李天衡麾下虎頭營的統領，在官方的記錄上早已認定此人死於封狼谷一役，至於蕭天穆，他的資料少之又少，應該如他自己所說，就是個土生土長的青雲人。

周霸天感歎道：「大康就壞在這幫貪官污吏的手裡，一個小小的縣城，這幫混帳就貪墨了這麼多的銀兩，出來進去的時候，看到那隻貪獸的時候，他們慚不慚愧？」

胡小天雖然是這件事的總策劃，可他也沒想到這次的行動居然會斬獲那麼多的財物，聽到周霸天大罵貪官污吏，他咳嗽了一聲道：「每個人的心中都有貪欲，只是控制力各有差別。」

蕭天穆想起胡小天的身分，知道周霸天的這番話讓他尷尬了，不由得笑道：「胡大人說得不錯，貪是任何人都繞不過的坎兒，本性使然，咱們還是考慮一下應該如何處理這筆不義之財。」

周霸天道：「自然是取之於民用之於民，所有這些財物都是這幫貪官污吏從老百姓手中強取豪奪得來，咱們如今自當應該返還給百姓。」他說話的時候望著胡小天，顯然是在徵求胡小天的意見。

胡小天其實也沒什麼主意，想出這個主意的是他，可是他並沒有想到得到這筆贓款應該去幹什麼。

蕭天穆道：「雖然說是取之於民用之於民，可是咱們若是將這些財物分別返還到老百姓的手裡，用不了多久還是要被這幫貪官污吏刮個乾乾淨淨，他們丟了這麼多的財物，以後只會變本加厲，百姓又哪有保護自己財產的能耐。」

胡小天點了點頭道：「蕭先生說得不錯，取之於民用之於民不錯，可是咱們必須要想個妥善的法子，既要老百姓得到實實在在的好處，又不能讓他們發現。」

此時賈德旺走了進來，有事想要通報，可是看到胡小天在，馬上顯得有些猶豫，雖然胡小天和周霸天、蕭天穆私底下已經達成了合作的共識，但是在賈德旺這些人看來，胡小天畢竟是官，對他從心底仍然充滿了戒備。

周霸天道：「有什麼話只管說出來！」

賈德旺這才將剛剛打探到的消息說了。

胡小天其實心中早有數，他早在兩天前就已經從安德全那裡得到了消息。

等到賈德旺離去之後，周霸天道：「胡大人可曾聽說這個消息？」

胡小天搖了搖頭。

蕭天穆道：「看來周王此次前來青雲的真正目的在於此。」他並不相信胡小天沒有得到任何的風聲，由此推斷出胡小天心底深處對他們兩人仍然有戒備之心。

胡小天和周霸天兩人齊齊望向蕭天穆。

蕭天穆雙目黯淡無光，雙手握著那杯已然冷卻的茶水：「聽聞十七皇子走遍大康山山水水，遍尋名剎古寺為當今聖上祈福，可青雲地處邊陲，並沒有什麼名揚天下的景致，胡大人又說和他之前並不相識，那麼周王此次前來，肯定另有他圖。」

胡小天道：「你是說沙迦的使團？」

蕭天穆緩緩點了點頭道：「應該就是他們。」

周霸天面露凝重之色，一雙拳頭下意識地攥緊了。

蕭天穆道：「胡大人，有句話我不知當問還是不當問？」

胡小天微笑道：「蕭先生有話儘管說，不必有什麼顧忌。」

「胡大人和西川李大帥是什麼關係？」蕭天穆提出這樣的問題並不奇怪，自從慈善義賣之後，所有人都知道胡小天的根基非同一般，西州長史張子謙前來捧場，甚至連當今十七皇子周王龍燁方也親自前來，這就讓人對他的出身和背景越發感到好奇。

胡小天道：「我從未見過李大帥，也不認識他！」胡小天並沒有說謊，雖然李天衡是他未來岳父，可是在胡小天的記憶中對這個人全無印象，即便是他可能見過李天衡，也只是在他恢復意識之前的事情。

蕭天穆道：「我聽說李大帥和當朝戶部尚書結為了兒女親家，胡大人從京城來應該聽說過這件事吧？」

胡小天聽到這裡心中已經明白了，蕭天穆一定從種種跡象之中推斷出了自己的真正身分，只差沒有最後捅破這層窗戶紙而已，看來自己的身分是瞞不住了。自己在調查他們的同時，他們也在調查自己的身分。

周霸天看著胡小天，臉上的表情並不吃驚，看來他已經有了心理準備。

胡小天呵呵笑了起來，他點了點頭道：「有這件事，我從京城來，自然聽說過這些事，我還知道，當朝戶部尚書姓胡，他兒子叫胡小天！」

蕭天穆的唇角露出笑意，胡小天是個聰明人，並沒有在這個問題上糾纏，他輕聲道：「跟胡大人同名嘍！」

「就是我！」胡小天說完，向後靠在椅背上，平靜望著周霸天。

周霸天道：「因何過去不說？」他的臉上已經沒有了笑意。

胡小天笑瞇瞇道：「你們誰也沒問過我，我臉上又沒寫字，我也不瘋子，總不能見到誰就告訴他我是當朝戶部尚書的兒子吧？」

周霸天皺了皺眉頭，蕭天穆卻笑了起來：「胡大人說的極是！」

周霸天道：「你為何沒把我們的事情告訴西州方面？」

胡小天反問道：「我為什麼要告訴他們？」

蕭天穆道：「這件事我或許能夠幫助胡大人解答，第一，他不認識什麼李大帥，第二，他認為咱們還有利用的價值。」

胡小天搖了搖頭道：「利用都是相互的，誰都不是傻子，這個世界上沒有人甘心被別人利用，我不在乎你們做過什麼，我只知道你們對我並沒有惡意，咱們擁有共同的敵人，我相信我有能力幫周大哥洗清冤情，還你清白。」胡小天說完又補充道：「其實在我心中，早已將你們兩人當成了朋友。」

周霸天聽到朋友兩個字的時候，目光倏然一亮。

蕭天穆道：「衝著朋友這兩個字，我相信胡大人！」

胡小天伸出手去握住蕭天穆修長而冰冷的手，他將左手伸向周霸天。

周霸天道：「你不怕我們連累了你？」

胡小天笑道：「你當我是朋友，我就不怕！」

周霸天抿起嘴唇重重點了點頭，將手伸了過去握住胡小天的左手。

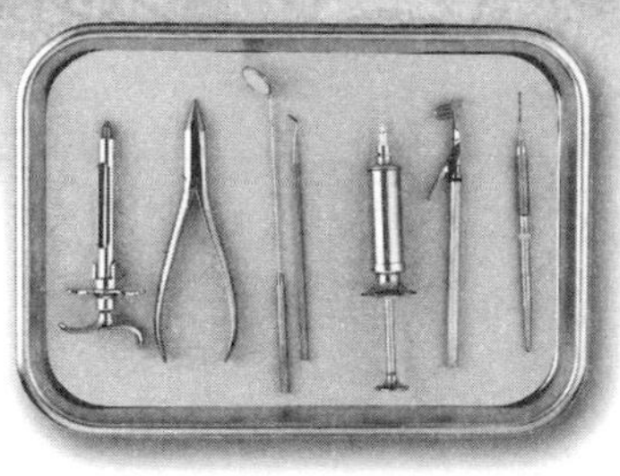

第三章

越是美麗的女人越危險

胡小天發現這龍燁方跟自己的思維真不在一個水平面上，
好歹也是當今皇上的兒子，怎麼除了男女之情就不琢磨點國家大事呢？
幸虧老皇帝沒有把皇位傳給這種人，傳到他手裡也是國破家亡的結果。
胡小天道：「傾國傾城搞不好就是禍國殃民，越是美麗的女人越是危險。」

三人分別握住其餘兩人的手掌，蕭天穆道：「周大哥、胡大人，我有個提議，你我三人意氣相投，我蕭天穆父母雙亡，兄弟離散，只有我孑然一身飄零在這世上，若沒有周大哥就沒有我的今天，胡大人，雖然你是官我們是民，承蒙你看得起，多次施以援手，並為我們保守秘密，這份情誼恩同再造，今日我說句高攀的話，如蒙不棄，咱們三人結拜為異性兄弟如何？」

周霸天性情豪爽，他和胡小天的感情雖然沒到如此深厚的地步，可是蕭天穆既然提起，他自然一口應承。

胡小天知道結拜是這個時代最常見的社交方式，一起受苦能結拜，一起享福能結拜，一起打仗能結拜，一起逃跑也能結拜，一起喝酒能結拜，一起嫖娼也可以結拜。連他和史學東那個紈絝衙內見了一面都能結拜，更何況他們三個正在密謀合作。胡小天當然明白，蕭天穆之所以提出結拜，還是緣於對自己的信任度不夠，他要為他們之間的感情增添砝碼。畢竟自己是李天衡的女婿，而李天衡若是知道周霸天仍然活在這世上，勢必會將之緝拿歸案。應該說蕭天穆現在提出結拜，實則是充滿私心的。胡小天在心中暗自掂量，所謂結拜無非是個形式，真要是出了什麼事情，大家還是各奔東西，沒見真有人會同生共死的，既然如此，結拜又有何妨。

胡小天欣然點頭道：「好！小天早有此意，只是唯恐兩位哥哥看不上我。」

周霸天握住他的手道：「小天兄弟，這話從何說起，是我們兩兄弟高攀了才對。」

胡小天心中絕沒有看低兩人的意思，周霸天武功驚人，勇猛無匹，知道他的真實身分之後，胡小天特地調查了他的資料，周默乃是虎頭營第一驍將，勇冠三軍，深得李天衡器重，若非天狼山招人設計，他也不會淪落到混跡在青雲獄中躲避殺身之禍的境地。蕭天穆雖然目盲，但是此人無論心機智慧都是極其出眾，若是他們兩人能夠為自己所用，自己日後必然是如虎添翼。

當下三人擺下香案，斬雞頭燒黃紙，歃血為盟。

三人之中周霸天的年齡最大，他已經二十七歲，理所當然是大哥，結拜之時自然用上了周默的真名，周默為人坦蕩，他說對待兄弟必須要以誠相待，絕不可以虛名論交，蕭天穆二十三歲是老二，胡小天年齡最小是老三。

三人八拜為交，喝了血酒。

結拜的時候，蕭天穆已經讓人準備酒菜。儀式完成之後，三人再次坐在一起，心中的親近感覺前所未有。

周默端起酒杯道：「你我兄弟三人從此同生共死，福禍同當，我周默是你們的大哥，我不說什麼大話，以後誰敢欺負我的兄弟就是與我為敵，你們兩人無論誰有事情，我這個當大哥的必然衝鋒在前！」

蕭天穆道：「我蕭天穆雖然看不見，但是我心裡還算明亮，我知道我不會認錯弟兄，我有生之日絕不會做對不起你們兩人的事情，無論禍福，無論悲喜，我但凡有一口氣在，必與你們共同擔當。」

胡小天舉杯道：「該說的話都讓兩位哥哥說完了，我只能用一首詩來表達我的心情了。」這貨醞釀了一下道：「同燒一炷香，就是一個娘，打虎親兄弟，獾子咬死狼，擎天一根柱，蓋房三道樑，有福能同享，有難咱同當，兄弟齊協力，男兒當自強！」

「好！同燒一炷香，就是一個娘！」周默大聲讚揚，三人端起酒碗同乾了這碗酒。

蕭天穆不善飲酒，喝了這碗酒，便不停咳嗽了起來，胡小天幫忙輕拍他的後背，蕭天穆止住咳嗽之後首先讚道：「好一句男兒當自強！」

胡小天笑道：「信口胡謅的，兩位哥哥不要見笑就好。」落下酒杯之後，胡小天再次提起沙迦使團的事情。

蕭天穆道：「三弟，實不相瞞，根據我們目前掌握到的情況，沙迦使團今次前往康都，乃是為了和親。」

「和親？」胡小天表情愕然，他身為青雲的地方官，卻從未聽說過這樣的消息，安德全也未曾告訴他這一點，真不知蕭天穆為何會這樣說？

周默歎了口氣道道：「三弟應該還記得我因何來到青雲的事情？」

胡小天點了點頭，他當然記得，周默率領虎頭營一百名將領來到青雲，真正的目的並非是為了剿匪，而是為了護送南越國小王子回去，只是沒想到在天狼山會遭遇馬賊的伏擊，帶來的一百名兄弟幾乎全軍覆沒，那南越國小王子也不知下落。

周默道：「沙迦和南越國接壤，近些年來，沙迦可汗桑木札勵精圖治刻苦經營，內平叛亂，外安異族，國力逐日增強，而其人的野心也與日俱增，沙迦人生性殘暴野心勃勃，他們以燒殺搶掠為樂，短短五年之前已經踏平西海十二國，臣服西海周邊十六部族，國土擴張兩倍之多。」

胡小天雖然知道大康西邊有沙迦這個國家，可對沙迦的瞭解並不多，在他的印象中，沙迦和大康之間似乎也沒什麼征戰。

周默道：「桑木札也算得上雄才偉略的一代霸主，他年輕時代曾經遊歷中原，對大康的情況極其熟悉，在他登上可汗之位以後，便嚴令部族不得滋擾大康邊境，多次派出使臣和大康交好，向大康俯首稱臣，穩固兩國關係，確保後方無憂，這才騰出手來對付西海周邊列國，大康對此一直是視而不見，畢竟戰火沒有燒到自己的疆土之上。」

說到這裡，周默又歎了口氣道：「一年之前，羽翼已豐的沙迦發動對南越國的戰爭，一連攻下南越國五座城池。南越軍情緊急，差遣使臣前往康都求援，南越國自建國以來一直向大康稱臣，陛下自然不能坐視不理，派使臣前往沙迦，勒令桑木札即刻撤軍，否則就讓李大帥率二十萬大軍直搗沙迦首府鐵木堡。桑木札對大康使臣極盡恭敬，在第二天便從南越國撤軍，連已經攻佔的五座城池也一併還給了南越，只是擄走的金銀財寶無數，他們離去之後，那五座城池已經變成了一片焦土。桑木札退兵也不是毫無條件，他向陛下提出和親的請求。」

胡小天對這些國家大事反倒不清楚，今天聽周默提起倍感驚奇，他迫不及待道：「陛下答應了？」

周默道：「在陛下眼中，沙迦只是一個蠻族罷了，可是桑木札既然提出了要求，陛下也不能公開拒絕，只是告訴桑木札，陛下一共有十六位未婚的公主，若是桑木札真有誠意，讓他帶著聘禮親自前往康都求親。」

胡小天暗讚這老皇帝還算有些謀略，桑木札必不敢來，他若是膽敢來到康都提親，只怕是有去無回了。果然不出胡小天所料，周默又道：「桑木札聽到這樣的回覆，馬上就改口說並非是自己想要和親，而是要為自己的兒子求親，等到來年春暖花開，他會讓自己的兒子趕著牛羊、帶著厚重的嫁妝，親往康都提親。」

胡小天道：「如此說來，這次沙迦的使團應該就是來提親的。」

蕭天穆道：「其實在一個月前，我們就已經從沙迦那邊得到了消息，說桑木札已經決定派自己的十二王子霍格前來求親。」

胡小天道：「照這麼說，周王應該是專程迎接沙迦王子的？」

蕭天穆點了點頭道：「很有可能。」

胡小天道：「難道青雲橋被人為毀壞真正的目的是在於此？假如天狼山的馬賊真正的目標是沙迦使團，那麼此事非同小可，假如沙迦使團在中途出事，勢必會讓大康和沙迦兩國之間的關係面臨考驗，甚至破裂，因此而發生戰事也未必可知。」其實他對這件事早已心知肚明，只是現在才將心中的想法完全說出來。

蕭天穆道：「我懷疑天狼山馬賊的襲擊目標，很可能就是沙迦使團。」

胡小天道：「假如沙迦使團就是他們的目標，那麼他們事先毀掉青雲橋，就是切斷這條通往中原最近的路線，讓前往紅谷縣越過永濟橋成為唯一途徑。」

周默道：「刻意避開青雲縣，顯然是有人想要推卸責任，無論沙迦使團在何處遭到襲擊，地方官員必然首當其衝承擔罪責。」

蕭天穆點了點頭道：「我們必須要阻止這件事的發生，倘若沙迦使團中有人出事，那麼沙迦可汗桑木札就有了出兵的藉口，很可能揮師東進，塗炭生靈，最終倒楣的還是百姓。」他的話中流露出悲天憫人的情懷，雖然他看不到，可是他的眼界和格局卻很是當世少有。

周默道：「閻魁害死了我一百名弟兄，只要讓我遇到他，我必割下他的首級為兄弟們復仇。」

胡小天為兩位兄長斟滿了酒，自己也滿上之後，端起酒杯默默抿了一口道：

「假如沙迦和大康發生了衝突，什麼人能夠得到好處？」一句話問得兩人同時愣在那裡。

胡小天道：「鷸蚌相爭漁翁得利，這個道理哪怕是孩子都能懂得，我看南越國在其中未必會扮演什麼好角色。」

周默低頭沉默良久，方才歎了口氣道：「三弟，這其中的秘密總有撥雲見日的時候，咱們眼前顧不了太多，想好應對之法才是正本。」

胡小天道：「天狼山馬賊號稱有七千人之眾，假如他們傾巢而出，再有內應的前提下，咱們只怕不是對手。」

周默道：「絕不可能，七千人的調動聲勢浩大，根本無法瞞過我們的眼睛，這麼多人也只是對外宣稱罷了，我看他們連家眷全都算上，至多也就是兩千人，至於這次出動的人馬，應該不會超過五百人，此事非同小可，他們絕不敢大張旗鼓的進行。」

蕭天穆道：「我們現在對沙迦使團的情況還不清楚，一切都是未知之數，先搞清此次沙迦王子有沒有過來，至於人手問題，如果周王是專程來青雲迎接沙迦使團的，那麼由他出面調撥兵馬絕無任何問題。」說到這裡，他又想到了什麼：「三弟，西州長史張子謙張大人是不是為了這件事過來的？」

胡小天搖了搖頭道：「他對這件事應該是一無所知，不過現在應該已經知道了。」經蕭天穆這一問，胡小天也覺得這件事有些不對頭，這麼重要的事情為什麼李天衡會不知道？而周王龍燁方也沒有透露給李天衡任何的消息？這件事從一開始就存在著太多的謎團，想要搞清楚真相還真不是那麼的容易。

周默道：「三弟有何打算？」

胡小天這才不慌不忙從懷中取出一張青雲一帶的地圖。他將地圖攤平放在石桌之上，蕭天穆目不能視，當然不知道胡小天正在做什麼。

胡小天解釋道：「這是青雲周邊的地圖，我仔細研究過，天狼山的馬賊若是大舉出動，一共有兩條路線可選，一是出封狼谷，繞過青雲縣城，經北部山區，在此地可以經陸路南下，也可以乘船沿著通濟河順流而下。二是從天狼山南部繞行，途徑百濟、佳合兩縣進入紅谷縣境內，在途中進行包抄，只要我們提前將這兩條線路封鎖，就可以防止他們的襲擊。」

蕭天穆道：「你不要忘了，縣衙內部很可能有人會提前放出消息。」

胡小天道：「兩位哥哥，實不相瞞，此事我已經做出安排，張子謙張大人會協助我將青雲縣涉嫌和天狼山勾結的這幫官員全都羈押起來，至於百濟、佳合、紅谷三縣，張大人也會出面協調，讓他們出兵配合此次的行動。今晚就能夠切斷天狼山馬匪出山的途徑，同時對青雲到紅谷的水路實行全段禁行，陸路嚴設卡口，絕不放過任何一個可疑人物。」

蕭天穆暗暗稱讚，這位小老弟做事狠辣果斷，心思縝密，倘若他所說的全都能夠做到，只怕天狼山的馬賊也會知難而返，不敢前來了。

周默卻眉頭緊鎖，顯得悶悶不樂，事實上他一直都在等待著這個機會，只有天狼山的馬賊出擊，他方才有報仇的機會，百餘名兄弟全都死在閻魁手中，若非為了報仇，他何必隱姓埋名躲在青雲獄中，胡小天的做法完全是為了周王的安全著想，如此周密的防範之下，天狼山的馬匪肯定不會冒險出動，而他籌謀已久的復仇大計只怕無法實現了。

胡小天猜到周默的心思，低聲道：「大哥，君子報仇十年不晚，我知道你恨不能現在便殺了閻魁，可凡事有輕重緩急，周王和沙迦使團的事情關係到大康邊境的安危，若是使團在大康境內遇襲，必然觸怒沙迦王國，他們勢必會撕毀和約，搞不好會兵戈相向，到時候苦的是蒼生百姓，你我兄弟同為大康子民，若是無法阻止此事，豈不是成了民族的罪人。」

一番話說得周默額頭滿是冷汗，心中暗自慚愧，我兄弟所言極是，我這個做大哥的鼠目寸光，豈可因個人的恩怨而壞了國家大事，倘若真因為這件事引起兩國交兵，自己有何面目去面對鄉親父老？

蕭天穆緩緩點了點頭道：「三弟說得不錯，事有輕重緩急，救百姓於水火之中乃是大義，至於閻魁那個惡賊，早晚我們都有機會收拾他。」

周默道：「兩位兄弟，為兄明白，絕不會因為個人恩怨而亂了大計。」

胡小天道：「對付閻魁也並不是沒有機會，這段時間，他的兒子閻伯光始終都在黑石寨養傷，黑石寨是黑苗人的地盤，我們雖然不方便進入寨子抓人，可是從我掌握到的情況，這兩天閻伯光的傷勢已經大為好轉，很可能會在最近兩天離開黑石寨，只要盯緊黑石寨方面，就可以將閻魁的子女全都抓住，只要抓住了他們，不愁閻魁不派人來救，到時候我們再來個引蛇出洞，將天狼山的馬匪一網打盡！」

蕭天穆其實也想到了這一點，這段時間一直是他們負責監督那幫人的動向，如果抓住了閻魁的寶貝兒女，不愁他不派人來救。

周默點了點頭道：「好，閻伯光那幫人交給我來對付！」

胡小天道：「不但閻伯光，兩位哥哥手下奇人眾多，還望兩位哥哥派遣得力助手，觀察天狼山馬匪的動向，一有風吹草動馬上向我通報。」

蕭天穆道：「你若是將青雲的那幫官吏抓起，你就擁有了青雲官兵的支配權，不差這點人手吧。」

胡小天笑道：「那幫官兵衙役吃飯貪污一個比一個厲害，談到做事，全都是膿包！」

胡小天的內心深處有著不為人知的另外一面，初來這個世界上的時候，他認為遺忘才是美好的，想要忘記上輩子的忙碌和勞累，想要收起勃勃的野心，想要徹底拋棄心中對名利的渴望，因為那樣才可能過得輕鬆快樂。然而當他真正開始熟悉並面對這個世界，方才發現周圍的一切和過去並沒有太多的不同，權利這兩個字仍然是多數人熱衷追逐的對象，超然物外與世無爭只是存在於理論上的夢想，身在俗世之中，想要活得自在，過得舒坦，你就必須要遵循俗世的規則。

弱肉強食，強者為尊，殘酷而現實的真理。胡小天本以為自己已經完全拋卻了名利，本以為自己經歷這場生死之後可以不再介意那些虛妄的名譽和地位，可他漸漸發現，在自己的心底深處，仍然是存在著強大的野望，而且這種野望正隨著時光的推移日積月累，變得越來越強大。

沙迦使團進入青雲之後，許清廉等人方才知曉，等到他們出門相迎已經晚了，周王讓人直接將沙迦使團帶到了萬府，此前他已經做出了準備，萬府也已經將西院騰出，留給沙迦使團暫住。

許清廉一幫人跟著到了萬府，原本想進去寒暄兩句，可周王卻讓人將他們擋在了萬府門外。

一干人等不知道周王到底是什麼意思，回到衙門裡，一個個忐忑不安，生恐有地方得罪了這位皇子殿下，眾人商議之時，卻看到胡小天帶著四名隨從到了。

慕容飛煙和柳闊海眾人都是認識的，至於其他兩人，正是張子謙留給胡小天的兩名幫手梁慶和徐恒。

自從慈善義賣之後，這幫官員明顯對胡小天客氣了許多，關於胡小天真正出身的傳言這兩日開始流傳了出來，其中最可靠的一個版本就是胡小天乃是當朝戶部尚書胡不為的獨生子，他的未來岳父就是西川開國公李天衡。正所謂天下間沒有不透風的牆，短短的兩日之間幾乎所有人都知道了這個事實，青雲的這幫官吏有些悔不當初了。後悔之餘還感到害怕。其中以許清廉為最，想起自己之前和胡小天處處作對多次刁難他的行為，一頭撞死的心都有了，自己做官做了半輩子，連一個貨真價實的官二代都認不清楚，這才是有眼不識泰山。

看到胡小天前來，一眾官吏全都迎了上去，笑容可掬道：「胡大人來了，胡大人來得正好，剛好有事跟您商量。」

胡小天笑瞇瞇道：「何事找我商量？」

許清廉道：「胡大人，今日沙迦使團抵達青雲，作為地方官員，我等本該出面接待，可是周王殿下卻將沙迦使團安排在萬家，將我等全都拒之門外，我等不知何事做錯，心中正在忐忑，還望胡大人前往萬府打探一下消息。」

胡小天呵呵笑道：「許大人現在還不知道哪裡做錯？」

許清廉點了點頭，隱約感覺到胡小天的笑容有些不善。

胡小天環視了一下眾人，輕聲道：「周王千歲讓你前往福來客棧緝捕五仙教的亂黨，可你卻一無所獲。」

許清廉道：「本官趕到福來客棧之前，五仙教的人已經走了，我也沒有辦法啊。」他心中暗自警惕，不知胡小天現在提起這件事是為了什麼？

胡小天冷哼了一聲道：「將許清廉給我抓起來！」

所有人都沒有想到局勢會突然發生這樣的變化，不等眾人反應過來，梁慶和徐恒兩人已經衝了上去一把打落許清廉的烏紗，踹在他的膝彎之上，許清廉撲通一聲就跪倒在了地上。

劉寶舉第一個反應過來，他慌忙去抽腰刀，慕容飛煙美眸一凜，一個箭步就衝了上去，抬腳踹在他的胸口，劉寶舉武功稀疏平常，哪當得起慕容飛煙的這一腳，被踹得倒飛了出去，後背撞在公案之上，手中的腰刀也飛到了一旁，落地時腦袋重重磕在地上，竟然暈了過去。

這幫人平日裡魚肉鄉民是把好手，可這樣的場面何曾見到過，一個個嚇得面無人色，主簿郭守光顫聲道：「反了……你們難道要造反……」

胡小天走過去揚手就給了他一個嘴巴子，打得郭守光面頰高腫，捂著嘴巴連話都不敢說了。

此時師爺邢善帶著十多名衙役聞訊從外面衝入公堂，指著胡小天道：「胡小天，你膽敢以下犯上……」

胡小天哈哈大笑，舉起手中的令牌，他傲然道：「放亮你們的招子看清楚，這令牌是開國公李大帥所贈，令牌在有如大帥親臨，爾等全都給我跪下！」

那幫衙役雖然不認識令牌，可聽到西川開國公李天衡的大名一個個嚇得爭先恐後地跪了下去。邢善猶豫是不是跪下的時候，柳闊海已經衝了上去，一拳打得這廝滿臉開花。

許清廉顫聲道：「胡小天，你無法無天，我許清廉忠心為國，何罪之有？」

胡小天冷笑道：「勾結五仙教，私自放走朝廷要犯！」

「你信口雌黃，汙我清白！」

胡小天掏出了一顆雞蛋大小的夜明珠：「這東西你應該認得吧？」

「啊……」許清廉看到那顆夜明珠登時面如死灰，不過他仍然嘴硬道：「我從未見過這是何物！」

胡小天道：「你嘴巴硬，我不信你老婆的嘴巴和你一樣硬。貪贓枉法，勾結反賊，隨便哪一個罪名都夠誅你九族！」他環視那群震駭莫名的胥吏，大吼道：「你們還有誰是許清廉的同黨？」

一群胥吏嚇得全都跪了下去，主簿郭守光帶頭叫道：「大人明鑒，我等和他沒有任何關係……」

胡小天呵呵冷笑一聲，向仍然跪地不起的那班衙役道：「傳我的命令，將這幫貪贓枉法的東西全都關入監房，等我奏明周王之後，再做處理！」

胡小天以迅雷不及掩耳之勢將青雲的那幫官吏一網打盡，盡數關押到了監房之中，也唯有利用這樣的方法才能切斷衙門內部和天狼山之間的聯繫，避免其中有人向山賊通風報訊。許清廉和劉寶舉、郭守光等人同時被擒，意味著胡小天完全取得了對青雲胥吏和守城士卒的實際控制權。

雖然事情做得雷厲風行，可畢竟仍然有消息傳到了周王那裡，在關押許清廉等人之後不久，周王便接到消息，讓胡小天前往萬府解釋。

萬府這兩天的警戒增強了許多，除卻他們自身的家丁護院之外，青雲縣方面佈置了近五十名士卒，率領負責萬府周圍街道的防守。

胡小天來到萬府大門前就經過了三道關卡，青雲縣少有來過這麼重要的人物，所以增強安防措施也實屬正常。

自從周王龍燁方鬧出了派兵圍捕夕顏的事情，胡小天就把這廝歸類到不靠譜的人群之中，此次前來面見龍燁方還是那件事過後的頭一次，胡小天琢磨著龍燁方會不會因為那件事而記恨自己。加上今天他將青雲的那幫官吏全都擒拿關押起來，只怕周王龍燁方要因此而發難。

周王龍燁方的情緒比起胡小天預想之中要好，聽聞胡小天登門求見，馬上讓侍衛將他請了進來。

萬家雖然在豪華程度上無法和皇宮相比，可是在西南邊陲的小縣城能有這樣優越的住宿條件已經算得上很不錯了。

龍燁方剛剛吃過晚飯，一個人坐在房間內，胡小天走進來的時候，他正端著茶盞默默注視著牆上的一幅畫像，胡小天看得清楚，那畫像正是他給夕顏畫的素描，龍燁方在慈善義賣晚宴的時候以兩千金拍了下來，說起這事兒胡小天倒是有些鬱悶，龍燁方雖然當場拍下，可是並沒有當場給錢，也就是說這位皇子給了一張空頭支票，到現在也沒兌現，他不主動給，誰也不敢主動找他要。胡小天倒不認為這位十七皇子在乎這點小錢，十有八九是給忘了。

龍燁方看得入神，胡小天也不便打擾他，只能老老實實站在一旁，想不到這位皇子真是一個癡情種子。

等了好一會兒，方才聽到龍燁方長歎了一口氣道：「天生麗質，何苦為賊？」

胡小天沒答話，心想你龍燁方最好離夕顏遠一些，紅顏禍水，且不說安德全說她是五仙教的事情究竟屬不屬實，單單從那妮子的作為上來看十有八九就是個邪派妖女。不是老子存有私心，我是為你好，如果你不是皇上的兒子，如果不是擔心你在青雲出事，你願意找死我才懶得管你。

龍燁方緩緩轉過身，目光落在胡小天的臉上。

胡小天深深一躬道：「卑職見過周王千歲千千歲！」

周王龍燁方擺了擺手道：「免了，本王最不喜歡的就是那些繁瑣的禮節，這裡有沒有外人，我一直拿你當成朋友，何必像尋常官僚一樣奴顏婢膝。」

你大爺才奴顏婢膝？老子是遵照禮節好不好，上下有別，倘若我跟你平起平坐，你又該說我不敬了，這幫皇子皇孫真是不好伺候，胡小天心中腹誹著，臉上仍然掛著虛情假意的笑容，其實周王沒說錯，他現在的樣子就是奴顏婢膝。

龍燁方指了指自己對面的凳子，胡小天又作了一揖，方才誠惶誠恐地坐下，屁股很小心地只挨上去半個，這是準備隨時起身，天威難測，皇上的兒子也都是喜怒無常，搞不好什麼時候就得發火，自己得隨時做好鞠躬下跪的準備，胡小天自己都看不起自己，上輩子好像沒那麼犯過賤。

龍燁方道：「窈窕淑女，君子好逑，這幅畫畫得很是用心。」

胡小天內心一顫，龍燁方話裡有話啊，都過去幾天了，這孫子怎麼說話還繞不開夕顏那個妖女？看來十有八九是記恨上我了。本以為來到之後龍燁方就會問起許清廉那幫官吏的事情，現在看來他應該根本沒把那幫官吏放在心上。

龍燁方道：「只有投入感情方才可以將這幅畫畫得如此神形兼備。」他盯住胡小天的雙眼道：「看來你很喜歡她！」她指的自然就是夕顏。

胡小天真是有些欲哭無淚，趕緊站起身來深深一躬道：「殿下，卑職對天起誓，我對夕顏絕無一絲一毫的男女之情，那日在鴻雁樓，也是我見她的第一次。」

龍燁方微笑道：「你不必慌張，如此傾國傾城的美女，你若是不心動，除非你不是個男人。」

你才不是男人，胡小天發現這龍燁方跟自己的思維真不在一個水平面上，好歹也是當今皇上的兒子，怎麼除了男女之情就不琢磨點國家大事呢？幸虧老皇帝沒有把皇位傳給這種人，傳到他手裡也是國破家亡的結果。胡小天道：「傾國傾城搞不好就是禍國殃民，越是美麗的女人越是危險。」

龍燁方哈哈笑道：「小天，你不必如此害怕，我說這些話並沒有責怪你的意思，本王又不是瞎子，當然能夠看出你喜歡夕顏。其實那天你跟我說她是五仙教的人，就是想讓我知難而退。」

胡小天這個鬱悶啊，龍燁方這腦袋瓜子究竟是怎麼生的？老子是為你好，你這不叫聰明，叫故作聰明。

龍燁方道：「我不怪你，美人如玉，德者居之。雖然你我出身不同，可是在這方面無需謙讓。」

胡小天被這廝弄得有點精神錯亂了，美人如玉，惟德者居之，我靠！明明是天命有常，唯有德者居之。這貨根本是個不愛江山愛美人的主兒，還擺出胸襟廣闊要和自己公平競爭的架勢，有毛病，皇上的兒子也未必個個都正常。

胡小天不敢坐，仍然保持著低頭哈腰的架勢：「啟稟殿下，小天早已心有所屬。」

龍燁方聽他這麼說，略感詫異，輕輕哦了一聲：「不知是誰家的女兒能夠讓你如此傾心？」他對胡小天的個人大事顯然並不知情。

胡小天道：「就是西川節度使李大人家的女兒李無憂。」

龍燁方愕然道：「豈不是他癱瘓的女兒？」說完之後他頓時意識到自己失言了，表情變得有些尷尬。畢竟是皇家子弟，這點修養還是有的，談論別人的短處等於往別人心頭撒鹽，似乎有點不厚道啊。

胡小天道：「雖然她身體有疾，但是在我心中她卻是這世上最完美的女孩兒，我對她情根深種，堅定不移。」連他自己都感覺到後槽牙發酸，這番虛情假意的肉麻話，只怕誰也不會相信。

可偏偏龍燁方被他給蒙住了，頗為感動地點了點頭道：「小天，想不到你居然如此至情至聖，看來我錯怪你了。」他站起身拍了拍胡小天的肩頭，然後又道：「過去我並不相信感情可以跨越年齡、容貌、健康，可現在我總算相信這世上還是有真愛存在的。」

胡小天道：「卑職沒那麼高尚，也沒想那麼多，只是認為，身為男人最重要的應該是責任感，我既然和無憂締結婚約，就要忠誠於她，就要呵護於她。」

龍燁方感歎道：「我能夠理解你的這種感情，其實我對夕顏何嘗不是這樣。」

他的目光再度落回到那張畫像上，深情道：「無論她出身如何，無論她是不是五仙教的妖人，無論她年輕貌美還是韶華老去，我對她都會矢志不渝，不離不棄，只是我的這番心思，又怎能讓她知道？」說到這裡，龍燁方又長歎了一聲。

胡小天心中暗笑，你騙誰？在我面前扮情聖，說穿了還不是被夕顏的美色所迷，她若是個下肢癱瘓的醜陋女子，只怕你連看都不願多看她一眼，想到這裡，胡小天感覺命運真是對自己不公，難不成自己真要為了老爹的政治生命，無私地奉獻一次，犧牲一次。他今天前來的主要目的是為了打探消息，可從他見到龍燁方，都在聽這廝兒女情長，正事壓根沒提。大康的皇子如果都像他這個樣子，只怕以後江山堪憂了。

胡小天道：「精誠所至金石為開，夕顏若是知道殿下對她如此深情，想必也會被您的良苦用心所感動。」

龍燁方雙目一亮：「真的？」

胡小天違心地點了點頭，此時感覺自己和那幫溜鬚拍馬的官員沒什麼兩樣。

龍燁方道：「可惜明日本王就要離開青雲了，他日相見不知何年何月。」

胡小天當然明白，龍燁方不是因為自己而生出的這許多感慨，總算知道龍燁方明天要走，故作驚奇道：「殿下怎麼走得那麼急？何不在此地多留幾日，卑職剛剛忙完手頭上的事情，正準備陪著殿下遊覽一下青雲的山山水水。」

龍燁方站起身來，輕輕在胡小天的肩頭上拍了拍道：「小天，你的心意我領了，可我此次前來還有一件重要的事，相信你已聽說沙迦使團抵達青雲的事了。」

胡小天點了點頭道：「我今日外出公務，直到傍晚方才返回城內，也是剛剛才聽說這件事，不知沙迦使團前來大康為了什麼事情？」陪著龍燁方聊了老半天，總算進入了正題。

龍燁方道：「我大康國運興隆，百姓安居樂業，兵馬強盛，威震四方。周邊蠻夷諸國競相聽命朝拜。」說這番話的時候，他臉上的表情充滿了驕傲，一副沾沾自喜的模樣。

胡小天真是不忍心打擊他，這貨估計在宮裡面待慣了，根本不知道大康現在的狀況，國勢衰微，民不聊生，兼之這些年國內災情不斷，大康從昔日的中原霸主已經漸漸沉淪，不說日薄西山，現在北方大雍崛起，隱然已有和大康抗衡之勢，還談什麼威震四方，這位十七皇子倒是深得精神勝利法的精髓，還以為自己一家獨大呢。

胡小天道：「這麼說，沙迦國使團是專程來大康朝拜送禮的？」從蕭天穆那裡他已經得到了不少消息，沙加國使團此次前往康都是為了求親，人家非但不是來送禮，還想要從大康娶走一位公主，順便再索要一筆不菲的嫁妝。胡小天熟知歷史，什麼昭君出塞，什麼文成公主，其實全都是為了穩住蠻族所採用的和親政策，以美色和金錢換取國境的安寧，從大局上來說並沒有錯，可是小處卻是人家占了便宜。

龍燁方道：「也不盡然。」說到這裡，他的情緒似乎沒有了剛才的高漲，搖了搖頭道：「本來他們說要派十二王子霍格前來，可這次來的人不少，帶頭的卻是使臣摩挲利，並無王族在內，這幫蠻夷真是反覆無常。」

胡小天跟著幫襯道：「果然是不開化的蠻族，連起碼的禮節都不懂。」

龍燁方反倒開解起胡小天來了，他呵呵笑道：「既然知道是蠻夷，又何必跟他們一般見識。」他回到太師椅坐下，低聲道：「我聽說你將青雲縣的那幫官員全都抓起來了？為什麼啊？」

胡小天此時方才亮出張子謙交給他的令牌，恭敬道：「啟稟殿下，這是西州長史張大人的命令，根據我們掌握的線索，青雲官吏之中很可能有人和天狼山馬賊勾結，而且有跡象表明縣令許清廉和五仙教的逆賊來往密切。」

「可有證據？」

胡小天道：「雖然沒有查實，但是現在沙迦使團正在青雲，為了確保殿下和使團的安全，卑職不得不採取這樣的做法，此事我和張大人已經商量過，等到殿下和使團離去，再逐一審問，絕不放過一個好人，也絕不會放過一個壞人。」他才不會承擔責任，將所有的事情都推到張子謙的身上，反正張老頭已經返回了西州，自己說什麼他也不會知道。

龍燁方點了點頭，他對那幫官吏的死活本來也沒怎麼放在心上，聽到胡小天解釋的也算合理。

胡小天擔心他還會繼續過問這件事，又湊了過去神神秘秘道：「夕顏姑娘就是提前從許清廉那裡得到了消息，所以才離開的，是許清廉故意放走了她。」欲加之罪何患無辭。

周王一聽勃然大怒，重重拍了拍桌子道：「混帳東西，居然如此大膽，當真是死不足惜！」

胡小天暗自得意，夕顏果真是周王身上的逆鱗，不能碰啊。

此時龍燁方的貼身侍衛走了進來，通報沙迦使團的摩挲利求見。

胡小天聽聞摩挲利前來，趕緊向周王告辭。

龍燁慶卻道：「不妨事，你剛好陪我見見他。」

胡小天本以為摩挲利是一位金髮碧眼的異域人士，卻想不到摩挲利的外表和中原人沒有太多分別，只是膚色黑了一些，這和沙迦國地處高原，紫外線照射強烈有關。

摩挲利身材高大，濃眉重鬚，頷下大鬍子蓬鬆而蜷曲，眉毛髮鬚眼睛全都是黑色，穿著也都是漢人的裝束，摩挲利來到周王面前，身軀微躬，右手五指分開掌心緊貼胸前向龍燁慶行禮道：「沙迦使臣摩挲利參見周王千歲，千千歲！」一口漢話說得標準流利，如果不是事先就知道他的身分，胡小天一定以為他就是大康子民。

龍燁慶微笑：「特使大人不必多禮，請坐！」

摩挲利坐下之後，這才向胡小天看了一眼，在摩挲利看來能和龍燁慶單獨相處的絕不會是普通人物，應該是龍燁慶的心腹謀士。

龍燁慶也沒有向摩挲利介紹胡小天的身分，示意手下人去給摩挲利泡了杯茶，不緊不慢道：「特使找我有什麼事情？」

摩挲利微笑向胡小天望去，胡小天當然明白這廝是在給龍燁慶暗示，要把自己趕走的意思。

龍燁慶淡然道：「你不必顧忌，他是我最信得過的朋友。」

聽到龍燁慶這麼介紹自己，胡小天有些受寵若驚了，不過他還算有些自知之明，知道自己和龍燁慶的關係沒到這個份上，龍燁慶也就是說給摩挲利聽聽罷了。可無形之中，胡小天在摩挲利心中的地位就提升了不少。

摩挲利笑道：「我家大汗委託我給殿下帶來了一些禮物。」

龍燁慶對禮物並沒有什麼興趣，可人家既然帶來了總不能拂了他的好意，點了點頭道：「回頭幫我謝謝你家大汗。」

摩挲利道：「殿下不想看看是什麼禮物？」

龍燁慶道：「那就看看！」

摩挲利拍了拍手掌，從外面婷婷嫋嫋走入了一位蒙面女郎，那女郎身披金色斗篷，面敷輕紗，一雙深藍色的眼眸在夜色下宛如寧靜的海水一般深邃溫柔，來到龍燁慶面前，先躬身行禮。

胡小天心中暗笑，這送禮方式實在是老套，不過放眼古今中外送禮最常見的方式就是金錢、美人，沙迦人送了一個漂亮女郎給龍燁慶也算得上是投其所好。不過這異域女郎包裝得實在是過於密實，看不到她的廬山真面目，禮物雖然送來了，可是真實品質如何還不知道，周王龍燁慶到底是收還是不收？其實這事兒背著人最好，自己在這裡真是多有不便。

龍燁慶還是表現出了一個大國皇子的應有風範，淡然笑道：「這便是你說的禮物？」神情頗為不屑，似乎壓根沒把這禮物放在眼裡。

摩挲利笑道：「周王莫急！」他居然從自己的寬袍大袖中取出了一隻手鼓。周王皺了皺眉頭，不知摩挲利拿出手鼓來做什麼？

胡小天想得更多一些，假如摩挲利有加害之心，豈不是能藏著兇器在他們毫無察覺的前提下走進來。不過胡小天看到手鼓就已經明白了七八分，接下來應該是才藝展示了，摩挲利的手鼓是用來伴奏的。胡小天感覺到事情變得越來越有趣了，留下來看看表演倒也不錯。

果不其然，摩挲利將長袖擼起，然後蓬地拍響了手鼓。

那女郎脫去小蠻靴，一雙雪白粉嫩的玉足毫不吝惜地展示在他們面前，移動腳步，足踝之上金色的鑾鈴發出有節奏的清脆響聲。她原地旋轉起來，金色的斗篷隨著她的動作飄飛而起，旋即如同一片雲彩一般從她的身上脫落。

伴隨著摩挲利手鼓的擊打，女郎開始舞動她妖嬈的軀體。

胡小天一口水剛喝到嘴裡，連咽下去都忘記了，他無論如何都不會想到有生之年居然還有機會看到肚皮舞。

胡小天看得目不暇接，在肚皮舞的鑒賞方面他勉強算得上一個專家，過去也曾經見識過這方面的舞林高手，可是和眼前的舞女相比，過去的那些舞者只能用初級水準來形容了。

鼓點越發激烈，舞女的舞姿變得越發狂野，渾身每一寸肌膚都在顫抖，向現場觀眾傳遞著一種難以描摹的誘惑。

咕嘟一聲，胡小天總算把含了半天的那口茶咽了下去，抽空看了看身邊的龍燁慶，看到龍燁慶雙眉緊鎖，並沒有流露出特別興奮的意味。馬上意識到龍燁慶應該欣賞不了這種異域舞蹈，這女子雖然性感妖嬈，可似乎不是龍燁慶的菜，摩挲利這次馬屁拍在了馬蹄子上。

摩挲利應該也意識到了，手鼓變換了幾個節奏，迅速轉入尾聲，那舞女在一段連續旋轉舞動之後，一個跪倒的後仰動作作為結束。

胡小天鼓掌喝彩，可馬上發現龍燁慶連手都未動一下，暗笑這廝真是不識貨。

摩挲利道：「維薩！見過周王千歲！」

那舞女雙手合什向周王行禮，抬頭的時候將面紗摘去。

胡小天看得真切，這妞兒生著一張典型歐美女郎的面孔，金髮藍眼，高鼻深目，嘴唇豐厚性感，不過也不符合大康普遍的審美標準，現在這個時代崇尚的是櫻桃小口，眼前這位完完全全是現代時尚型，難怪龍燁慶並不感興趣。

跟龍燁慶狹隘的審美觀相比，胡小天要廣博許多，這妞兒換成現代絕對是符合國際審美的大美女。

人的審美觀果然是不同的，龍燁慶雖然承認維薩的舞姿夠撩人夠嫵媚，但是對此女的模樣感到的卻是怪異，望著這被胡小天認為形象可以走向國際舞台的大美女卻沒有任何喜悅的感覺。

摩挲利道：「此女是大汗從法雅部落捕獲的女奴，因為她舞姿出眾容顏美麗，所以特地帶來敬獻給周王千歲。」

周王道：「替我謝謝大汗的好意。」他從頭到腳打量了維薩幾眼，又道：「摩挲利，既然你們將她送給了我，是不是意味著我就是她的主人？」

摩挲利恭敬道：「正是如此，從現在開始她就是殿下的私人財物，殿下有權支配她的一切。」

胡小天暗暗羨慕，當皇子還是不錯的，居然能夠擁有這樣的無邊豔福。

周王道：「那我就將她送給我最好的朋友吧！」他指了指身邊的胡小天。

胡小天覺得自己如同被當空一個霹靂給劈中了，腦袋頓時就懵了，該不是天上掉餡餅吧？這樣的好事怎麼就落在自己頭上了？可以周王多情的性子沒理由把這麼大便宜讓給自己？難不成真是這位異族美女不符合他的審美觀？糖衣炮彈啊，應該說是糖衣肉彈，這肉彈比糖衣還要誘人，胡小天的第一反應是應該拒絕，可當著摩挲利的面，不能馬上說，說了就是不給周王面子。

摩挲利顯然也被周王的這一手給弄愣了，明明是要將這女奴送給龍燁方的，可他當著自己的面就轉增給了身邊的這個毛頭小子，他不知道胡小天何許人也，雖然說過送給周王禮物之後，他就有權支配她的一切，可當著自己的面這麼幹，未免有些太不尊重自己了。

摩挲利其實還有一個用心，先將女奴送給周王，等到康都之後，再散佈消息，說那女奴本是送給大康皇上的，周王見色起意據為己有，以此來造成他們父子不合，卻想不到周王來了這一手。摩挲利的陰謀還未開展就已經被人挫敗，這筆買賣實在是賠本透了。

摩挲利道：「殿下，她是大汗送給您的禮物。」刻意強調是要提醒周王，你這麼做有失禮儀。

周王微笑道：「回去幫我謝謝你們的大汗，小天是我最好的朋友，又是我大康重臣，我將這女奴轉贈給他，應該沒什麼不妥吧。」

胡小天因為龍燁方的這番話對這廝好感倍增，不過這貨也夠誇張，我啥時候成了你最好的朋友了？再說了我一個九品芝麻官無論如何也算不上大康重臣。

摩挲利冷冷看了胡小天一眼，心想這廝怎麼連客氣一下都不懂？周王給他的禮物，他居然坦然受之。

維薩亭亭玉立站在那裡，她語言不通，根本聽不懂這幾人說話。只能從幾人臉上的表情，默默推測他們在說什麼，不過她心中明白幾人談論的必然和自己未來的命運有關。

摩挲利緩緩站起身來，他的臉色有些不好看，低聲道：「在下先走了。」今晚的這趟送禮之行根本沒有達到目的，真可謂是賠了夫人又折兵。

「小天，幫我送送摩挲利大人！」

胡小天趕緊起來幫著周王送人，龍燁方在今晚見面的全過程中表現的還是架勢十足，沙迦雖然最近強盛了不少，但是和大康泱泱大國相比仍然是野蠻效果，所以龍燁方這位皇子在骨子裡面還是有很大的優越感的，倘若這次沙迦派來的是一位王子，那麼龍燁方的態度還會客氣一些，可對方只過來了一位負責禮儀祭祀的官員，至多也就是相當於大康鴻臚寺卿，自己親自來到邊境相迎未免有些興師動眾。國與國之間是講究禮尚往來的，你敬我一尺，我方敬你一丈。龍燁方認為沙迦使團並沒有拿出太大的誠意，所以他才會將自己的不悅表達出來。

胡小天將摩挲利送到外面，摩挲利陰沉的臉色不見一絲緩和，冷冷望著胡小天道：「還未請教過大人貴姓！」

胡小天微笑道：「免貴姓胡！」

摩挲利在心中默誦著胡小天的名字，他對這個名字極其陌生，在他的印象中，大康重臣裡面並沒有這樣一位，鼻息中哼了一聲道：「請恕在下孤陋寡聞，不知胡大人在何處高就，官居何職？」摩挲利的漢話相當利索，絲毫聽不出異族口音。

胡小天笑道：「就在此地，大康西川燮州府青雲縣，縣丞是也！」

摩挲利這才搞清楚眼前這位毛頭小子居然只是一個九品芝麻官，當即氣得臉部的肌肉都扭曲了，周王居然將自己送給他的禮物轉贈給了一個九品芝麻官，這擺明了是看輕自己的國家，惱怒之下，甚至連話都不願再和胡小天多說一句，憤憤然拂袖而去。

胡小天也知道人家為何生氣，肯定是嫌棄自己官小，這禮物送虧了。

回到房間內，看到維薩仍然站在一角，可憐巴巴地望著腳下。仍然赤裸著一雙玉足，還未來得及穿上繡工精巧的小蠻靴。

胡小天向周王深深一揖道：「殿下，我把特使送走了。」

周王道：「夜了，你也回去休息吧，後天一早過來，陪我往燮州去一趟。」

「啥？」胡小天頭皮一緊，這位十七皇子怎麼想到什麼就是什麼，之前都沒問過自己，突然就讓自己陪他前往燮州。可馬上胡小天就明白了，這廝十有八九是要前往燮州環彩閣，他要去找夕顏，真是一往情深啊，敢情是個不碰南牆不回頭的主兒。

胡小天也不敢多問，既然是周王提出來的事就已成為定局。他應了一聲，道別之後轉身就走，方才走了兩步，龍燁方又叫住他：「把本王送給你的禮物帶走。」

胡小天看了站在那裡的維薩，剛巧維薩也正可憐巴巴地望著他，誰都有自尊心，她知道今天被帶來是要送給大康皇子的，可這位皇子正眼都不看她一下，直接就將她轉送給了他的手下，從目前的狀況來看，這位手下似乎也對自己沒什麼興趣，準備棄她而去，這實在是太傷人自尊了。

胡小天恭敬道：「殿下，這麼貴重的禮物，小天受不起。」說實話還真想要，可這禮物實在是有些太貴重了，周王也是個多情之人，剛才的那番作為很難說不是故意做做樣子，耍耍威風，氣氣那個特使，現在摩挲利已經走了，胡小天自然要假惺惺推辭一下。

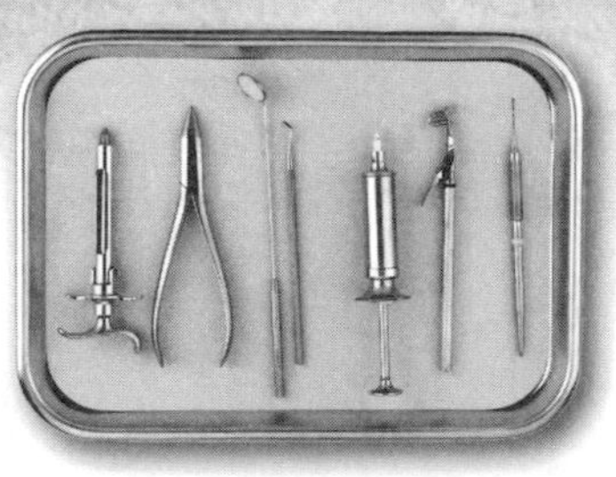

第四章

公子成公雞

胡小天望著院子裡的景象幾乎不能相信自己的眼睛。
維薩從柴房內出來，臉上掛滿了淚水，並不是因為傷心，
而是因為她對這種陌生的爐灶太不熟悉，
花了兩個時辰才搞定這頓早餐，一邊流著眼淚一邊咳嗽著，
看到胡小天趕緊行禮招呼道：「公雞，早！」

周王微笑道：「本王既然將她送給你了，你就受得起，是不是害怕在你未來岳父那邊不好解釋？你放心吧，我跟他說。」

胡小天現在開始懷疑周王的動機了，莫不是因為我不幫你撮合夕顏的事情，所以你小子利用這樣的方法坑我？真要是這樣，這位十七皇子也夠陰的。

無論周王的真正用心何在，胡小天都卻之不恭，唯有笑納，帶著這位西洋美女離開。

維薩披上金色斗篷，默默跟在胡小天的身後，心中知道這就是自己新的主人。周王身邊侍衛看到胡小天帶著這麼漂亮的一個尤物離開，一個個都露出羨慕無比的表情，這廝真是撿到寶了，他們跟在周王身邊辛辛苦苦保護他的安全，最後都沒落到這麼好的福利。

胡小天帶著維薩出了東廂，迎面遇到了萬員外萬伯平，萬伯平看到胡小天帶著一位金髮藍眼的異域美女從裡面出來也是一怔，萬伯平身後也跟著一名俊俏的丫鬟。說來湊巧，這丫鬟胡小天之前還曾經見過，正是萬伯平要送給他的那一個，不過當時被胡小天拒絕，現在帶這丫鬟來到這裡，不用問這老東西一定是故技重施，要將這丫鬟作為禮物送給周王了。

胡小天本身對這丫鬟是沒什麼念想的，可是對萬伯平的行事風格卻是極其鄙夷。在如今的時代，女人的地位還是相當低下的，在很多的場合都會被視為禮物和商品，成為溝通關係的一種手段，萬伯平的做法也無可厚非。

萬伯平道：「胡大人！」

「萬員外！」

萬伯平擺了擺手，那丫鬟退到了一邊，胡小天向維薩使了個眼色，這妮子雖然不懂他們的語言，但是非常聰明，善於察言觀色，看到胡小天的眼神就明白了，她也向後退了幾步，默默背過身去。

胡小天看到她如此懂事，也不禁暗讚這妮子聰明。

萬伯平低聲道：「胡大人，殿下可曾安歇？」

胡小天道：「我走的時候還沒休息呢。」

萬伯平朝維薩的方向看了一眼，這貨一直都是個老色鬼，雖然維薩披著斗篷，蒙著面紗，可窈窕的身姿遮掩不住，萬伯平在審美方面還是有一定水準的，認定了這女郎必然是個絕代尤物。其實萬伯平今日在接待沙迦使團的時候就已經遠遠見過維薩，當時就被她妖嬈的身段所吸引，萬伯平道：「那位姑娘是……」

胡小天道：「周王殿下送給我的禮物。」

萬伯平雙目之中流露出豔慕之光，豔慕之餘又多出了幾分敬意，看來周王和胡小天的關係果然不一般，不然也不會將這麼美麗的一個尤物割愛送人。他的語氣中帶著些許的羨慕道：「異國風情啊，胡大人真豔福齊天。」

胡小天嘿嘿笑了兩聲，看到萬伯平似乎從前兩天的低落情緒中恢復了過來，因為周王來到他府上居住，頗有些小人得志的意思，心中頓時就生起打壓這廝的念頭，故意道：「剛剛周王千歲倒是提起你來了。」

萬伯平欣喜萬分道：「千歲說我什麼？」

胡小天道：「他說你這次招待安排得很不錯。」

萬伯平眉開眼笑道：「那是草民應該做的。」心中對胡小天一百個感激，幸虧胡小大給了他這個接近周王的機會。

胡小天又道：「殿下知道你忠心耿耿，所以有一件事讓你去辦。」

萬伯平道：「草民自當竭盡所能。」

胡小天道：「殿下說他在慈善義賣拍下的那幅畫還沒有付錢，讓你幫他先給了，等以後他再還給你。」

「呃……這……」萬伯平額頭冒汗，他又不是傻子，胡小天擺明了是在坑他，他才不相信周王會說這番話。想想兩千金，肝都顫了：「胡大人，殿下果真這麼說過？」

胡小天冷冷道：「你要是不信，咱們一起去問殿下。」他拖著萬伯平的手臂作勢要往裡面走，萬伯平嚇得慌忙擺手道：「大人，大人，我信，我信！」

胡小天心中暗樂，老東西，不給你點顏色看看，你就不會老實，望著萬伯平心不甘情不願的樣子，忍不住主動向他的傷口中又灑了一把鹽道：「大公子有消息了嗎？」

萬伯平道：「托大人的福，昨日他們又讓人送了一封信，讓我準備三千兩銀子準備贖人。」

胡小天點了點頭道：「沒事就好，破財消災，只要大公子能夠平平安安的回來，破點小財算不上什麼。」

萬伯平道：「經歷了這麼多事，萬某早已將一切看淡，金銀財富，生不帶來死不帶去，那比得上家人平安重要。」說得雖然輕巧，想起平白無故又被胡小天訛詐了兩千金，真是肉疼啊。

胡小天道：「二公子如何了？」

萬伯平道：「身體康復得很快，只是仍然記不起過去的任何事情。」他隨後又歎了口氣道：「其實他只要能夠好好活著我便滿足了，就算他一輩子認不出我來，也沒什麼。」這番話倒是他的由衷之言。

胡小天也沒想跟他長談，聊了兩句就帶著維薩離去。

萬伯平望著胡小天遠去的背影，臉上的表情漸漸變得複雜而陰森。

胡小天憑空撿了一個西洋美女，維薩跟在他的身後亦步亦趨，身上的首飾發出叮噹悅耳的聲音，他們經行的地方引起不少路人注目，還好胡小天住得不遠，走了沒幾步就來到位於三德巷的宅子。

胡小天指了指自家的大門道：「我就住在這裡了。」說完之後才想起維薩聽不懂自己的話。來到門前發現大門上著鎖，看來慕容飛煙還沒有回來，應該是留在衙門裡處理那邊的事情。

胡小天一邊開鎖一邊想到，今天撿了個洋妞回來，待會兒不知應該怎樣向慕容飛煙解釋。

維薩跟著胡小天來到院落之中，一雙冰藍色的美眸在月光下期期艾艾望著胡小天，陌生的主人陌生的環境，這一切都讓她感到緊張。

胡小天笑道：「你不必害怕，我叫胡小天，你叫什麼？」雖然他早已知道了維薩的名字，可仍然想通過這種方式緩和他們之間的氣氛。

維薩咬了咬櫻唇。

胡小天以為她聽不懂自己的話，指了指自己的胸口道：「我的名字叫胡小天。」然後用手指了指維薩道：「你叫什麼？」

維薩仍然一言不發。

胡小天有點暈了，難不成這異域美女是個啞巴？他皺了皺眉頭，好歹咱也會幾國語言，要不換個語種試試，於是胡小天來了句最常用的：「what's your name？」

聽到胡小天突然冒出來的這句話，維薩一雙美眸瞬間變得明亮異常，單從她欣喜的表情胡小天就看出來了，瞎貓遇上死耗子，算是逮著了。

事實果然如此，馬上維薩就流利地回了他一句：「My name is visa!」

語言絕對是破除人與人之間障礙最簡單直接的關係，維薩幾經輾轉被販賣到沙迦王國，因為語言的問題根本無法和他人溝通，卻想不到在這遙遠的國度居然遇到了一位懂得她本族語言的男子。胡小天的英語水準早已是專家級，應付這種日常對話還不是小菜一碟。只是他沒想到這門語言在這一時空居然還能夠派上用場，正所謂技多不壓身，多學點知識總是好的。

因為語言相通的緣故，維薩很快就忘記了恐懼，和胡小天聊了起來。

胡小天知道維薩來自於西方一個遙遠的國度，她的父母都是鷹巢公國的貴族，後來因為戰亂，他們的國家被滅國，維薩和父母一起向東南逃亡，途中與父母失散，不巧又遇到連番戰亂，最後淪為女奴，因為她姿色出眾，又兼之舞技超群，所以才僥倖存活下來，奴隸主找專人訓練她，認為奇貨可居，將她送往法雅公國，可還沒有來得及敬獻給國王，法雅就被沙迦滅國，士兵們俘獲維薩之後又將她作為禮物敬獻給沙迦可汗桑木札。

可維薩的流浪史並沒有因此而結束，桑木札又將她作為禮物送往大康。這命運多舛的女子方才來到了大康，剛剛來到這裡就被摩挲利送給了周王龍燁慶，誰曾想周王隨即又將她轉贈給了胡小天。

維薩含淚道：「維薩以後一定會忠誠於主人，好好服侍主人。」

胡小天笑道：「你來我這裡無需害怕，我不會勉強你做任何事，我也不會將你當成奴隸看待。」

維薩道：「主人，您是我的主人，維薩是您的奴隸，您有權讓我做任何事。」一雙湛藍色的美眸終於敢直視胡小天的眼睛。她早已嘗盡顛沛流離的痛苦，對於自己的未來沒有任何的期待，昔日的夢想早已成為奢望，如果能夠遇到一位寬厚的主人，如果能夠不再被人販賣，過上安定的生活，已經是她的最大願望。

胡小天差點脫口問出你會暖床嗎？可這貨好歹還有些節操，話到唇邊又變成了：「你會不會洗衣做飯？」

維薩連連點頭。

胡小天道：「這裡有很多房間，你可以挑選一間自己住，至於應該做什麼，明天再說。」

維薩咬了咬櫻唇，看到胡小天臉上溫暖的笑意，終於意識到今天自己遇到好人了，晶瑩的淚光蕩漾在冰藍色的美眸中，演繹出一種蕩人心魄的美。

慕容飛煙在此時走入院落之中，看到眼前情景不由得一怔，畢竟維薩這樣的異域美女平時很難見到，雖然慕容飛煙出身於繁華的康都，也很少見到這樣金髮藍眼的女郎，卻不知胡小天是從哪裡勾引來的。

維薩看到來人，慌忙站起身來，向慕容飛煙行禮後有些拘謹地站在那裡。

胡小天笑道：「自己人，她叫維薩！」轉身向維薩用英格里希道：「維薩，你先去我房間幫我整理一下，我和慕容姑娘單獨說點事。」維薩點了點頭轉身去了。

慕容飛煙聽得一頭霧水，這胡小天還真是神通廣大，居然會說異國話，其實她對胡小天層出不窮的能耐已經見怪不怪了。

維薩走後，胡小天這才將她的來歷從頭到尾說了一遍，慕容飛煙聽完之後也感到這事兒實在是太過離奇，即便是從她的觀點來看，維薩雖然來自異族，卻也是傾國傾城的美人兒，周王又怎麼會捨得將這麼漂亮的大美女送給胡小天？

慕容飛煙道：「看來有些人白白撿了個大便宜，只怕你今晚做夢都會笑醒吧？」

胡小天道：「你吃醋啊！」

「切，就你，配嗎？」慕容飛煙一臉的不屑。

胡小天道：「說真的，不是我得了便宜賣乖，這份禮物對我來說是個燙手山芋，我收也得收，不收也得收，周王到底什麼意思我不清楚，搞不好人家明天後悔又要回去了。」

慕容飛煙道：「我看周王這次是失算了，羊入虎口，誰見過吃進肚子裡的東西又吐出來的道理。」

胡小天板起面孔正色道：「慕容飛煙，你侮辱我的肉體可以，但是不能侮辱我的人格，我是那種人嗎？咱們相處了這麼久，我對你可曾有過一絲一毫的非禮舉動？」

「你敢？」慕容飛煙柳眉倒豎。

胡小天嘿嘿奸笑道：「這世上還真沒有幾件我不敢的事兒。」

慕容飛煙發現自己在胡小天面前變得越來越沒有震懾力，這貨根本不怕自己。胡小天跟慕容飛煙開玩笑從來都是見好就收，真要是惹火了她，慕容捕頭可是相當野蠻的，他此前已經領教過。胡小天道：「許清廉那幫人怎樣了？」

慕容飛煙道：「按照你的吩咐，全都關進了監房裡，柳闊海他們在那裡看著呢。」

胡小天點了點頭道：「暫時不要放他們出來，先關上幾天，等周王和使團離開之後再說。」

慕容飛煙道：「你這次抓了那麼多的官員，不怕他們反咬你一口？」

胡小天冷笑道：「沒一個清白的，單單是他們貪墨的那些銀兩就能把他們治罪。再說這次我是奉了張大人的命令列事，他說過出了任何麻煩，他替我撐著。」

慕容飛煙道：「有你未來岳父撐腰，自然沒人敢動你。」

胡小天呵呵笑道：「對了，後天周王讓我陪他去燮州。」

慕容飛煙驚聲道：「莫不是要和那個沙迦使團一起？」

胡小天點了點頭道：「我總覺得這途中不會太平。」

慕容飛煙道：「你擔心有人可能在中途伏擊沙迦使團？」

胡小天道：「若非如此，我又何必急於將許清廉那幫人一網打盡，就是害怕有人給天狼山的馬匪通風報訊。」

慕容飛煙道：「你調兵遣將，在天狼山出山的道路之上層層佈防，幾乎每個環節都已經考慮到了，應該不會有什麼差錯。只是咱們前往燮州之後，青雲這邊的局勢誰來控制？」

胡小天一雙眼睛望定慕容飛煙，慕容飛煙頓時明白了他的意思，驚聲道：「你要我留在青雲？」

胡小天緩緩點了點頭道：「青雲縣中，我最能信得過的那個人就是你，咱們不能同時離開，周王讓我陪同前往燮州，我不能不去。我這一走，青雲這邊唯恐有變，所以你必須要留下幫我主持局面，有柳闊海幫你，還有張大人給我的那枚令牌，不愁那班胥吏不聽你的吩咐，真要是遇到了什麼大麻煩，你就去紅柳莊找蕭天穆，他一定會傾力相幫。」

慕容飛煙默默點了點頭。

胡小天微笑道：「我此去燮州，最多十日即可返回。」

慕容飛煙咬了咬櫻唇，自從離開康都之後，他們還未曾分開過那麼久，雖然平日裡看他總不順眼，忽然聽到要和他分開的消息，心中還是有些捨不得，輕聲道：「若是沒有我在你的身邊保護，馬賊若是殺來，你當如何應對？」

胡小天笑道：「已經做足了防備措施，沿途始終都有人護衛，馬賊躲都躲不及，又怎會殺來，而且我又不是手無縛雞之力的書生，你平日裡也教了我一些武功，真要是有馬賊前來，我剛好拿來練練手。」

慕容飛煙啐了一聲：「就你那三腳貓的功夫也敢拿出來獻醜，要不，讓柳闊海跟你同去。」

胡小天道：「不用，反倒是青雲最需要人手，張大人還留給我兩名侍衛，他們都是一等一的好手，他們也要跟著一起回去，周王的身邊還有八名大內高手沿途保護，不知有多安全，你就放心吧。」

慕容飛煙這才點了點頭。

胡小天回到房間內，卻見昔日凌亂的房間已經被收拾得乾乾淨淨，維薩正在那裡收拾書桌，看到胡小天進來，慌忙躬身行禮：「主人回來了！」

胡小天看到她誠惶誠恐的樣子不由得笑道：「你不用這麼慌張，也不用叫我主人，以後你就稱呼我為公子吧。」

維薩學著胡小天的口音，生澀道：「公雞……」

胡小天啞然失笑，哥說的是公子，到了你這兒居然就變成了公雞，他耐心糾正道：「公子！」

「公雞……」

一連糾正了三次，都沒把維薩的口音給糾正過來，胡小天也只能無奈默認，公雞就公雞吧，總算沒把我性別給變了，他輕聲道：「你去隔壁找慕容姑娘，她會幫你安排房間住下。」

維薩咬了咬櫻唇，沒想到這位公子還真是一位守禮君子，她點了點頭，轉身離去。

胡小天又想起一件事：「維薩！」

維薩停下腳步，俏臉之上呈現出惶恐之色，還以為胡小天突然又改變了主意。

胡小天道：「你這次隨同使團前來，這使團之中有什麼重要人物？」

維薩聽到是這件事方才暗自鬆了口氣，金色秀眉微微顰起，想了一會兒方才道：「率團前來的是摩挲利大人，其他的我就不認識了，不過……」她的表情顯得有些猶豫。

胡小天敏銳察覺到她的表情變化，微笑安慰道：「不用緊張，慢慢說。」

維薩道：「應該還有一位重要人物，我雖然不知道他是誰，可是摩挲利大人對他非常恭敬，我猜想他應該是某位王室成員。」

胡小天內心一怔，難道說這次沙迦使團之中還有一位王子前來？只是處於安全考慮所以才在途中隱藏身分？維薩畢竟只是一個女奴，對使團的瞭解僅限於此，胡小天點了點頭道：「你去吧！」

胡小天心中存在著太多的謎團，他知道有個人一定能夠解答自己的疑問，這個人就是深不可測的老太監安德全，只是安德全行蹤詭秘，自從在萬府驚鴻一瞥之後，便再也沒有現身，和他一樣的還有夕顏，夕顏連同她手下的那幫姑娘全都從青雲消失，如同人間蒸發一般。這幫人究竟是已經離開了青雲，還是在隱藏在某個地方，隨時都會出現？比起已經做足防備措施的馬賊，胡小天更擔心的是神秘的五仙教。

一切看來毫無異狀，青雲縣除了警戒比起昔日更加嚴密一些，百姓的生活並沒有受到太多的影響，胡小天掌控了青雲大權之後，佈置了一百名士卒負責周王和使團的安防，人員大都分佈在萬府周邊。當然這一切都只是暫時的，明日一早周王就會陪同沙迦使團一同離去，青雲縣方面會護送他們一直到青雲縣南部邊界，在那兒紅谷縣同樣會有一百人的護衛隊伍接替他們的保護任務，護送周王一行前往永濟橋渡河。

胡小天一早就讓柳闊海前往紅柳莊送信，將自己掌握的情況全都通報給兩位結拜兄弟，周默和蕭天穆根據計畫進行調整，他們負責觀察天狼山馬賊的動向，在某種意義上構成了保護周王和沙迦使團的第一道警戒線。

維薩是最早起來的一個，胡小天醒來的時候，她已經整理完院子，修剪好花草，還準備好了早餐。

胡小天望著院子裡煥然一新的景象，幾乎有些不能相信自己的眼睛，想不到這妮子的能量還真是不小。維薩從柴房內出來，臉上掛滿了淚水，並不是因為傷心，而是因為她對這種陌生的爐灶太不熟悉，足足花費了兩個時辰方才搞定這頓早餐，一邊流著眼淚一邊咳嗽著，看到胡小天趕緊行禮招呼道：「公雞，早！」

胡小天真是有些哭笑不得了，看來這妮子舌頭是沒辦法捋直說話了：「早！」

維薩又扭過頭咳嗽了兩聲：「我給公雞準備了早餐，咳咳……」

慕容飛煙此時也出來了，別的她聽不懂，可公雞這個稱謂聽起來卻格外的親切，跟著唯恐天下不亂地說道：「胡公雞，早啊！」

胡小天擺了擺手示意維薩去準備，轉向慕容飛煙道：「我要是公雞，你就是母雞！」

慕容飛煙並沒有生氣，嫣然一笑，臉上的笑容燦若朝霞，胡小天望著她不由得一呆，慕容飛煙被他色授魂與的眼神看得有些不好意思，望著維薩的背影道：「還別說，你的這位小女奴真是不錯。」

胡小天道：「我告訴你啊，千萬別有階級觀念，在咱們這家裡全都是平等的。」

慕容飛煙早就聽膩了他的什麼人人平等的觀念，嗤之以鼻道：「你們好好聊，我出去了。」

胡小天道：「那也得吃了飯再走！」

慕容飛煙道：「有急事兒！」

「什麼急事兒？」

慕容飛煙向他神秘一笑，一言不發地走出門去。

秦雨瞳信守承諾，果然在約定的期限內將檢測結果送了過來，胡小天將她請入書房。卻見秦雨瞳秀眉微顰，神情凝重，將胡小天事先交給她的木盒放在桌上，低聲道：「胡大人，這裡面的東西你從何處得來？」

胡小天當然不會實話實說，他微笑道：「因為此事涉及到一樁公案，請恕我暫時不能言明。」

秦雨瞳並沒有因此而感到不快，輕聲道：「這個人是中毒而死，所中的毒藥名為絕息丸，人在服用這種毒藥之後，不會感到任何的痛苦，身體上也不會表現出任何的異狀，即便是驗屍也很難發現。」

胡小天倒吸了一口冷氣。

秦雨瞳一雙明澈的美眸始終關注著他的眼睛，細心捕捉著胡小天每一個細微的表情變化，繼續道：「絕息丸是須彌天獨家秘製，普通人是無法得到的。」

胡小天眼前浮現出樂瑤魅惑眾生的俏臉，內心中感覺到一陣無法形容的寒冷。如果秦雨瞳所說的一切屬實，那麼樂瑤顯然就對自己撒了謊，萬伯平的三兒子萬廷光很可能就是死在她的手裡，一個可以硬得下心腸去殺人的人，絕不能用柔弱無助孤苦無依來形容，想起樂瑤在自己面前楚楚可憐的模樣，胡小天突然生出一種被人欺騙玩弄的挫敗感。其實樂瑤有幾次在他的面前都已經露出了馬腳，慕容飛煙也早已開始懷疑她和萬廷光的死因有關，所以才前往萬廷光的墳塚取樣。

就在樂瑤高燒胡話之時，胡小天其實已經預感到了這一切，只是他一直不願承認，甚至慕容飛煙將證據交給他的時候，他想過將這些證據全都丟掉，只當這一切從未發生過，可是他的好奇心仍然驅使他尋找出事情的真相。

秦雨瞳道：「須彌天有天下第一毒師之稱，此事若非是他親自出手，就是他弟子所為。」

「你為何如此斷定？」

秦雨瞳道：「須彌天性情古怪，他的秘製毒藥概不外傳，我對此人還算是有些瞭解。」她意味深長地看了胡小天一眼道：「我不知胡大人和這件事有何關係，不過看在相識一場的份上，我還是要給胡大人一個忠告，一定要遠離這件事，這個人！」

胡小天內心一沉，不知為何，秦雨瞳雖然給他的感覺並不親切，可是他對秦雨瞳卻相當的信任，總覺得秦雨瞳做事一絲不苟，絕不會欺騙於他，他又想起之前夕顏曾經提醒他遠離秦雨瞳，微笑道：「也有人跟我說過同樣的話呢。」

秦雨瞳淡然道：「是不是有人讓你離我遠一些？」

胡小天沒有說話，只是笑。

秦雨瞳道：「她說得沒錯，胡大人也許應該聽從她的忠告。」

胡小天道：「你不想知道她是誰？」

秦雨瞳道：「夕顏？」

胡小天不得不佩服秦雨瞳的智慧，同時也發現秦雨瞳和夕顏彼此之間瞭解得很，兩人之間的怨恨絕非一日之功。

秦雨瞳道：「你知不知道她的身分？」

胡小天道：「她出身環彩閣。」

秦雨瞳道：「她出身五仙教，環彩閣只是五仙教龐大產業的一部分。」

胡小天道：「她和須彌天有沒有關係？」

秦雨瞳搖搖頭，雙眸盯住胡小天道：「胡大人還是和她徹底劃清界限的好。」

胡小天歎了口氣道：「我從頭到尾都沒跟她聯繫過，是她主動跑到我的慈善晚宴上來。」

秦雨瞳道：「你以為她真是衝著你來的？」

如果說胡小天開始這麼認為，現在絕不會這樣想，本來以為慈善晚宴上各色人物紛紛登場，全都是為了給自己面子，可現在才明白，所有人都抱有目的。至於夕顏，這個五仙教的小妖女也不是為了專程過來找自己討債，難道她前來的目的也和沙迦使團有關？

秦雨瞳道：「五仙教一直陰謀顛覆朝廷，我看她出現在這裡，應該是和這件事有關。」

胡小天道：「顛覆朝廷應該去京城，青雲只是一個小小的縣城，在這裡即便是掀起了一些風浪也不會影響到朝廷。」

秦雨瞳道：「你真這麼看？」

胡小天道：「我怎麼看並不重要，我就是一九品芝麻官，朝廷大事永遠也輪不到我這種小人物去過問。」

秦雨瞳道：「官階有品，人亦有品，胡大人以為不在其位便心安理得不謀其政，卻忘記了有句話叫天下興亡匹夫有責！」

胡小天笑瞇瞇道：「我從來就沒有什麼鴻鵠之志，能安安穩穩地混混日子就已經滿足。」

「要求雖然不高可是你未必能夠如願，假如沙迦使團在青雲的地界上出事，你身為縣丞只怕難辭其咎。」

胡小天道：「秦姑娘何以認定沙迦使團一定會出事？」

秦雨瞳道：「五仙教很可能借著這次的機會製造風浪，倘若沙迦使團在大康的境內出事，沙迦方面必然追責，搞不好會以此作為藉口興兵東進。」

胡小天道：「秦姑娘過慮了，青雲方面做足了準備，明日會派遣一百名士卒沿途護送，周王那裡也有八位大內高手隨行，沙迦使團方面一行五十多人，其中不乏驍勇善戰的猛士，我不信會有那個不開眼的蟊賊前來偷襲，除非他想自尋死路。」胡小天並非是盲目樂觀，而是他已經全盤考慮周到，做出了周密安排，根據目前的情況來看，應該是萬無一失。

秦雨瞳道：「你根本不瞭解五仙教的厲害！」

胡小天道：「領教過，在飛鷹谷五仙教的那幫人想要刺殺我，結果還不是被我們打得落花流水，死的死逃的逃。」

秦雨瞳道：「一幫底層的嘍囉豈能和那妖女相提並論。」

胡小天心中暗笑，之前夕顏也是這樣稱呼秦雨瞳，卻不知她們兩個究竟哪個才是真正的妖女？他故意道：「秦姑娘過慮了，她們其實已經離開了青雲。」

秦雨瞳道：「胡大人切莫掉以輕心，她們不會平白無故來到這裡，五仙教眾行事，向來不達目的誓不甘休。」

胡小天道：「秦姑娘說得如此可怕，依你之見我應該如何準備，才能確保沙迦使團平安無事？」

秦雨瞳道：「我聽聞胡大人會親自陪同周王殿下前往燮州？」

胡小天內心一驚，此事他並未向外聲張，周王告訴他這件事的時候也無人在場，自己並沒有走漏消息，難道是周王那邊洩密？可即便是如此，秦雨瞳又從何處知曉？此女出身玄天館，過去自己一直以為她只是一個普普通通的女醫，現在看來秦雨瞳絕不簡單。

既然夕顏不是為了找自己討債而來，這秦雨瞳想必也不是偶然出現在苗疆。胡小天點了點道：「不錯！秦姑娘的消息真是靈通啊。」

秦雨瞳道：「有些事情根本就不是秘密，胡大人可否願意帶著我一起同行？」

胡小天怎麼都不會想到秦雨瞳會提出這樣的要求，有些驚詫地張大了嘴巴：「你……」

秦雨瞳道：「對付那妖女我還算有些辦法，胡大人就算不為別人考慮也要為自己考慮，至少我在你身邊，就會多了一份保障。」

胡小天望著秦雨瞳莫測高深的雙眸，從中找到的是超人的冷靜和強大的自信，他抿了抿嘴唇道：「不是不可以，可是你這個樣子，好像是有些不方便呢。」

秦雨瞳道：「胡大人可否借我房間一用？」

胡小天點了點頭，指了指自己的房間。

秦雨瞳走入胡小天的房間，將房門關上了，沒過多久，從中走出了一位膚色黧黑的少年郎，身上穿著胡小天的衣袍。

胡小天從未見過這少年的容貌，他敢發誓自己的房內根本沒有其他人躲藏，唯一的可能性就是，眼前的少年郎乃是秦雨瞳所扮。胡小天曾經見過秦雨瞳的容貌，對她臉上觸目驚心的刀疤仍然記憶猶新，可看這少年臉上光光滑滑，雖然膚色黑了一些，可是哪有一丁點的疤痕。

胡小天用力眨了眨眼睛：「是你？」

「是我！」容顏雖然改變，可是仍然是悅耳的女聲，胡小天由衷感歎易容術之巧妙，他伸出手去想要摸摸秦雨瞳的面皮，手就快觸及她的面龐，方才意識到這樣非常不敬，又尷尬將手縮了回去，笑道：「果然厲害，我從未見過一個人可以瞬間變成另外一個。完全不認識了，完全不認識了！」

秦雨瞳道：「明日我扮成隨從跟在你的身邊。」聽她的語氣似乎根本不需要徵求胡小天的同意，這件事就這麼決定了。

胡小天道：「好……」

「你一定要記住，我隨行的事情不可告訴任何人！」

翌日清晨，胡小天一早就帶著慕容飛煙前往萬府去和周王龍燁方會合，維薩聽說主人遠行，含淚將他送到了門外。好不容易才找到了一個對待自己如此寬厚仁慈的主人，想不到這就要面臨分離的局面，不過聽說胡小天最多十日就會返回，維薩又破涕為笑。

按照約定，秦雨瞳會在巷口等著他。來到巷口果然看到一名膚色黧黑的少年捕快牽著一匹黑色駿馬在那裡等待，看到兩人前來，上前行禮道：「卑職石青奉張大人之命在此恭候。」

胡小天遠遠就認出石青乃是秦雨瞳所扮，不過奇怪的是，她的聲音昨日還是溫軟動聽，今天怎麼突然就變成了粗聲粗氣的男子聲音，從她的聲音中聽不出任何破綻。胡小天故意道：「張大人讓你來做什麼？」

「張大人讓我陪同大人前往燮州，沿途保護大人的安全。」

胡小天點了點頭，慕容飛煙望著眼前陌生的面孔充滿懷疑，她冷冷道：「我怎

麼從未見過你？」

石青道：「姑娘沒見過我，我也沒見過姑娘。」

慕容飛煙柳眉倒豎道：「大膽！」

胡小天笑著打圓場道：「行了，都是自己人，你沒見過，我見過，飛煙啊，多個人搭把手也是好事，趕緊走吧，千萬別耽誤了周王的行程。」

石青翻身上馬，和慕容飛煙一左一右護衛在胡小天兩旁，胡小天並沒有將秦雨瞳喬裝打扮混入隊伍的事情告訴任何人，即便是慕容飛煙也不例外。

慕容飛煙悄然打量著石青，對中途加入的這名捕快充滿了懷疑，卻不知素來謹慎的胡小天為什麼要如此冒失就讓外人加入。

來到萬府，周王那邊已經收拾停當，沙迦使團也已經備好車馬。

萬伯平率領府內上百名家丁出門相送，胡小天事先安排的一百名沿途護送的士卒也已經全部抵達，按照預定的計畫，他們將一直尾隨護送到青雲和紅谷的邊界，在那裡由紅谷縣方面接手。

看到眼前聲勢浩大的送行場面，胡小天認為天狼山的馬賊十有八九不敢出動了，閻魁在天狼山占山為王雄霸這麼多年，證明此人絕不是一個衝動的傻子，若是在這種狀況下下膽敢襲擊沙迦使團，只怕是自掘墳墓。

慕容飛煙趁著秦雨瞳沒注意，悄然向胡小天道：「你不怕他是張子謙派來監視你的？」

胡小天笑道：「有什麼好怕，他要是膽敢監視我，我途中就把他給咔嚓了。」

此時周王和摩挲利一起並肩出門，一幫官員爭先恐後地上前送行，周王龍燁方對這樣的場面顯得有些不耐煩，擺了擺手，目光向周圍望去，因為胡小天站在角落裡，他並沒有找到胡小天，皺了皺眉頭道：「胡小天呢？」

一名侍衛率先看到了胡小天，向他招了招手道：「胡大人，殿下找您！」

胡小天向身邊兩人笑了笑，翻身下馬，將馬韁扔給了慕容飛煙，快步來到周王面前，朗聲道：「卑職胡小天參見周王千歲千千歲！」

周王笑了笑道：「我還以為你躲著我，不願意跟我去燮州呢。」

胡小天發現這位十七皇子的身上還是有著不少的童趣，恭敬道：「殿下吩咐過的事情，卑職豈敢不從。」

摩挲利看到胡小天並沒有帶維薩隨行，想起千里迢迢從鐵木堡帶來的漂亮女奴，還沒有起到應有的作用就被這小子給弄走了，心中真是鬱悶，可送出去的東西如同射出去的箭，豈能張口再要回來？

胡小天從摩挲利的目光中覺察到他對自己的敵視，微笑拱手道：「多謝摩挲利大人送給我的禮物。」這貨分明在故意氣人家呢。

摩挲利冷哼一聲，扭頭走向自己的隊伍。

周王將剛才的情景看在眼裡，似笑非笑地望著胡小天道：「昨晚那女奴的滋味如何？」好奇之心人皆有之，周王的好奇心明顯更重。

「味道好極了！」

聽到胡小天充滿曖昧的回覆，周王拍著他的肩膀和他一起同聲大笑起來。

圍觀眾人看到他們如此親密，對胡小天更平添了幾分敬畏。

周王帶著隨從加上沙迦使團本來就有六十多人，再加上青雲這邊護送的官員士卒，共計二百多人浩浩蕩蕩出了青雲縣城的南門。

青雲縣的士卒衙役集體出動，一直將周王護送到青雲紅谷兩縣之間的邊界。等到了邊界，發現紅谷縣令朱啟凡帶著縣丞縣尉，另外還有二百名士卒衙役早已在那邊候著了，人家護送的陣仗比起青雲縣更加隆重。

胡小天看到這陣仗感覺今兒十有八九是不會有人來伏擊了，青雲這邊的士卒自然不方便送到紅谷縣境內去，抵達兩縣邊境之後，胡小天讓慕容飛煙一百多名士卒衙役開始返程，青雲這邊只有他還要陪同周王繼續前行。

慕容飛煙離別的時候什麼都沒說，可是看到胡小天隨著隊伍越走越遠，一雙美眸卻不由自主紅了起來，如果不是這次短暫的分離，她或許仍然不會意識到自己的內心深處竟然對胡小天如此依戀掛懷。

周王始終坐在馬車內沒有現身，紅谷縣的那班官員參拜時也是站在車外，縣令朱啟凡聽說青雲縣丞胡小天也在隨行的隊伍中，打聽到胡小天所在的位置，笑瞇瞇尋了過來，朱啟凡圓頭大耳長得頗具喜感，騎在一匹棗紅馬上，向胡小天抱拳見禮道：「胡大人好！」

胡小天剛才旁觀的時候就知道了他的身分，也在馬上還了一禮道：「朱大人好，一直都想過來拜會大人，無奈公務繁忙，今日才有機會。」

朱啟凡道：「咱們是近鄰，原是該走動的勤一些，只可惜大家都有公務在身，平日裡想見個面都不容易，胡大人來到紅谷，本官作為地主本該設宴款待，可是聽聞胡大人此次要隨同周王一起前往夔州，既有重任在身，我也不敢強留，可胡大人務必要答應我，返回青雲之時再從紅谷經過，朱某必為大人接風洗塵。」

胡小天發現此人很會說話，讓人聽在耳中還是相當的舒服，他和朱啟凡之間沒有什麼利害衝突，相信對方的這番話還是很有誠意的。

胡小天笑道：「那我就先謝過大人了！」

朱啟凡道：「胡大人年輕有為，我在紅谷都聽說大人體諒百姓疾苦，舉辦慈善義賣募集修復青雲橋資金的事情。」

「本職所在何足掛齒。」

朱啟凡道：「前些日子雖然連日暴雨，可是今夏的洪水並不猛烈，卻沒想到青雲橋居然被衝斷了。」

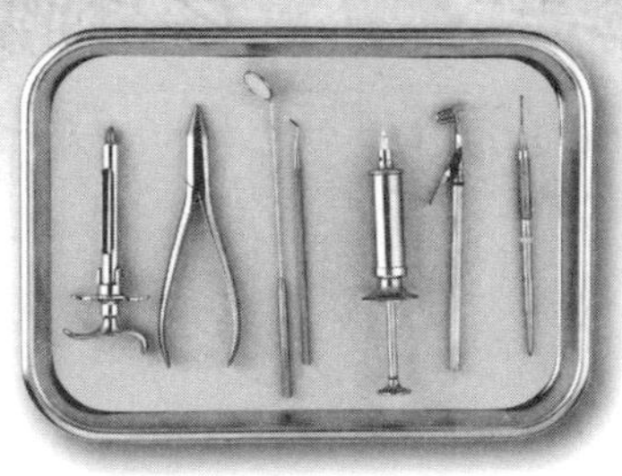

第五章

辣手摧花

秦雨瞳取了一根銀針刺入夕顏的左肋下，夕顏神情慘澹，她今日百密一疏，沒想到秦雨瞳扮成捕快跟隨在胡小天身邊，梁慶雖然武功高強，但是他的點穴方法根本制不住自己，剛才軟癱在地只是偽裝，而現在秦雨瞳以銀針刺入她的穴道，卻是拿住了她的命脈，夕顏短時間內是沒有能力解脫的。

胡小天策馬和他並轡而行，低聲道：「朱大人有所不知，那青雲橋並非是被洪水沖斷。」

朱啟凡聽到這裡，眉頭不由得一皺，低聲道：「大人的意思是……」

胡小天道：「若非天災，那就是人禍啊！」

朱啟凡還沒有完全聽明白：「胡大人是說有人故意損毀青雲橋，何人如此卑劣，居然做出這等事情？」

胡小天心中暗歎，這朱啟凡的頭腦看來也不甚靈光，非得要老子把話全都說透，雙目向周圍看了看，輕聲歎了口氣道：「若是青雲橋在，沙迦使團就不會從這裡經過了。」

朱啟凡笑道：「是啊，是啊，如此說來倒是一件幸事，不然我還沒機會和周王見面呢……」說到這裡他終於意識到了什麼，笑容忽然僵在了臉上。

胡小天諱莫如深地望著他。

朱啟凡的雙手下意識地抓緊了馬韁，低聲道：「胡大人聽說了什麼？」

胡小天道：「朝廷對沙迦使團的此次出訪極為重視，否則也不會讓周王千歲親自前來迎接，希望這一路之上平平安安的最好，若是出了任何事情，只怕……」

朱啟凡腮邊的肥肉不受控制地哆嗦了一下，在胡小天的提示下他想通了這個道理，如果說青雲橋是人為破壞，那麼導致的結果就是只剩下紅谷縣境內的唯一路線，難道有人決定在紅谷縣內設伏？想到這裡，朱啟凡的後背瞬間被冷汗濕透。抬起頭看到晴空萬里，風和日麗，這樣的天氣，再加上這樣的陣仗，即便是有人膽敢過來突襲，他們也可以保證使團的安全。更何況在紅谷縣境內的路程總共不過三十多裡，只要將周王和使團一行送出紅谷縣，他們就算出了天大的事情也和自己無關，想到這裡朱啟凡的內心瞬間又安定了許多，表情也重新變得平靜，反而安慰胡小天道：「胡大人不必擔心，我帶來的這二百人全都是精挑細選的好手，而且紅谷縣的治安也一向良好。」

胡小天笑道：「我只是提醒朱大人一聲，凡事還是小心為上。」

朱啟凡道：「多謝胡大人。」雖然他對胡小天的提醒並沒有放在心上，可小心為上這四個字還是認同的，和胡小天聊了幾句便前往提醒手下人多多警惕。

胡小天放緩馬速重新回秦雨瞳身邊，壓低聲音道：「維薩說，使團中還有一位重要人物，連摩挲利都對他畢恭畢敬，我懷疑沙迦的那位王子就在其中，只是故意隱匿行蹤。」

秦雨瞳騎著黑馬不緊不慢地行進在胡小天的身邊，胡小天的每句話她都聽得清清楚楚。

秦雨瞳道：「慕容飛煙在京城也算得上是赫赫有名，多少奸惡之徒對她聞風喪膽，卻沒想到她居然甘心情願地隨你來到這裡。」

「她樹敵太多，在京城混不下去，來這裡也是無奈的選擇。」

秦雨瞳道：「若非是對你有特別的感情，就一定是有其他的原因。」

胡小天聽出她話裡有話，淡淡笑了笑，並沒有回應，雖然他對慕容飛煙隱瞞了一些事，可是他從未懷疑過慕容飛煙會對自己不利，這一路之上，若非慕容飛煙保護自己，只怕自己根本走不到青雲，更何況她幾次生死關頭拯救了自己的性命，倘若她真的想害自己，又何必多此一舉，其實分別時候，他已經捕捉到慕容飛煙眼中的不捨之意，不經意流露出的關懷，已經證明她對自己在悄然之間產生了情愫，想到這裡胡小天的內心一陣溫暖。

秦雨瞳看到他沒有回應，知道他並不認同自己的話，輕聲道：「你剛說沙迦王子可能就在使團之中？」

「我也只是猜測。」

此時前方隊伍忽然一陣騷亂，胡小天微微一怔，撥馬向前，秦雨瞳緊隨其後，兩人來到前方，看到前方一輛馬車停在道路正中，拉車的兩匹馬全都倒在了地上，駕車的車夫仍然用馬鞭抽個不停，地上的馬匹已經口吐白沫，眼看是不行了。

前方衛兵怒喝道：「什麼人擋住去路？」

車廂內一隻潔白如玉毫無瑕疵的纖手掀起車簾，一個嬌柔的聲音道：「是周王殿下的隊伍嗎？」

胡小天內心一震，從聲音中他聽出車廂內發聲的女子正是夕顏，他本以為夕顏已經走了，卻想不到夕顏會以這樣的方式堂而皇之地出場，這妖女也實在太囂張了一些。

胡小天來到一旁朱啟凡的身邊，壓低聲音道：「車內是五仙教的妖女，先抓起來再說！」

朱啟凡不知夕顏何許人也，聽到胡小天這麼說，馬上照辦，命令士卒將馬車層層圍了起來，那車夫驚慌失措，還沒搞清怎麼回事就被士兵拿下，將他摁倒在地上五花大綁。

為首將領怒喝道：「出來！」

車廂門緩緩打開，夕顏身穿綠色羅裙，宛如空谷幽蘭般出現在眾人的面前，清麗絕倫的俏臉之上流露出惶恐無助的神情，嬌滴滴道：「小女子不知何處得罪了各位大人……你們為何如此對我？」

胡小天藏身在人群中觀察著夕顏，她一臉無辜的模樣當真是我見猶憐，那幫圍攏在馬車旁的士兵看到出來的居然是如此千嬌百媚的一個美人兒，不由得呼吸一窒，原本兇神惡煞的面孔瞬間變得和善了許多。

夕顏一雙魅惑眾生的美眸環視眾人，目光所到之處，每個人都是臉紅心跳，心曳神搖，多數人甚至想到，若是能夠贏得這樣的美女傾心，便是為她死了，我也甘心情願。

夕顏幽然歎了口氣，歎息聲直入人心，有些士兵手中的刀劍已經垂落下去，人非草木孰能無情，誰又忍心對這樣美麗的女人刀劍相向呢？

胡小天雖然處在人群之中，可是也感覺心中不忍，秦雨瞳靜靜望著眼前的一切，沒有任何的動作。

夕顏柔聲道：「我只是一個孤苦無助的弱女子，為何要為難我？」聲音嬌弱婉轉如泣如訴。

朱啟凡都有些不忍心了，他望向胡小天，心想這廝是不是搞錯了？如此美麗的絕代佳人怎麼可能是五仙教的反賊？

胡小天從朱啟凡的目光中看出了他的猶豫，原本他以為這件事很容易解決，可是沒想到夕顏的美貌殺傷力如此強大，雖然胡小天也沒有確切的證據證明夕顏是五仙教的人，可她出現在這裡絕不是偶然，胡小天向朱啟凡低聲道：「先抓起來再說！」

朱啟凡抿了抿嘴唇，終於下定決心，大聲道：「將他們全都抓起來，押回縣衙日後盤問。」

胡小天聽得直皺眉頭，我曰，這話說得有點刺耳。無論是日後，還是盤問都輪不到你啊。此時夕顏的目光朝他看了過來，唇角泛起了一絲冷笑，夕顏顯然認定眼前的一切都是胡小天在背後佈置，她悲悲戚戚叫道：「冤枉……民女冤枉啊……」

那幫士兵聽她叫得如此悲切，一個個又猶豫起來。

就在此時一名侍衛出現在人群之中，他走向夕顏出手如閃電，在夕顏的身上連續戳了幾下，點中了夕顏的穴道，夕顏悲悲切切地叫了一聲，嬌軀軟綿綿倒在了地上。此人正是張子謙留下來幫助胡小天的侍衛梁慶。

胡小天認定夕顏是偽裝無疑，想當初她在萬府之中飛簷走壁，如履平地，現在卻裝成了一個不懂武功的柔弱女子，女人要是耍起心機，心腸要比男人更加陰狠，胡小天只是有些奇怪，她為何膽敢孤身一人前來，這無異於自投羅網，剛才慕容飛煙制住她穴道的時候，她明明身懷武功卻沒有反抗，夕顏究竟在策劃何種陰謀？

秦雨瞳走過去協助梁慶一起將夕顏拿住，她扣住夕顏的脈門，夕顏忽然感覺到一股溫暖柔和的內力沿著自己的脈門送了進來，望著眼前這名膚色黧黑的年輕捕快，夕顏心中一驚，體內的內力自然而然地產生了反應。

秦雨瞳感覺到一股陰冷的內息迅速反撲而至，馬上斷定夕顏只是偽裝，梁慶剛剛並沒有真正制住她的穴道，左手摁住夕顏的後腰，指縫間一根細針刺入她的後腰穴道。

夕顏俏臉頃刻間變得煞白，一雙美眸流露出惶恐的神情，驚聲道：「你……」

即便是處在她們身邊的梁慶也不清楚在這瞬息之間，兩人已經經歷了一場凶險的搏殺，秦雨瞳將夕顏從地上拉了起來，轉向胡小天道：「大人，此女應當如何處置？」

胡小天向朱啟凡道：「朱大人，不如將她先交給你，審問清楚再說。」

夕顏怒道：「胡小天，你這個王八蛋，居然栽贓陷害，你有沒有良心？」此刻她的內心方才感到有些惶恐，萬萬沒有想到竟然還有高手埋伏在胡小天的身邊。

胡小天知道自己已經暴露，分開人群走了過來，嘿嘿一笑道：「我當是誰，原來是夕顏姑娘！青雲一別，想不到這麼快又見面，不知是否別來無恙。」

夕顏怒視胡小天，如果她的目光是兩把尖刀，早已將胡小天戳了個千瘡百孔。

胡小天向慕容飛煙使了個眼色：「讓她別亂說話。」

慕容飛煙明白胡小天的意思，伸出手指點中了夕顏的穴道。

秦雨瞳悄然取了一根銀針又刺入了夕顏的左肋下，夕顏神情慘澹，她今日百密一疏，並沒有想到秦雨瞳會扮成捕快跟隨在胡小天的身邊，梁慶雖然武功高強，但是他的點穴方法根本制不住自己，剛才軟癱在地只是偽裝，而現在秦雨瞳以銀針刺入她的穴道，卻是拿住了她的命脈，夕顏短時間內是沒有能力解脫的。

胡小天最擔心的就是驚動了周王，可這邊的動靜太大，周王早已注意到了，不等梁慶和秦雨瞳兩人將夕顏押走，周王的聲音已經響起：「且慢！」

胡小天一聽到龍燁方的聲音就知道要壞事，這位十七皇子對夕顏一往情深，他們在這邊忙活說不定早就被周王看到了，人家是挑選時機站出來，剛好英雄救美。

周王顯得很不高興：「胡小天，這是怎麼回事？」

胡小天心想你明知故問，趕緊快步來到周王面前，躬身行禮道：「殿下，您不是一直都要抓五仙教的妖女，我幫您抓到了。」

周王望著夕顏臉上流露出痛惜之色，夕顏絕對是一個演技派高手，雖然不能說話，可眼波流轉，哀豔淒婉，單單是這目光已經把周王給弄得心中不忍了。他又向朱啟凡道：「到底怎麼回事？」

朱啟凡看到周王表情不善，慌忙道：「胡大人說她是五仙教的反賊。」

周王冷哼一聲，狠狠瞪了胡小天一眼：「你有沒有證據？我看夕顏姑娘不像這種人！」

胡小天這個鬱悶，老子招你惹你了，你想討小妞的歡心也不能踩著老子上位，忒不厚道了。

周王來到夕顏面前，和顏悅色道：「夕顏姑娘，你這是怎麼了？」

夕顏被制住啞穴當然不能說話，她咬了咬櫻唇，兩行晶瑩的淚水順著俏臉滑落。她這一流淚，周圍多數人的同情心都被勾起來了，甚至連朱啟凡也暗暗責怪胡小天多事，如此弱不禁風美貌溫柔的女子怎麼可能是反賊？一定是胡小天見到人家生得美貌，所以心生邪念。

人群中有人道：「應該是被制住了啞穴，所以才不能發聲。」

胡小天心中暗歎，這夕顏博同情的本領實在一流，又遇到周王這個自命風流的蠢貨，這下麻煩了。

周王道：「還不趕緊解開她的穴道。」

梁慶不敢違抗王命，上前在夕顏胸前一點，秦雨瞳也悄然抽出一根銀針，退到了胡小天的身邊，以傳音入密道：「不妨事，她掀不起什麼風浪。」

夕顏果然可以開口說話，只是四肢痠軟仍然舉步維艱，她顫聲道：「周王殿下……民女冤枉……」

周王看到美人一哭，感覺自己心都被融化了，柔聲道：「夕顏姑娘，你莫要哭，有什麼委屈只管對本王說。」

夕顏抽抽噎噎道：「民女正在前往燮州的途中……沒想到馬匹突然倒地不起，真不是想阻擋你們的去路，這個人過來之後不分青紅皂白，說我是什麼五仙教的叛賊，還讓人欺辱於我……殿下……我只是一個弱女子……我從未做過傷天害理之事……」說到這裡她似乎委屈到了極點，嚶嚶哭了起來。

周王道：「夕顏姑娘不用傷心，本王自會還你一個公道。車子壞了沒事，本王剛好也去燮州，我送你過去。」

胡小天心想好嘛，敢情是收了個白骨精，還以為周王身為十七皇子能夠有些眼界，現在看來，這孫子也是肉眼凡胎，這妞兒是過來坑你的，你都看不出來？

周王讓人準備了一輛車馬，又讓人將夕顏扶了上去。

胡小天眼睜睜看著夕顏上了馬車，混進了他們的隊伍之中，壯著膽子提醒周王道：「殿下……此女別有用心啊。」

周王淡淡一笑，壓低聲音道：「委屈你了，本王心裡自有分寸。」他畢竟不是個傻子，並沒有距離夕顏太近，將夕顏乘坐的馬車交由胡小天一行負責看守。

胡小天暗自呸了兩聲，你還他媽心裡有數，當老子看不出來，想玩扒下糖衣將炮彈打回去的招數？你太嫩了，這叫玩火，玩火者必自焚，夕顏可不是什麼好惹的角色。

隊伍繼續前行，胡小天使了個眼色，讓梁慶緊跟馬車盯緊夕顏。

望著前方夕顏乘坐的馬車憂心忡忡地歎了口氣道：「周王被美色所惑，這件事不好辦。」

秦雨瞳道：「不用擔心，她的穴道被我制住，應該翻不起什麼風浪。」

七月的天說變就變，剛才還是晴空萬里，午後就變得烏雲密佈，距離永濟橋已經不到五里，渡過永濟橋就出了紅谷地界。

自從聽到胡小天剛才說了那番話，朱啟凡巴不得儘快將周王一行儘快送走，沒想到中途變天，眼看一場暴風驟雨就要來臨。他提出要在附近避雨，可周王卻並沒有停留的意思，讓所有人加快前進的速度，爭取在這場暴雨到來之前渡過永濟橋。

太陽已經被堆積起來的灰黑色的雲片埋葬，光線不停地黯淡下去，就像是有人用墨汁在天幕上塗上了一層濃重的黑色，沒有閃電，天空變成了一望無際的黑色幕布，只有正西的天角像是破了一個洞露出一小片紫色的雲。閃電從那紫色的雲洞中開始觸發，耀眼奪目的電光如同奇形怪狀的樹枝一樣向四面八方伸展，將黑色的天幕割裂得支離破碎。

轟隆！一聲巨響，腳底下的土地如同翻了一個身，岩石和山峰在雷聲中聳動起來，道路兩旁合抱粗的大樹都似乎站不住了，隨時都可能倒下。

這聲巨響直擊人心，奪目的閃電讓所有人的臉色在頃刻間被映射得蒼白如紙，行進的隊伍因為這聲巨響明顯停頓了一下，不少馬匹因為畏懼雷聲而止步不前，女人驚慌失措的嬌呼聲，牲口的嘶鳴聲，車夫護衛的鞭策聲交織在一起，隊伍陷入了一片混亂之中。

周王龍燁方騎在一匹黃驃馬之上，在八名侍衛的簇擁下出現隊伍的正前方，剛才他還是在車內，改為騎馬還是在夕顏出現之後的事情。

胡小天遠遠望著這廝意氣風發威風凜凜的模樣心中暗罵這貨裝模作樣，之所以如此表現無非是要吸引夕顏的眼球罷了。

事實證明果然如此，周王沒多久便縱馬來到夕顏所乘的馬車旁，夕顏剛巧掀開車簾向外張望，俏臉之上流露出楚楚可憐的表情，周王安慰她道：「夕顏姑娘不用害怕，有本王在此，沒有人敢傷害你。」

胡小天仍然有些擔心，低聲向秦雨瞳道：「夕顏會不會搞什麼花樣？」

秦雨瞳淡然道：「她現在是有心無力了。」

雖然電閃雷鳴，可是雨卻始終沒有落下，隊伍在短暫的慌亂過後繼續前行。

紅谷縣令朱啟凡得到稟報，周圍並沒有任何異常的動向。前方永濟橋已然在望，過了永濟橋，他的任務就宣告完成了。朱啟凡的心情漸漸變得輕鬆起來，他向胡小天看了一眼，心中暗責這廝危言聳聽。

胡小天自己也感到納悶，看來今日無風無浪，天狼山馬賊可能突襲沙迦使團的消息也是從蕭天穆和周默那裡得知，從目前的情況來看，天狼山馬賊應該是得到了消息，知難而退了。

隊伍行進到永濟橋的時候，雨終於下了起來，沒有風，雨道筆直射下，扯天扯地垂落，看不見一條條的雨線，眼前都是白花花一片，地上射起了無數的箭頭，雨滴砸落在大地上的聲音劈哩啪啦，轉瞬之間天地之間已經分不開了，如同空中有一條大河一直向下流淌，地上因雨水衝刷而成的溝壑交錯縱橫，成了灰暗昏黃，有時又白亮亮的水世界。

通濟河就在前方洶湧奔騰，水流夾雜著上游的泥沙，已經成為了渾濁的黃色，浪花如雪沫兒一般層疊奔騰，拍著沿岸。

前方傳令，渡河之後休息，這也是無奈的選擇，畢竟周圍並沒有避雨的場所，這樣的情況下唯有繼續前進。

周王在賣弄了一會兒瀟灑姿態之後，沒多久就被雨點兒砸回了他的座駕。官員們全都準備了雨具，胡小天和秦雨瞳也有斗笠蓑衣遮雨，最可憐的還是那些士兵，不但要承受風雨的折磨，還不時要走入泥濘將陷入其中的馬車推拉上來。

周王傳令讓紅谷縣的那幫士卒不必繼續護送，對朱啟凡那幫人來說無異於是一種解脫，過了永濟橋，就算發生任何事都跟他們沒關係了。

夕顏所乘坐的那輛馬車也陷入了泥濘之中，一幫士卒忙著推車的時候，胡小天和秦雨瞳兩人在一旁冷眼旁觀，梁慶冒雨來到胡小天的身邊，他低聲道：「胡大人，那妖女說有事情找你。」

胡小天冷冷道：「不用理會她。」

此時看到車簾掀開，夕顏再度從車廂內露出頭來，絲毫不顧及傾盆大雨，一雙美眸望定了不遠處的胡小天，她尖聲道：「胡小天，你若是不來，我便將你幹的醜事全都揭出來！」

一群士卒全都望著胡小天，胡小天真是哭笑不得，老子有什麼醜事？除了當初在環彩閣為了奪回行李給你寫了欠條蓋了官印，哪還有什麼把柄落在你的手中？

秦雨瞳低聲道：「聽她說些什麼倒也無妨。」

胡小天道：「她武功很厲害噯。」

秦雨瞳淡然笑道：「你放心吧，我已經封住了她的經脈，只要我不取出銀針，她縱然有一身的功力也無從發揮，現在的她，只是一個尋常的女子，翻不起風浪。」

胡小天聽秦雨瞳這樣說也就放下心來，縱馬來到夕顏的馬車旁，低下頭，一手牽著馬韁一手扶著斗笠，笑瞇瞇望著夕顏道：「夕顏姑娘，有什麼吩咐？」

夕顏一張俏臉沒有半分的殺機，衝著胡小天流露出一個顛倒眾生的嫵媚笑容，嬌滴滴道：「你這身打扮真是好帥啊！」

胡小天多少還有些自知之明，老子頭戴斗笠身穿蓑衣，看起來跟個稻草人似的，說我帥，除非是個變態，他嘿嘿笑道：「現在拍馬屁是不是太晚了？」

夕顏道：「討厭，人家可是由衷之言。」

胡小天沒好氣道：「有話快說，有屁快放，本官公務在身，忙著呢。」

「呵，你好粗魯，不過人家就是喜歡你這份粗魯的豪邁，小天，你真是好有男子氣概。」

胡小天雞皮疙瘩掉了一地，這妖女拍起馬屁來還真是不含糊，阿諛奉承，承歡獻媚，如果現在自己放她走，只怕讓她幹啥都行，胡小天一臉壞笑：「想色誘我？

你找錯人了！」

夕顏嬌滴滴道：「我就是想色誘你，可諒你沒那個膽子，長得像個男人，可你根本就不是男人。」

「罵完了？爽了吧，我走了！」

「你給我站住！」

胡小天撥馬就走，跟這妖女沒必要廢話。

夕顏道：「胡小天，你跟那妖女勾結害我，你一定會後悔！」

胡小天撥馬走了幾步，又轉回來，向梁慶道：「把她給我捆了，嘴巴用破布堵上！」

這場暴雨來得快，去得也快，車隊經過永濟橋之後，暴雨一如來時那般突然，毫無徵兆地停歇了，天色仍然一片鉛灰，雲層低垂，太陽藏在雲層裡，看來只是短暫的停歇，過不多久一場暴雨仍會來臨。

從青雲到這裡一路走來，並沒有遇到任何的襲擊，胡小天對此已經有了心理準備，看來天狼山的山賊果然放棄了中途襲擊使團的計畫。

距離下一座城池明遠還有一百五十里，以他們的速度，最快也要後天才能抵達。

經過永濟橋一路往東行了十五里，周王就下令紮營休息。還沒有進入前方山區，他們選擇了一個土坡，在土坡之上安營紮寨。沙迦使團和大康這邊陪同的人員分別紮營。

胡小天和秦雨瞳兩人翻身下馬，站在土坡之上，舉目望去，往西沃野百里，通濟河蜿蜒崎嶇將這片平原一分為二，灌溉著河岸兩旁的土地，東邊又是山區。這邊視線極好，周邊的景致盡收眼底。胡小天低聲道：「看來天狼山的馬賊不會追過來了。」

秦雨瞳淡然笑道：「馬賊再厲害終究不過是一幫烏合之眾，真正需要警惕的是五仙教的那幫人。」

胡小天禁不住回頭向夕顏所乘坐的馬車望了一眼，笑道：「她已經落在了咱們的手裡，五仙教也不過如此。」

秦雨瞳道：「她只是一時大意，本來是想故意落入咱們的手中，她已經練成了移宮換穴的本領，尋常的點穴手法根本制不住她。」

胡小天點了點頭，倘若秦雨瞳沒有喬裝打扮跟隨他一起過來，恐怕夕顏的詭計必然得逞了。

秦雨瞳道：「她不會冒險獨自前來，周圍肯定會有她的同黨負責接應，明日進入山區，有一百多里的山路，只怕五仙教眾會在那裡進行伏擊。」

胡小天道：「除非他們不要她的性命，有她在我們的手上，那幫五仙教眾也不敢輕舉妄動。」

秦雨瞳道：「凡事還是小心為妙，周王那邊你最好勸他遠離那妖女。」她的一雙眼睛充滿憂慮之色，胡小天順著她的目光望去，果然看到周王在兩名侍衛的陪同下走向那輛馬車。

胡小天實在是有些頭疼，如果現在過去阻止，恐怕周王顏面上會過不去，反正秦雨瞳已經制住了夕顏的穴道，她現在對周王造不成什麼危害。

遠處一人緩步向胡小天走了過來，正是沙迦國的特使靡犁利。他表情陰鷙，一雙眼睛冷冷望著胡小天。

胡小天能夠理解這廝對自己的敵意，畢竟將一個活色生香的美人兒送到了自己的手裡，靡犁利想必是心不甘情不願，因此而仇視自己也實屬正常。胡小天表現得卻是非常禮貌，笑瞇瞇道：「特使大人好！」

秦雨瞳悄然走到一邊，去查看紮營的進展情況。

靡犁利有些生硬地擠出一絲笑容道：「胡大人怎麼沒把維薩一起帶來？」

胡小天道：「好東西當然要收藏在自己的家裡，留給自己一個人享受，特使大人覺得呢？」

靡犁利呵呵乾笑了一聲，在胡小天的身邊站了，雙手負在身後，瞇起雙眼望向遠方道：「我記得上次來這裡的時候青雲橋還在，怎麼會突然坍塌了，害得我們繞了這麼多的冤枉路。」

胡小天道：「特使大人原本可以不必繞路，我們原本可以乘船渡過通濟河的。」

摩挲利搖了搖頭，正是他們一口拒絕了乘船渡河的提議，沙迦人對於水有著與生俱來的畏懼，如果不是無可選擇，他們是絕不會選擇乘船經水路渡河的，雖然多走了七十多里的冤枉路，可是只有雙腳踩在陸地上，他們的內心才感到踏實穩妥。

胡小天笑道：「是不是你們害怕乘船？」

摩挲利冷冷看了他一眼：「這世上沒有什麼是我們沙迦人害怕的。」

胡小天心想你打腫臉充胖子，如果不是害怕大康出兵，又怎麼會乖乖從南越國退兵？又怎麼會老老實實將五座城池還了回去，真是夠不要臉的。

摩挲利道：「我看這一路戒備森嚴，小心翼翼，是不是有人想要對我等不利？」

胡小天道：「特使大人多慮了，我大康地大物博國泰民安，聖上英明仁厚，四海無不衷心擁戴。」

摩挲利意味深長道：「可我總感覺有種山雨欲來的勢頭。」

胡小天道：「天有不測風雲，凡事皆有意外，我等如此謹慎也是為了沙迦使團著想，大人不必多慮，我們完全可以保證使團的安全。」

摩挲利道：「希望胡大人能夠做到！」他舉步向周王所在的位置走去。

胡小天也跟著他一起走了過去。

周王龍燁方原本樂呵呵過去和夕顏搭訕，可到了近前，夕顏卻冷眼以對，無論他說什麼，夕顏都是一言不發，龍燁方感到無趣，正準備離開之時，摩挲利和胡小天一起到了。

摩挲利道：「周王殿下，今日我等便是在這裡安營嗎？」

周王點了點頭。

摩挲利卻將車簾掀開，朝裡面看了看。

夕顏被五花大綁扔在車內，嘴上的破布還是周王剛剛才讓人給取出來。摩挲利朝夕顏的臉上看了看，放下車簾，向周王行了一禮。

周王道：「特使何故行禮？」

摩挲利道：「在下有個不情之請，希望周王殿下將此女交給我們處理。」對周王來說，摩挲利的這個請求顯得有些突兀，他皺了皺眉頭：「特使這是什麼意思？」

摩挲利道：「啟稟殿下，我聽說此女乃是五仙教的妖孽，我們使團前來大康的途中，已經有七人先後被五仙教的妖人所害，所以懇請殿下將她交給我來審問，也好查清事實的真相。」

周王心中暗自奇怪，之前怎麼沒聽他說起？當下呵呵笑道：「五仙教？誰說她是五仙教？夕顏姑娘是我的朋友，根本不是什麼五仙教。」

胡小天之前將夕顏抓起來的時候摩挲利雖然並不在場，可是他卻聽得清清楚楚，胡小天分明當場指認夕顏是五仙教的逆賊，現在周王卻不肯承認，摩挲利冷笑道：「殿下，既然她不是五仙教的人，您為何要將她抓起來？」

「呃……」周王無言以對，目光望著胡小天。

胡小天知道周王是在讓自己說話，他咳嗽了一聲道：「殿下高興怎麼做就怎麼做，只怕這件事輪不到你來過問吧？」

這句話大合周王的脾胃，周王道：「不錯，本王的事情還輪不到別人過問。」

摩挲利氣得臉色鐵青，可礙於周王的地位也不敢當面發作，他點了點頭，抱拳準備離去，卻聽夕顏道：「大鬍子，你說的沒錯，我就是五仙教的人，你的那七名手下全都是被我殺的。」

胡小天心中這個鬱悶啊，這妖女果然不省心，她之所以這麼說，根本是想挑起他們和沙迦使團之間的矛盾。

摩挲利聽到她這麼說，又抱了抱拳道：「殿下，她都已經承認了。」

周王的表情有些尷尬，夕顏的這番話弄得他進退兩難，摩挲利一口咬定五仙教害死了他們七個人。原本自己為她著想，將摩挲利的要求拒絕，卻沒有想到夕顏主動承認自己就是五仙教，這下摩挲利再找他要人，他也不好說什麼了，早知道夕顏這麼麻煩，就應該按照胡小天的方法用破布將她的嘴巴堵住。

摩挲利道：「殿下！」明顯是再次找周王要人的意思。

胡小天此時走了過去，揚手就給了夕顏一記耳光，雖然這廝沒有用盡全力，可這巴掌打得也是清脆之極，一巴掌把夕顏給打懵了，周圍眾人也都愣了，幾乎同時心中罵道，禽獸啊！面對如此美麗絕倫的少女，你如何忍心下得去手。夕顏有生以來沒受過這樣的屈辱，一雙妙目瞬間迸射出陰冷的殺機，倘若她不是經脈被秦雨瞳用銀針制住，此刻一定要衝上去將胡小天碎屍萬段，方解心頭之恨。

胡小天怒道：「賤人！居然敢信口雌黃，混淆視聽？」他轉向摩挲利嘿嘿笑道：「特使大人，借步話說。」

摩挲利雖然和胡小天接觸不久，可是對胡小天的奸猾狡詐已經有所領教，冷冷道：「有什麼話只管明說。」

周王也裝腔作勢道：「小天，有什麼話只管說出來，特使也不是外人。」

胡小天走過去一把抓住夕顏的頭髮，揪得夕顏頭皮劇痛，這廝果然沒有一絲一毫憐香惜玉的心思，胡小天道：「她不是什麼五仙教，是我買來送給殿下的歌姬，我之所以將她捆綁抓起，皆因她不願聽命於我，屢次試圖逃脫。」

夕顏冷笑道：「胡小天，你真是謊話連篇。」

周王此時借著胡小天的那番話開始發揮，向摩挲利道：「特使，你現在聽明白了，她是胡小天送給我的歌姬，不是什麼五仙教徒！難道你想將本王的禮物帶走？」

摩挲利雖然心中不信兩人的說法，可是看到兩人的表現，擺明了不會將夕顏交給他，自己多說無益，只能點了點頭道：「既然殿下為她證明，在下無話可說，只是我等無端損失了七條人命，還望殿下早日幫忙找到兇手。」摩挲利說完之後轉身就走。

周王龍燁方望著他的背影不由得搖了搖頭，再看夕顏的俏臉上已經多出了五根紅紅的指印，顯然是胡小天剛剛那一巴掌所致，心中不由得有些憐惜，胡小天下手還真是捨得，對如此美麗的女孩兒也能狠心下得去手。

胡小天躬身向周王行禮道：「殿下，此女陰險狡詐，詭計多端，還望殿下明察秋毫。」他看出龍燁方對夕顏戀戀不捨，生怕這廝被美色所迷，再中了圈套，所以及時提醒。

周王歎了口氣，又留戀地看了一眼夕顏，心中暗忖，拋開此女是不是五仙教的人姑且不論，她的出現實在是有些突然，再想起她剛才的作為，的確有故意製造他們和沙迦使團矛盾的意圖。轉念一想，反正夕顏已經落在了他的手中，早晚還不是他的掌中之物。

悄悄向胡小天使了一個眼色，胡小天會意，跟著他來到一旁僻靜之處，恭敬道：「殿下有何吩咐？」

周王壓低聲音道：「謝謝你的這份大禮，幫我好生看管，千萬不要出了什麼岔子，等到了燮州，我會重重有賞。」雖然明知胡小天剛剛是敷衍摩挲利的話，可周王卻顯然已經當真，這份禮物他要定了。

「是！」

周王離去之後，胡小天緩步回到夕顏的身邊，夕顏惡狠狠盯著他，恨不能衝上去活活將他咬死。胡小天肆無忌憚地笑了笑，在夕顏面前蹲了下去，抓住她的秀髮，微笑道：「原本你大可從容離去，為何非要做這種自投羅網的事情。」

夕顏瞇起美眸：「記住我的話，我以後一定會讓你生不如死！」

胡小天歎了口氣道：「以後的事情誰會知道？如果你是個聰明的女孩子，最好還是乖乖聽話，不要胡說八道，不然塞進你嘴裡的就不是布團，而是臭襪子。」

「你……」

胡小天又道：「沙迦使團的那幫人絕非善類，你要是被他們帶走，等於羊入虎口，輕則被殺，重則受盡折辱，生不如死，還不如留在我身邊安全一些。」

夕顏冷冷道：「你又是什麼好東西？奴顏婢膝，溜鬚拍馬，恩將仇報，背信棄義，無恥之尤的憊懶貨色。」她此刻恨極了胡小天，將能夠想到的惡毒咒罵全都用在了他的身上。

胡小天輕輕拍了拍她的俏臉：「識時務者為俊傑，你的美貌可以迷惑其他人，卻唬不住我，我不管你之前的目的是什麼，現在開始最好給我乖乖聽話，如果膽敢做對周王不利的事情，休怪我翻臉無情。」

夕顏道：「胡小天，你不要得意忘形。」

胡小天道：「我看你還是老老實實去馬車裡休息，女孩子家要懂得三從四德，不要拋頭露面的好。」

夕顏雖然厲害，可惜大意被擒，如今連胡小天這個不懂武功的廢材都能欺辱於她，任她心中如何惱火，可也明白現在的境況不妙，惹火了胡小天只有吃虧的份兒，這廝手黑得很，什麼無恥的事情都幹得出來。

夜幕在不知不覺中已經降臨，雲層依然濃重，壓得人透不過氣，可是雨卻沒有繼續落下來，士兵們在土丘之上支好了營帳。胡小天的營帳就在距離夕顏被囚的馬車不遠的地方，自從他恐嚇夕顏之後，這妮子果然老實了許多，乖乖閉上了嘴巴一言不發，她不亂說話，胡小天也就不再為難她。

徐恒等人在營帳前升起了一堆篝火，幾人圍攏在篝火前開始做飯。

遠處飄來烤羊的香氣，卻是沙迦人在遠處烤起了全羊，他們在上風口，剛好香氣全都飄了過來。

胡小天也聞得是饑腸轆轆，徐恒走了過來，他向胡小天笑道：「胡大人，咱們的伙食可比不上沙迦人啊。」

胡小天有些納悶：「那幫沙迦人從哪兒弄來的羊肉？」

徐恒道：「離開青雲的時候，他們就用馬車拉了十多隻山羊，活羊現殺，足夠他們吃一路的了。」

胡小天撓了撓頭，想不到沙迦使團不乏吃貨的存在，居然想得這麼周到，看來這幫野蠻人也有可以學習的一面。他笑道：「大家今天先將就一下，等到了燮州，我做東請大夥兒好好吃上一頓。」

眾人齊聲歡呼，不過歡呼聲多少顯得有些缺乏興奮度，誰都知道胡小天是在望梅止渴呢。

此時梁慶帶著五名侍衛走了回來，他們是去打獵了，居然收穫頗豐，打到了兩隻野雞四隻野兔，剛好給兄弟們改善一下伙食。

趁著他們忙著準備晚飯的時候，胡小天一個人來到土坡的最高點，這裡設有一個崗哨，由周王身邊的親隨負責值守，胡小天站在高點向沙迦人的營地望去，卻見沙迦人營地上燃起了數堆篝火，沙迦使團的成員圍攏在篝火旁正在吃肉喝酒。

胡小天從懷中掏出單筒望遠鏡向他們的營地望去，從中找到了摩挲利所在的地方，摩挲利坐在那裡正從全羊上解下一塊羊肉，先遞給了在場的一位年輕人。

那年輕人穿著尋常武士的服裝，濃眉大眼，落腮鬍鬚，身材也是壯實魁梧。胡小天之前也曾經和他打過照面，不過並沒有提起太多的注意，此時方才意識到此人似乎不同尋常，若是普通的武士，摩挲利不會對他如此恭敬。難道此人就是沙迦國的王子？聯想起之前維薩跟他所說的那番話，心中越發感到可疑。

秦雨瞳來到他的身邊，輕聲道：「有什麼發現？」

胡小天將單筒望遠鏡遞給她，指著沙迦人營地的方向道：「你留意摩挲利對面的那個大鬍子。」

秦雨瞳湊在望遠鏡上觀察了一會兒，沉吟道：「周圍人好像對他非常的恭敬。」

胡小天道：「你說，他會不會就是沙迦國的十二王子霍格？」此前胡小天就聽維薩說過這種可能，所以一直都留心這件事。

秦雨瞳一雙劍眉皺起，胡小天悄悄觀察著她，她的易容術真是出神入化，即便是近距離觀察也看不出她臉上的異樣。

秦雨瞳放下望遠鏡，意識到胡小天正在盯著自己，輕聲道：「你看我做什麼？」

「你現在這個樣子，只怕連你親生爹娘都不認識你了。」秦雨瞳的易容術真可謂是鬼斧神工，不但外貌完全改變，而且舉手抬足竟顯得氣質和過去也全然不同，看來這妮子是個深藏不露的厲害人物。

秦雨瞳冷冷看了胡小天一眼：「我父母雙亡，不是每個人都像你那麼幸福。」

胡小天笑道：「不好意思，又提起了你的傷心事。」

秦雨瞳道：「過去這麼久，早已忘了，又有什麼好傷心的。」她將望遠鏡還給胡小天：「沙迦使團那邊我會多多留意，你放心吧，你要做的是盯住夕顏，儘量避免周王和她見面。」

胡小天點了點頭，可心中卻有些為難，周王龍燁方是什麼身分，他認定的事情又豈肯聽自己的勸告。

回到營帳附近，梁慶等人已經準備好了晚餐，邀請他們兩人入座，秦雨瞳卻藉口吃過了，悄然走向遠處。雖然和秦雨瞳相處的時間不長，可是這幫侍衛也看出她性情寡淡並不合群，不過誰也不會真心去留意一個陌生的侍衛。

胡小天的人緣頗佳，他本身性情開朗樂觀，平時習慣開玩笑，也沒什麼官架子，和這幫侍衛能夠打成一片。這幫侍衛的主要任務雖然是護送沙迦使團，可是跟沙迦使團卻沒有什麼交流，再加上沙迦人過去曾經有過多次滋擾大康邊境的歷史，在大康多數國人心中對沙迦人沒多少好感，印象中仍然是野蠻不開化，倘若不是上頭有命令，誰也不會跑來保護這幫人。至於周王地位尊崇，誰也不敢輕易接近。相比較而言，胡小天這位青雲縣丞，西川開國公的未來女婿更受歡迎一些。酒是必然要喝的，不過大家也都知道有重任在身，在飲酒方面有所節制適可而止，也就是用來助興，沒有人敢暢飲盡興。

梁慶和徐恒兩人輪番給胡小天敬酒，胡小天每次都是淺嘗輒止，這一路之上還需小心為妙，保持一顆清醒的頭腦極為重要。

梁慶多喝了兩杯，話明顯比平時多了不少，他有些不解道：「胡大人，您為何來到青雲這偏僻的小縣城當官，這裡哪比得上京城的繁華？」其實很多人都感到不解，以胡小天的身世背景，留在京城討個一官半職肯定不是難事，即便是外出為官，有他的未來岳父西川開國公李天衡的關係，也應該在西川大城，青雲在他們的眼中就是一個窮鄉僻壤，在這裡當官無異於受罪。

胡小天笑道：「過慣了大魚大肉的日子，偶爾吃些青菜白粥也覺得有滋有味，青雲雖然比不上康都等大城的繁華，可是山清水秀，地傑人靈，這裡民風淳樸，沒有大城市的市儈與浮華。我來這裡的時間雖然不長，可感覺精神上得到了淨化和昇華。」

梁慶和徐恒當然不懂何謂精神昇華，兩人對望了一眼，同時笑了起來，徐恒道：「胡大人的眼界遠非我等俗人能比，難怪我家小姐拒絕了這麼多人的登門求親，唯獨喜歡胡大人。」

這話胡小天可不入耳，何著老子跟你們家大小姐訂親還是高攀了？要說李天衡和自己老爹官階相當，兩家也算得上是門戶相對，雖然李天衡手握重兵，權傾一方，可我老爹也是大康的財神爺，手握大康經濟命脈的實權人物，老子過去雖然是個白癡，可現在完完全全是個正常人，長相不說英俊瀟灑，也稱得上陽光溫暖，在個人條件上明顯是我屈就了。

其實最初胡小天還有過逃婚的念頭，不過這念頭隨著他到青雲之後便一天一天變淡，他漸漸發現，現在和他過去所處的時代並沒有什麼本質上的區別，金錢和權力仍然不可或缺，最初想要的那種與世無爭的生活只能存在於幻想中罷了，除非你能甘於清貧，除非你願意過著遠離人世，與世隔絕的日子。只要生存於現實社會中，你就不得不面對爾虞我詐的權力爭鬥，就不得不面對形形色色的世態炎涼。更何況胡小天不是一個沒有責任心的人，在接受自己身分的同時，他也開始接受了自己的父母家庭，假如自己一走了之，那麼老爹怎麼辦？胡家怎麼辦？

胡小天淡然笑道：「我還從未見過李小姐呢！」

梁慶和徐恒此時突然停下了說話，兩人的表情顯得有些奇怪。

胡小天道：「李小姐什麼樣子？」

梁慶和徐恒同時搖了搖頭：「小姐養在深閨，我們哪有機會見到！」

胡小天笑了笑，笑容顯得有些無奈，端起酒碗一口飲盡，起身道：「飽了，你們繼續！」

胡小天並沒有忘記被囚在車內的夕顏，給她帶了一隻雞腿，一張大餅。掀開車簾，黑暗中看到兩點發光的東西，是夕顏憤怒的目光，有生以來她從未遭遇到這樣的挫敗，居然被一個不會武功的紈絝子給擒住，更讓她羞惱的是，胡小天竟然當眾打她的耳光，臉上的疼痛早已消失，可是心頭卻留下一道難填的恨壑。

胡小天道：「吃飯！」

夕顏沒有回應。

胡小天這才想起她的嘴巴裡仍然塞著破布，於是伸手將破布拽了出來。

夕顏仍然沒有說話，可是鼻息間聞到飯菜誘人的香氣，腹中的饑餓感被迅速勾了起來。胡小天拿著雞腿在她的鼻翼前晃了晃，夕顏將俏臉扭到一邊。

胡小天道：「我知道你恨我，可別跟自己肚子過不去，趕緊吃點兒，餓瘦了就不好看了。」

夕顏猛然回過頭來，怒道：「胡小天，你是個王八蛋！」

「拜託，講點文明禮貌好不好，你是個女孩子嗳，動不動就講粗口影響你的形象。」

「我呸！」夕顏啐了一聲，只差直接啐在胡小天臉上了，然後道：「你讓人給我鬆綁！不然我拿什麼吃飯啊？」

胡小天猜到她十有八九又要搞陰謀詭計，笑瞇瞇道：「我餵你啊！」雞腿直接遞到夕顏的嘴唇前，夕顏狠狠瞪了他一眼，然後以同樣凶狠的架勢很咬了一口雞腿，不吃白不吃，胡小天雖然是個混蛋，可話並沒有說錯，為什麼要跟自己的肚子過不去，吃飽了才有力氣對付這小子。有了這樣的想法，夕顏的情緒和食欲同時好轉起來，吃得津津有味，飯來張口的日子倒也不錯，夕顏將胡小天送來的雞腿和大餅吃了個乾乾淨淨，居然表示還要吃一些。胡小天驚奇地發現這妞也是個吃貨，飯量很不一般，於是又去給她拿了一個大餅卷了一些兔肉，可來到夕顏面前，她卻說已經飽了。

胡小天笑瞇瞇望著夕顏道：「戲弄我，故意讓我跑腿？」

夕顏道：「本姑娘沒那心情，說實話，看著你這張臉，我是一點點食欲都沒有。」

胡小天笑道：「充分證明你是個正常的女人，不正常的看到我才會產生食欲，正常的看到我產生的那叫性欲！」這貨說完，還故作驚恐地眨了眨眼睛，捂住自己的胸口道：「你該不是對我產生了什麼非分之想吧？」

夕顏畢竟是雲英未嫁之身，聽到這句話，一張俏臉不由得羞得通紅，她呸了一聲道：「胡小天，有一天你若是落在我的手裡，我必然將你扒皮抽筋……」說到這裡感覺還不解恨，搖了搖頭道：「我要將你變成太監！」

胡小天心想，我靠！夠毒的，他歎了口氣道：「你要是真那麼想，我就不得不辣手摧花了，對付你這種人，我要麼一刀殺了，要麼在我變成太監之前把你給那啥了。」

夕顏一雙美眸突然變得柔媚起來，風情萬種地望著胡小天道：「你想怎樣？你又敢怎樣？」

胡小天看到她如此媚態，不由得心猿意馬，可他畢竟在心理學上造詣匪淺，頭腦之理智超乎尋常，馬上意識到夕顏試圖迷惑自己，他呵呵笑道：「怪了，我看到你怎麼就提不起一絲一毫的興致，你雖然極力想要討好我，可畢竟只是一個沒長大的女孩子，長相是天生的，風情卻是後天修煉的，想要勾引男人，你道行還不夠。」

夕顏被他這番話說得惱羞成怒，這廝今日不僅公然打了自己的耳光，讓自己的肉體受到莫大屈辱，此時還不忘打壓自己的自尊，從精神上虐待自己，夕顏道：「胡小天，我改變主意了。」

胡小天道：「什麼意思？」

夕顏道：「我決定不殺你，我要留著你活著，在你的有生之年，我一定會想盡辦法對你更好一些。」

胡小天微笑點頭，擰開水囊遞給她：「說了這麼多，渴了吧，喝水。」

夕顏的確有些渴了，對著水囊喝了幾口。

胡小天道：「沙迦人一口咬定你們五仙教殺死了他們七個人，可有這件事？」

夕顏冷冷道：「我為什麼要告訴你？」

胡小天道：「在人屋簷下怎敢不低頭，你最好還是配合一些，我這個人向來都通情達理，可是你要是始終跟我作對，那麼……」這廝展露給夕顏一臉的獰笑。

夕顏道：「你敢怎樣？你要是對我無禮，不怕你的主子以後對你不利？」她也非等閒之輩，看出周王覬覦自己的美色，料想胡小天不敢對自己做出過分的舉動。

胡小天道：「人有三急啊，喝了這麼多的水，你早晚都會有需要，可一旦得罪了我，嘿嘿。」

夕顏一雙美眸瞪得滾圓，她真真正正被這廝的無恥給驚到了。

胡小天道：「真要是到了那一步，卻不知周王對你還有沒有興趣？」

夕顏咬了咬櫻唇，第一次流露出了畏懼的目光，怯怯道：「你不至於無恥到這樣的地步吧？」

胡小天嘿嘿一笑：「我從來都不是一個高尚的人。」

夕顏歎了口氣道：「你對我這麼壞，還有沒有良心，你記不記得在你窮困潦倒的時候是我送給你五十兩銀子，到現在你欠我的一千兩都沒還呢。」

「世道已經變了，欠錢的才是大爺。」

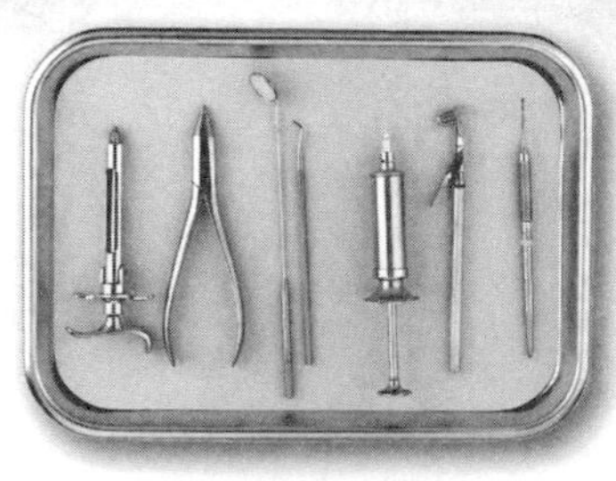

第六章

康都風雲

胡小天暗自鬆了一口氣，可沒等他的情緒安定下來，
就發現有成千上萬條青蛇正蠕動向他們的營地包圍而來，
倘若只有一條蛇倒也不必害怕，可是四面八方全都是蠕動的蛇蟲，
不知要有幾萬條，群蛇攢動，朝著營地不斷逼近。

夕顏望著油鹽不侵的胡小天真是有些無可奈何了，目前她已經全面落入下風，論心計胡小天不在自己之下，論無恥胡小天比她要強上百倍，唯一能夠勝過胡小天的武功如今也被秦雨瞳制住，根本無從發揮。想起秦雨瞳，夕顏心中不由得生出一股恨意，如果不是她出來攪局，自己也不會落到處處被制的下場。她輕聲道：「你對那妖女瞭不瞭解？」

胡小天笑了起來，在他看來妖女這個詞應該更適合夕顏一些，秦雨瞳性情雖然淡漠，但是她卻不像夕顏那般為非作歹。

夕顏道：「你知不知道她是玄天館的人？」

胡小天點了點頭。

夕顏冷笑道：「玄天館素以正道自居，表面上清高自傲，實際上卻是朝廷的走狗，和朝廷狼狽為奸，欺壓江湖同道，這才有了今日尊崇的地位。你幫她害我，根本就是助紂為虐。」

胡小天道：「我誰也不幫，只想這一路安安生生地抵達燮州，大家相安無事最好，等到了地方，我順利交差，拍屁股走人，以後的事情全都跟我無關。」

夕顏道：「你難道不擔心，她才是想殺周王的人？」

胡小天道：「果然是巧舌如簧，我且問你，你不顧山高水長來燮州參加我的慈善晚宴，究竟有何目的？明明身懷武功，卻要裝出弱不禁風的可憐相，到底裝給誰看？」

夕顏道：「我原本以為你勉強也算得上精明，可現在看來不過如此，你有沒有想過，我若是想對周王不利，為什麼不在萬府幹掉他？而要等你們做足防備之後才選擇行動？」

胡小天心中暗忖，幸虧你那晚沒有對周王不利，螳螂捕蟬黃雀在後，你的一舉一動早已被安德全看得清清楚楚，你武功雖高卻毫無覺察，顯然不是老太監的對手，倘若那晚真敢對周王出手，安德全絕不會坐視不理，想到這裡，胡小天心中也有些迷惑，既然安德全對夕顏的身分如此瞭解，為何沒有出手將她擒下，也好將這個隱患提前消除，難道這老太監還另有目的？

夕顏又道：「我們五仙教並非傳言之中那般邪惡，全都是玄天館為首的那幫所謂名門正派刻意抹黑我們，我們不會無故殺人，實不相瞞，我之所以想要混入你們之中，主要是想從沙迦使團的手中奪得一樣寶物。」

胡小天將信將疑：「什麼寶物？」

夕顏道歎了口氣道：「事到如今，我也不想騙你，沙迦使團此次前往康都和談，給老皇帝帶去了一套《妙法蓮華經》，有人出高價找我們將那套經書盜走。」

一旁傳來秦雨瞳的輕聲歎息：「妖言惑眾，現在看來你的舌頭才是最厲害的武器。」

胡小天並沒有覺察到秦雨瞳已經來到身邊。

夕顏格格笑道：「若是心中坦蕩又何必在一旁偷聽？」

秦雨瞳道：「任你如何粉飾，五仙教的所作所為依然見不得天日。」

夕顏道：「我從未說過自己是個好人，不比你們玄天館的弟子，全都是一塵不染的白蓮花。」

胡小天看到兩人針鋒相對，由此不難推斷玄天館和五仙教之間勢同水火。他轉身離開的時候，夕顏又叫住他：「胡小天，我勸你還是多點心眼的好，不要到最後被人賣了，還要幫人數錢。」

秦雨瞳淡然一笑飄然離去，胡小天拾起剛才堵住夕顏嘴巴的破布，夕顏秀眉微顰，可憐兮兮道：「人家好不容易吃了一頓晚飯，難道你想讓我全都吐出來？總之我答應你，我不再亂說話就是。」

晚餐已結束，負責值守的人也已各自返回崗位，其餘人也都回到營帳休息。

秦雨瞳在篝火前坐了下來，篝火熊熊，映紅她的面龐，一雙眼眸在篝火的映照下宛如星辰一般明亮。

胡小天在她的對面坐下，將手中捲了兔肉的大餅遞給秦雨瞳道：「趁熱吃！」

秦雨瞳搖了搖頭：「吃過了！」雙眸盯住胡小天：「你信不信她的話？」

胡小天微笑道：「你都說她妖言惑眾了！」

秦雨瞳道：「看來你還是被她說動了。」

胡小天咬了一大口卷餅：「你當我這麼好騙啊？」夕顏的那番話不能全信也不能不信，玄天館也不是什麼慈善機構，秦雨瞳也不是助人為樂不求回報的活雷鋒，她此次要求隨同自己前來，肯定也有她的目的。

秦雨瞳聽出了胡小天的弦外之音，輕聲道：「早點休息吧，我來值夜。」

胡小天抬起頭看了看黑沉沉不見半點星光的夜空，低聲道：「不知今晚還會不會下雨？」

秦雨瞳道：「該來的始終要來，誰也避不過！」

康都的上空也是烏雲密佈，不時劃過夜空的閃電勾勒出皇城巍峨的輪廓，閃電過後，一切的景物又消失在濃得化不開的夜色之中，鐵塊似的烏雲和這座代表大康至高權力中心的城池融為一體，像鐵籠一般將皇城圍住，一陣陰涼的夜風吹來，將楸樹的葉子粗暴地扯落下來，落葉在風中打著卷兒，不甘心又沒奈何地飄走。只能發出蕭蕭瑟瑟的響聲，像是在悲哀地哭泣。

胡不為站在博軒樓上凝望著這烏沉沉的夜色，臉上的表情比夜色還要凝重。他的身邊站著大康吏部尚書史不吹，史不吹雙手握著憑欄，忽然重重在憑欄上拍了一記：「事情有些不對！」

胡不為的目光仍然盯著遠方，這個世界上有太多的景物不是你想能看透就能看透，他低聲道：「陛下已經七天沒有上朝，文太師也病倒在床，真是巧得很啊。」

史不吹的右手輕輕拍打了一下憑欄，用力昂起頭，這樣的角度讓他業已老舊的頸椎發出爆竹般的脆響，花白的鬍鬚被夜風吹得不停抖動。緊閉雙眼，用力吸了一口氣，彷彿要將這濃重的夜色一起吸入他的肺裡：「聽說玄天館的任先生三天前就被召入宮中面聖，至今仍然沒有離開。」緩緩睜開的雙目之中寒光凜冽，之前表現出的老態一掃而光。

「陛下很可能病了。」胡不為說出這番話的時候，心情變得越發沉重起來。

史不吹道：「消息封鎖得很嚴，這七天陛下都住在仁壽宮，除了皇后和李貴妃之外，任何嬪妃不得入內，太監宮女對仁壽宮內發生的事情全都閉口不言。」

胡不為道：「說是避暑，可這天氣並不是那麼的熱！」

一道閃電撕裂了黑沉沉的天幕，旋即一個驚天動地的炸雷在正南方響起，正是太極宮所在的位置。

兩人都被這聲響雷震得內心一凜，不約而同地向太極宮的方向望去。

史不吹道：「太子殿下應該回來了。」說完這番話，他又抬頭看了看天空：「我該走了，不然只怕這雨就要落下來了。」

胡不為道：「我送你。」

史不吹搖了搖頭道：「無需你送，一個人淋雨總比兩個人被雨淋透要好。」

胡不為果然沒去送他，目送著史不吹走下博軒樓，在兩名侍衛的陪同下迅速經由後門離開。風明顯增大了許多，可是雨卻仍然沒有落下，天氣沉悶得讓人透不過氣來。一隻黑色的鷹隼從雲層中現身，徑直朝著博軒樓的方向飛掠而下。

胡不為伸出右手，那鷹隼拍打著翅膀停泊在他的手背上，胡不為從鷹隼金黃色的腳爪上取下一個小小的竹管，從中抽出一張紙條，湊近燈籠，當他看清上面所寫的內容之時，臉色瞬間變得蒼白如紙……

「父皇，詔書已經擬好了，您是否需要過目一下？」大皇子龍燁霖深邃的雙目靜靜望著父親，如今龍宣恩的臉上再也找不到昔日權傾天下的霸道和威儀，他的頭髮已經全白，為萬眾敬仰的面孔上也已經是溝壑縱橫。

龍宣恩的唇角露出一絲淒涼的笑意，嘶啞著喉頭道：「有必要看嗎？」

龍燁霖道：「父皇在位四十一年，在位期間七度改元，大康自開國以來，若論到在位之久，父皇已經是當之無愧的第一人，兒臣斗膽問上一句，父皇以為自己的功德比太宗皇帝如何？」

龍宣恩道：「你這忤逆之子，何必辱我？」

龍燁霖微笑道：「恕兒子直言，太宗皇帝德兼三皇，功蓋五帝，橫掃六合，雄霸天下，父皇不能及也。」

龍宣恩冷哼一聲，將臉扭到一邊。

龍燁霖又道：「父皇比明宗皇帝如何？」

龍宣恩霍然又將臉扭轉過來怒視龍燁霖道：「你想說什麼便說，何必拐彎抹角。」

龍燁霖道：「明宗皇帝拯救社稷於危亡之中，除叛平亂，重還大康一個朗朗乾坤，讓危在旦夕的帝國重新煥發光彩，這才有了大康這數百年的興隆基業，你一樣比不上，這兩位先皇功高蓋世彪炳青史，他們在位的時間都比不上父皇您啊！」

龍宣恩道：「你狼子野心，陰謀篡權，朕只後悔當初沒有殺了你這畜生。」

龍燁霖道：「虎毒不食子，你的所作所為用毒字都無法形容，你雖然立我為太子，可一直對我百般猜忌，我做太子做了十八年，大康自立國以來只怕誰也比不過我，你殺我近臣，辱我妻子，渾然不將人倫二字放在眼中，雖然如此，我仍然忠心待你，可你不該聽信讒言，廢了我的太子之位。」

龍宣恩冷冷道：「觀你今日之所為，朕當初廢你果然沒錯。」

龍燁霖道：「你雖然不殺我，卻對我百般打壓，將我流放西疆不算，還讓人在途中屢次害我，若非上天垂憐，我不知死了多少次。」他冷冷望著父親，目光中全都是凜冽殺機，哪還有半分的父子情意。

龍宣恩道：「你謀朝篡位，又豈能讓天下人心服。」

龍燁霖道：「你剛愎自用，昏庸無道，荒淫驕奢，貪戀權位，眼看這祖宗留下的大好河山在你手中一日一日敗落，大雍興起北方，西北胡人蓄精養銳，終有一日會揮師南下，西南蠻族心存異志，悄然蠶食我方土地，西方沙迦逐漸做大，而你絲毫沒有將這些危機放在心上，終日沉迷於酒色之中，大康若是任由你如此揮霍下去，距離亡國之日已經不遠。」

龍宣恩呵呵笑道：「欲加之罪何患無辭，你野心勃勃，早就想登上皇位，又何必有那麼多的托詞。」乾枯的雙手拿起那份龍燁霖寫好的詔書，過目之後緩緩點了點頭道：「你不殺我？」

龍燁霖道：「你雖然對我不仁，可是我卻不能待你不義，交出傳國玉璽，安安穩穩的當你的太上皇，我保你安享晚年。」

龍宣恩用力抿起嘴唇：「燁慶是你的同胞兄弟，你為何一定要將他置於死地？」

龍燁霖淡然道：「殺他的人是你，不是我！」

龍宣恩歎了口氣道：「你可以將他流放邊疆，何須手足相殘。」

龍燁霖冷笑道：「你以為還有資格跟我談條件？」

龍宣恩靜默了下去，此時他已經是泥菩薩過江自身難保，對於其餘兒女的命運根本無法掌控了，龍宣恩道：「若殺燁慶，大康必然陷入動亂之中。」

「明日之大康，乃是朕之大康，我既然敢登上這個位子，就有能力掌控天下。」

龍宣恩哈哈大笑起來，笑得幾近癲狂，龍燁霖被他的狂笑給弄得一怔，心頭不由得湧起憤怒，大吼道：「你笑什麼？」

龍宣恩劇烈咳嗽起來，咳嗽過後，一張酒色過度的面孔泛起了少許的紅意，他搖了搖頭道：「你還是這樣自負，以為自己真有那麼大的本事？知子莫若父，你們兄弟幾個的性情朕多少還是瞭解的，你心胸狹窄，凶殘暴戾，若是你登上皇位，必然大開殺戒，到時候天怒人怨，將士背離，眾臣怨憤，大康亡國之日不遠矣！」

龍燁霖緩緩點了點頭，忽然抬起腳狠狠踹在龍宣恩的小腹之上，這一腳踹得龍宣恩的身軀蝦米一樣躬了起來，右手撐在地上不停咳嗽，連血都咳了出來。

龍燁霖道：「這一腳是為了我死去的妻子，你給我牢牢記著，從現在開始，不許在我的面前自稱為朕！」

一道絢爛的閃電撕裂夜幕，電閃雷鳴過後，醞釀許久的暴雨終於落了下來，密密匝匝的雨滴以不可阻擋的勢頭鞭撻肆虐著這片滄桑的土地，地面很快就被雨水覆蓋，樹木在猛烈的風聲中拚命搖擺，似乎要掙脫某種可怕的束縛，但無論怎樣掙扎都無法脫離腳下土地的禁錮。

雷霆震徹天地，熟睡中的胡小天感覺整個地面都戰慄起來，他猛然睜開雙目，營帳內漆黑一片，外面風雨聲正疾。帳門被烈風扯開，狂風夾雜著雨點撲入營帳之中，胡小天起身想去將帳門掩上，從縫隙向外望去，卻見風雨中一個身影倔強站立在不遠處，正是喬裝打扮的秦雨瞳。胡小天披上蓑衣，戴上斗笠，來到營帳外。耳邊不時傳來受驚馬匹的嘶鳴聲，周邊的篝火都已經被大雨澆滅，遠處有一隊人馬迎著風雨舉著松油火炬正在夜巡。

秦雨瞳聽到了身後的動靜，回過頭來，看到胡小天踩著泥濘來到了自己的面前，輕聲道：「雨這麼大，不在裡面休息，出來幹什麼？」

胡小天道：「雷聲響得讓人睡不著……」話音未落，一個地滾雷在不遠處炸響，借著電光看到秦雨瞳的雙眸也下意識地閃動了一下，胡小天道：「要不，你去休息一會兒，我在這兒值守。」

秦雨瞳笑著搖了搖頭：「我不睏！」

胡小天朝夕顏所在的馬車看了一眼道：「夕顏有沒有生事？」

「還算老實。」

馬車內忽然傳來夕顏驚恐的尖叫聲，秦雨瞳和胡小天對望了一眼，幾乎同時向馬車衝了過去，胡小天方才走出幾步，腳下卻踩到軟綿綿的一物，察覺到異樣，低頭望去，當他看清腳下是何物的時候不禁駭然，在他腳下蠕動的卻是一條青蛇，胡小天及時縮回腳去，那青蛇倏然仰起頭來，照著胡小天的右腿咬去。

眼前寒光一閃，卻是秦雨瞳及時出劍，一劍砍在青蛇七寸之上，將青蛇斬斷。

胡小天暗自鬆了一口氣，抬起手擦去額頭的冷汗，可沒等他的情緒安定下來，就發現有成千上萬條青蛇正蠕動向他們的營地包圍而來，倘若只有一條蛇倒也不必害怕，可是看到四面八方全都是蠕動的蛇蟲，不知要有幾萬條，群蛇攢動，朝著營地不斷逼近。

其他地方也有人發現了蛇蹤，有人大叫道：「蛇！好多蛇！」

秦雨瞳從一旁摘下一根火炬遞給了胡小天，胡小天火炬在手，來回揮舞，逼退靠近他的青蛇，望著眼前潮水般洶湧而來的蛇群，內心也不由得感到惶恐。

聽到有人高叫保護周王千歲，弓箭手也開始彎弓搭箭，瞄準地上的蛇群進行射擊。風雨中聽到接連不斷的慘呼，顯然有士兵被毒蛇咬中，有些士兵還沒有從夢中醒來就被毒蛇咬中，已經有不少人當場身亡，醒來的士兵匆忙起身防禦，營地之中亮起了星星點點的火炬，他們揮舞著手中的火炬驅散四面八方潮水般湧來的毒蟲。

胡小天心中奇怪，他實在想像不出這樣的大雨之夜會湧出那麼多的毒蟲，秦雨瞳從腰間的鹿皮袋中掏出一把鋼針，右手揮舞，數十根鋼針閃電般激射而出，將他們周圍的青蛇釘在地上，胡小天不由喝彩了一聲，真是人不可貌相，想不到秦雨瞳的飛針手法如此精妙，隨手擲出，竟不次於利用機弩發射。

毒蛇似乎被一種神秘的力量所驅使，雖然遭遇到不停射殺，卻仍然沒有後退的意思，繼續不停向營地的中心靠近。秦雨萌接連射出三把鋼針，從蛇群之中硬生生破出了一條狹窄通路，她大聲道：「快去馬車那邊！」

胡小天揮舞著火把一路小跑，從狹窄的縫隙中通過，迅速來到了夕顏所在的馬車前，想要去拉開車簾，卻發現有兩條青蛇已經攀援到了車上，昂頭吐信朝自己發動攻擊，胡小天將火把向前一送，正擊打在一條毒蛇的頭上，一股刺鼻的焦糊味道傳來。

秦雨瞳隨後趕到一劍將另外一條青蛇斬成兩段，扯開車簾，卻看到夕顏坐在那裡一動不動，俏臉之上蕩漾著似笑非笑的表情，秦雨瞳又甩出一把鋼針，逼退蛇群的進擊，沉聲道：「把她帶出來。」

胡小天上前抓住夕顏，此時聽到夕顏幽然歎了口氣道：「要麼放了我，要麼今晚大家全都死在這裡。」

胡小天將她抱起扛在自己的右肩之上，夕顏空有一身武功，可惜穴道被秦雨瞳用銀針封住，根本無從發揮，她咬牙切齒道：「胡小天，你死期不遠了。」

胡小天望著周圍仍然不斷迫近的毒蛇，聯想起夕顏就是五仙教的，料想這十有八九是夕顏在暗中搗鬼，聽到夕顏居然出聲威脅自己，揚起巴掌照著夕顏的翹臀狠狠拍了兩巴掌，打得夕顏緊咬牙關，怒道：「淫賊！」

胡小天道：「識相的趕緊將毒蛇散去，不然我把你脫光，扔到裡面餵蛇。」

夕顏冷冷道：「要殺便殺，何必折辱，你當我真怕死嗎？」

兩人鬥嘴時，秦雨瞳卻始終在盯著毒蛇的動向，發現毒蛇自動在周圍散開，留給他們直徑約有一丈的空隙，胡小天抱著夕顏往前走的時候，毒蛇紛紛避讓，這自然不是因為胡小天的原因，肯定是夕顏的身上有某種東西讓毒蛇不敢發動攻擊。

胡小天也發現了這一現象，心中暗喜，想不到這妖女居然是個寶貝，關鍵時候還能當驅蛇藥使用，一定要好好抱緊了。

夕顏被他扛在肩頭，頭臉朝下，玉臀撅起，胡小天又在她屁股上拍了一把道：「今晚大家同坐一條船，我沒事你便沒事，若是我有事，你就只能給我陪葬。」

秦雨瞳此時已經看清周圍的環境，周王所在的營地位於土丘的高處，此時已經被侍衛和弓箭手環圍，和他們所在的地方還有一段距離，此時弓箭手紛紛向周圍射擊，阻擋蛇蟲進襲，如果貿然前往很可能會被誤傷，再看沙迦使團方面，營地周邊也亮起了火炬，不知具體情況怎樣。

秦雨瞳低頭望著夕顏，輕聲道：「馬上將蛇蟲退去，不然我廢了你的武功。」雖然語氣不緊不慢，可是話中表達出的含義卻是不容置疑。

夕顏道：「我被你們制住穴道，手腳還被你們捆住，這蛇蟲跟我有什麼關係？」

秦雨曈道：「你出身五仙教，即便這些蛇蟲不是你弄來的，你也有驅散牠們的方法，我這個人從來不開玩笑，你若是不答應，我這就廢了你的武功。」

胡小天道：「用不著這麼殘忍吧。」

秦雨曈不解地眨了眨眼睛，實在是想不通為何他會為夕顏說情。

胡小天道：「其實女人對武功是不怎麼在乎的，不如我用刀劃爛她的臉，再刺瞎她的眼睛，挑斷她的手筋和腳筋，然後把她賣到最髒最臭的窯子裡去。」

夕顏雖然明明知道胡小天是在故意恐嚇自己，可聽到這番惡毒的話語也不禁從心底打了一個寒顫，倘若真要是淪落到他所說的境地，真是生不如死了。

胡小天說話的時候，手有意無意地在夕顏的翹臀之上又拍了一記，習慣成自然，揩油習慣了也是一樣。

夕顏又羞又怒，歎了口氣道：「惡賊，終有一天我會將你這雙爪子給剁掉！」

胡小天將她一個過肩摔，重重扔在了地上，手中火炬湊近夕顏的面龐：「信不信我現在就燒了你的這張臉！」

胡小天果然沒有說錯，女人對自己的容貌是最為重視的，甚至超越了生命，夕顏咬了咬嘴唇，低聲道：「你解開我的繩索。」

徵得秦雨瞳的同意之後，胡小天為夕顏鬆綁，夕顏獲得自由後，並沒有從泥濘中站起，剛才被胡小天摔得不輕，這廝果然心狠手辣，起碼的憐香惜玉都不懂。

夕顏慢吞吞從頸上拽出了一根紅繩，紅繩的尾端繫著一個銀色的哨子，她將哨子放入嘴中脆響，尖銳的聲音隨著夕顏的氣息變幻，遠遠傳了出去，沒過多久，就聽到西南方也傳來同樣的聲音呼應。

蛇蟲停止了繼續前進，過了一會兒，開始陸續撤退。

雨停了，泥濘的土地上留下一道道晶亮的黏液，不出一刻功夫，蛇群已經退了個乾乾淨淨。東方的天空現出了一絲魚肚白，黎明即將來臨。

胡小天和秦雨瞳對望了一眼，兩人都看到了對方如釋重負的目光。

夕顏渾身被雨水濕透，整個人如同出水芙蓉，更顯嬌豔如花。雙手撐在地上，一雙美眸充滿怨毒地望著胡小天，只覺得自己這輩子從未遭遇過如此可恨之人。

胡小天看到蛇群散去，馬上撿起地上的繩索想要將夕顏捆起來。

秦雨瞳道：「不用了，讓她自己走。」

夕顏的繡花鞋不知何時失落了一隻，她乾脆將另外一隻也脫掉了，用力朝胡小天砸了過去，胡小天，眼疾手快一把抓了個正著，這貨一點都不生氣，本想將繡花鞋隨手扔掉，可是這繡花鞋繡工精美雅致，乾脆直接揣在了懷中，嬉皮笑臉道：

「謝謝夕顏姑娘的禮物。」

夕顏差點沒被他氣暈過去，忍著身體的疼痛站了起來，一雙白嫩的玉足踩在泥濘之中。胡小天望著夕顏精緻美麗的玉足，目光不知不覺變得灼熱了許多，要說這妖女還真是一個尤物，難怪龍燁方會對她如此著迷。

秦雨瞳看了胡小天一眼，提醒他道：「趕緊去周王那邊看看！」

胡小天這才如夢初醒地點了點頭。

周王龍燁方雖然並沒有任何的損傷，可是剛才的凶險場面也將他嚇得魂飛魄散，蛇群散去這麼久，他仍然臉色蒼白，手足不停顫抖，八名高手護衛周圍，片刻不離龍燁方左右。

胡小天讓秦雨瞳負責看守夕顏，他快步前往龍燁方面前去請安。夕顏遠遠望著周王的慫包模樣，不由得將胡小天和他作為對比，要說胡小天這小子雖然不會武功，可膽色要比周王強上無數倍。

看到周王無恙，胡小天放下心來，上前跪倒在地，恭敬道：「卑職護駕來遲，還望殿下恕罪。」

周王道：「起來吧……」說話的時候聲音明顯仍在顫抖。

胡小天這才站起身來，周王驚魂未定地向四周張望，顫聲道：「怎麼……會突然來了那麼多蛇？」

胡小天道：「殿下，這些蛇應該是五仙教所為。」

「五仙教？」

胡小天點了點頭，湊到周王耳邊低聲道：「全都是因為夕顏那個妖女，周圍一定有她的同黨埋伏。」

周王聽到這件事和夕顏有關，遠遠向夕顏看了一眼，心中不由得有些發毛，雖然之前胡小天說夕顏乃是五仙教的妖女，可周王心中並不相信，他總覺得如此美麗絕倫的一個少女怎麼也不可能是惡名遠播的五仙教徒，現在看來一切果然和她有關，周王雖然貪戀夕顏的美色，可是比起自身的性命來，再美的女子也不值得他拿性命冒險。周王皺了皺眉頭，想出了一個主意，壓低聲音對胡小天道：「不如咱們放她離去，這樣就不會有蛇蟲跟著我們了。」

胡小天暗笑這廝膽小，恭敬道：「殿下，現在更不能放她離去，她在我們的手中，五仙教投鼠忌器，勢必不敢發動全面進攻，若是還她自由，只怕五仙教的襲擊會變得肆無忌憚。」

周王想了想，胡小天說得也不是沒有道理，點了點頭道：「那……你好生看著她。」

此時梁慶過來稟報戰況，在剛才的夜襲之中，有八人被毒蛇咬中死亡，還有七人中毒，現在正在搶救。

沙迦使團那邊也有人過來詢問情況，讓他們意想不到的是，沙迦使團方面居然無人受傷，蛇群根本就沒有進犯他們的營地。

胡小天感到事情有些蹊蹺，為何五仙教單單攻擊他們，而放過沙迦使團？難道他們的目標根本就不是沙迦使團？回到夕顏身邊，秦雨瞳讓他將夕顏帶回馬車，自己則前往幫忙為中毒的士兵解毒。

胡小天帶著夕顏回到馬車旁，此時天光已經完全放亮，太陽雖然沒有出來，可是雲層淡了許多，夕顏赤裸的玉足踩在沾滿雨水的青草之上，晶瑩的水珠洗去足上的黃泥，完美無瑕的雙足在青草映襯下的畫面實在是美不勝收。只是這美麗的身軀之中，卻包藏著一顆陰險毒辣的內心，想起剛才群蛇圍攻的場面，胡小天不由得心生警示。

夕顏道：「你不放我，只會有更多的麻煩找來。」

胡小天懶洋洋道：「我是個不怕麻煩的人。」

夕顏道：「別告訴我你不怕死。」

胡小天道：「為什麼你們只攻擊我們的營地，而沒有碰沙迦人？」

夕顏道：「你有沒有腦子啊，抓住我的人是你們，冤有頭債有主，不找你們找誰？」

胡小天搖了搖頭道：「你說想要盜取沙迦使團的什麼《妙法蓮華經》，現在看來只不過是藉口罷了，你們五仙教想對付的根本就是周王！」

力真是豐富。」

夕顏輕聲歎了口氣道：「一個無足輕重的皇子，我們對付他做什麼？你的想像

胡小天目光落在夕顏高聳的胸脯之上，夕顏因他的目光，俏臉不由得一熱，啐道：「看什麼看？」

「把哨子給我！」

夕顏狠狠瞪了他一眼，反而向後退了一步。

胡小天道：「你是自己取下來給我，還是想我親自動手？」

面對胡小天，夕顏真的有些無計可施了，這貨說得出做得到，如果自己不聽他的命令，只怕他馬上就會把那雙狗爪子伸出來，搶走東西不說，還會趁機占自己便宜，此人的人品簡直沒有下限，夕顏取下那銀笛遞給了他。

胡小天拿在手中湊近看了看，就是一個普通的哨子，表面上看起來應該沒什麼特別，不過夕顏應該是通過這東西和她的同黨聯絡。東西雖然很小，可是吹起來聲音卻是不小。胡小天將銀笛收好。

夕顏道：「你知不知道玄天館的背景？」

胡小天道：「不知道，也沒興趣，我真正關心的就是周王的安全，只要將他平平安安護送到燮州，我就算完成任務，其他的事情全都和我無關。」

拔營之後，一行人再次踏上征途，因為昨晚的襲擊，士氣明顯受到了影響，和

人員傷亡相比，馬匹的傷亡更加慘重一些，竟然有半數的馬匹在這場襲擊中死亡，他們不得不選擇拋棄部分的輜重。很多侍衛選擇步行，這樣行進的速度難免受到了影響。

沙迦使團方面毫髮無損，雖然表面上對周王一方表示慰問，可他們並沒有共度難關的想法，甚至連一匹馬都不願贊助。

周王這會兒方才從昨晚的驚恐中平復下來，離開馬車，選擇騎馬而行，雖然天氣炎熱，可仍然堅持穿上了厚重的盔甲，昨晚的襲擊讓他脆弱的神經變得敏感非常，危機意識突然變得強大起來。

胡小天縱馬趕到周王身邊，然後放緩了馬速，望著盔甲鮮明的周王，心中不禁有些好笑，既然這麼怕死何必出這趟苦差。胡小天向身後沙迦使團的方向看了一眼道：「殿下，那幫沙迦人實在是狼心狗肺，咱們辛辛苦苦地護送他們，不然怎會遇襲？現在我們遇到了麻煩，他們只當沒看到，簡直是沒人性！」

周王對沙迦使團的做法也很不爽，只是沒說出來罷了，歎了口氣道：「蠻夷之地哪比得上我大康泱泱大國，禮儀之邦。」

胡小天道：「殿下，其實您沒必要親自前來迎接他們，沙迦使團的首領只不過是個普通官員，您親自前來有些屈尊了。」

周王也跟著歎了口氣道：「他們最初說十二王子霍格要隨團前來，親往康都提親，我也沒有想到沙迦人居然會臨時變卦，那個什麼十二王子根本就沒來。」

胡小天道：「這幫野蠻人根本不懂得尊重二字。」他一旁煽風點火。

周王越說越是生氣，咬牙切齒道：「若非父皇將這件事交給我，我才不管他們的死活。」

胡小天道：「殿下不要生氣，屬下安排人手監視沙迦使團的動向，發現了他們的一個秘密。」

周王聽到秘密兩個字也不禁有些好奇，看了胡小天一眼道：「什麼秘密？」

胡小天向四下看了看，然後壓低聲音道：「摩挲利對一個人很是恭敬，那人雖然身穿普通侍衛的服裝，可是從不單獨現身，每次行動都有至少四名侍衛同行，昨日他們吃全羊時，我親眼見到摩挲利對他畢恭畢敬，將最好的肉先給他敬上。」

周王也不是傻子，聽到這裡，已經猜到了什麼，他低聲道：「你是說，那侍衛就是沙迦王子？」

「十有八九！」

周王猛然勒住馬韁，白淨的面孔漲得通紅，雙目之中充滿憤怒之色，他有種恥辱感，倘若胡小天所說的一切屬實，那麼沙迦人實在是太過分了，居然對自己隱瞞身分，就算你是為了自身安全考慮，難道本王的身分不比你更加重要？周王咬牙切齒道：「小天，你去傳我的命令，讓摩挲利帶著他來見我。」

胡小天道：「殿下，他們一心想要隱瞞身分，就算咱們找他過來，他們也未必肯承認，不如……」他湊近周王，低聲說了幾句。

周王聽完頓時笑顏逐開，點了點頭道：「就這麼辦！」

中午時分，隊伍進入了赤陽山的境內，雨後道路泥濘不堪，加上中途有多處落石，狹窄之處馬車無法通行，幾人討論之後決定將馬車原地棄下，沙迦使團方面也不得不將馬車留下，他們帶來的禮品不少，所以只能用馬匹馱行，即便如此，仍然無法將行李全都帶走，不得不將行李化整為零，由士兵背負上路。

因為之前沙迦使團袖手旁觀的態度，周王龍燁方心中早就憋了一把火，再加上胡小天從旁挑唆，他悄然傳令下去，己方所有人員不得插手沙迦使團的事情，他們的任務就是迎接兼保護，又不是過來出苦力的。周王這個命令還是頗得人心的，他們這邊的侍衛兵卒對沙迦人都產生了很大的反感。

沙迦人因為要背負行李，行進速度自然放緩，周王回望沙迦使團在身後躑躅行進的樣子，唇角不由得浮現出一絲笑意，他向胡小天使了個眼色，兩人一起調轉馬頭向沙迦使團行去。

摩挲利也選擇牽馬而行，靴子上滿是泥濘，這段路程走得他苦不堪言，看到周王過來，他叫苦不迭道：「周王千歲，為何這道路如此泥濘難行？」

周王道：「這裡是通往夔州最近的路途。」說這番話的時候，心中不免有些得意，到了大康的地盤上你們這幫野蠻人也敢囂張，不讓你們吃點苦頭，你們就不知道我大國的威嚴。

胡小天一旁暗笑，不走大路走小路就是要折騰你們這幫孫子，沒道理你們享福我們受苦。

周王的目光落在摩挲利身後的侍衛臉上，那侍衛身材高大，滿臉絡腮鬍鬚，濃眉大眼，相貌倒是威猛，此人正是胡小天指給他的那個。周王翻身下馬，將馬韁扔給了那大漢。

那沙迦大漢顯然沒有料到周王的舉動，並沒有伸手去接馬韁，馬韁在他的面前掉落下去。

胡小天一旁怒道：「大膽！居然驚擾我家殿下！」他揚起手中的馬鞭照著那沙迦大漢劈頭蓋臉抽了過去。尋隙挑事方面胡小天絕對是一把好手，這一鞭他並沒有用上太大的力量，更主要是做做樣子。

看到胡小天揮鞭，周圍幾人全都勃然變色。一旁一道灰色身影倏然竄了出來，搶在馬鞭落在那大漢身上之前一把抓住鞭稍，然後用力一帶。胡小天及時撒手，不然他肯定會被這人從馬上拖下來。

四名沙迦武士同時向胡小天逼迫而去，胡小天身後梁慶和徐恒兩人看到形勢不對，慌忙握住刀柄，鏘地一聲長刀已經半截出鞘。

周王大驚失色，相比周王，胡小天要鎮定許多，他大吼道：「全都住手！」

那沙迦大漢展開雙臂，及時將己方撲向胡小天的四名武士攔住。

摩挲利驚呼道：「大家不要衝動！」

周王額頭之上滿是冷汗，雖然他此次是蓄謀而來，仍然被這劍拔弩張的場面嚇了一跳，他畢竟在皇宮之中養尊處優慣了，過去根本沒有見過這樣的場面，一時之間竟將剛剛想好的那番話忘了個乾乾淨淨。

按照胡小天最初的設計，現在應該論到周王出聲興師問罪，震住這幫沙迦人，可看到周王驚慌失措的樣子，馬上就明白這廝是個扶不起的阿斗，指望他是沒用的，當下衝著摩挲利冷哼了一聲道：「你們什麼意思？居然敢對我家殿下無禮！」其實那幫武士真正針對的是他，跟周王沒什麼關係。

摩挲利慌忙向周王躬身行禮道：「周王千歲，都怪本使對屬下約束不嚴，所以才會發生誤會，還望千歲海涵！」

周王直到現在都沒回過神來，支支唔唔道：「沒……」他本想說沒關係。

胡小天不等他把話說完就搶先道：「殿下從沒見過這麼不懂禮儀的野蠻人！」一句話將這幫沙迦人說得怒目相向，沙加人最忌憚的就是別人說他們野蠻，胡小天的這句話無異於觸及了對方的逆鱗。

胡小天才不管那套，強龍不壓地頭蛇，在大康的地面上，諒你們五十多個沙迦人也不敢鬧事，他指了指正中那位沙迦大漢道：「以殿下的胸懷，自然不會跟你這個沒見識的蠻人一般計較，還不趕緊跪下，謝千歲不殺之恩。」

摩挲利聞言臉色倏然一變，周圍也有懂得漢語的沙迦武士，經他們翻譯之後，馬上那幫沙迦武士就變得群情激奮，一個個手握刀鞘，恨不能將胡小天生吞活剝。這邊的動靜自然引起了周王一方的注意，馬上就有幾十名武士趕了過來，狹窄的山路之上，充滿著濃烈的火藥味道。

胡小天不怕事情鬧大，望著那名沙迦大漢，冷笑道：「你聽不懂我的話嗎？」

摩挲利上前抱拳道：「周王千歲，我這位下屬不懂漢語，還望殿下不要跟他一般見識。」

周王這會兒總算平靜了下來，擺了擺手道：「既然這樣，本王也不追究了，不過……凡事都得有個規矩，磕一個頭就算了。」

摩挲利臉色鐵青，這會兒他已經明白對方根本是故意挑釁。周王和胡小天前來，處處針對的都是那位沙迦大漢，他們是有備而來。倘若從場面上來說，一個普通的沙迦侍衛對周王不敬，下跪也是理所當然。可這沙迦大漢的真實身分正是沙加國十二王子霍格，國與國相交，無論國家大小，在地位上霍格和龍燁方平起平坐，他豈能向周王下跪。

沙迦大漢看了看胡小天，然後目光回到摩挲利的臉上，突然哈哈大笑起來，他的笑聲極其洪亮，震徹雲霄，驚得山林中的鳥兒離開棲息的樹枝，振翅飛上天空。他向周王抱拳施禮道：「周王殿下，在下霍格，得罪之處還望見諒！」若非是遭遇到對方發難，形勢陷入了僵局之中，霍格才不會公然承認了自己的身分。

周王龍燁方又朝胡小天看了一眼，心想你果然沒有猜錯，這沙迦十二王子就喬裝打扮混在沙迦使團之中。龍燁方道：「霍格？你就是沙加國十二王子？」

霍格微笑點頭道：「正是！」

周王龍燁方翻身下馬，佯裝驚喜萬分道：「霍格王子，原來你一直都在使團之中。」

胡小天一旁暗歎，這周王實在是拿捏不住分寸，對方既然已經承認，應該狠狠損他一下，方才解恨。居然笑臉相迎，難不成被人騙了一路就這麼算了？

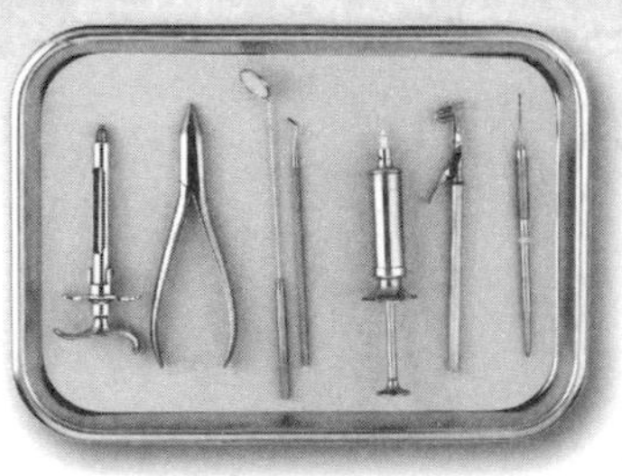

第七章

和 親

胡小天慚愧，自己的一句話或許保住了安平公主，
可無心之中又不知坑了哪個無辜的女孩子，
不過看霍格的樣子倒也不差，高大威猛氣宇軒昂，
誰要是真嫁給了他，未嘗也不是一種福氣。

霍格笑著伸出手去和龍熚方相握，歉然道：「霍格為了安全考慮方才隱瞞身分，還望殿下不要見怪才好。」

周王正想客氣兩句，胡小天一旁道：「王子為了自己的安全考慮，我家殿下的安全難道就不重要嗎？可歎我家周王千歲不遠千里，翻山涉水前來西川相迎，誠心一片，卻換不到以誠相待，想想真是讓人心冷啊！」他仍然坐在馬上，表情充滿不屑。

摩挲利道：「胡大人此言差矣，王子隱瞞身分也是不得已而為之，我等本以為大康乃泱泱大國，國泰民安，這一路之上理應平安無事，可進入大康國境方才知道，途中盜賊橫行，凶險遍地，危機重重，我等不得不採取這樣的措施來保證王子途中安全。」一番話說得振振有辭。

胡小天反正當了惡人，索性將惡人扮到底，他冷笑道：「人和人相交最重要的就是以誠相待，國與國之間更是如此，即便你們有難言之隱，一樣可以將此時通報給我家殿下，難道你們還擔心周王千歲會洩密不成？」

摩挲利被胡小天一番話問得啞口無言，心想這廝牙尖嘴利實在是太厲害。

霍格向胡小天抱拳道：「這位小兄弟說得極是，霍格做事不周，這廂向小兄弟道歉了。」他居然抱拳向胡小天欠身行禮。

胡小天看到霍格如此動作，心中不由得暗歎，這位沙迦國王子還真是不同尋常，雖然表面粗獷，可是頗有心計，深諳大丈夫能伸能屈的道理，和周王相比頓時高下立判。胡小天剛才之所以擺出咄咄逼人的架勢，無非是想逼他站出來承認身分，現在目的已經達到，自然不必繼續苦苦相逼。胡小天翻身下馬，向霍格還了一禮道：「王子勿怪，我性情耿直素來是有一說一，並非特地針對王子。」

霍格哈哈大笑，上前握住胡小天的手腕道：「胡大人，這一路上多虧了你的關照，我這心底對胡大人感激得很呢。」

胡小天明知道這廝說的都是虛情假意的鬼話，不過聽起來還真是舒坦，再看周王咧著嘴站在一旁的樣子，突然意識到周王跟這位沙迦王子真不在一個層面上，連句冠冕堂皇的話都不會說，關鍵時刻高下立判。

霍格環視周圍眾人道：「既然事情都已經說開，大家還是將武器收起來，說起來我們都是為了同一個目的，千萬不可傷了和氣。」

周王連忙點頭稱是。

胡小天暗歎，周王和霍格站在一起，無論身高還是氣場全方位被對方壓下，整個人顯得黯然無光，哪還能顯示出泱泱大國風範。

霍格道：「諸位兄弟，已經是中午了，咱們就地生火灶飯，我來做東，請大家喝酒吃肉！」冠冕堂皇的話都被他說完了，周王只是點頭說好，完全淪為了一個小跟班。

霍格轉身向摩挲利道：「將咱們帶來的肥羊全都就地宰殺，讓廚師拿出全部的本事做一頓豐盛的午餐宴請大康的兄弟們，將我們最好的酒全都拿出來。」周王在這場衝突中占了上風，又看到對方如此慷慨豪爽，肚子裡的那點兒怨氣就消了大半。

胡小天心中卻猜到對方之所以如此慷慨的原因，之前怎麼沒想起將他們的肥羊美酒拿出來共用？肯定是見到現在山路崎嶇難行，再加上馬車全都被他們丟棄，肥羊和美酒已經成了累贅，還不如就地解決送個人情給他們。

周王傳令在前方平坦之處休息，沙迦使團那邊生火灶飯。霍格讓人將所有肥羊全都宰殺掉，分出一半給大康方面，還親自邀請周王和胡小天來到他營地之中把酒言歡。

周王喝不慣青稞酒，幾杯酒下肚就覺頭重腳輕，胡小天見狀趕緊讓人扶他回去。他本想隨同一起告辭，怎奈霍格執意挽留，胡小天盛情難卻繼續坐了下來。

霍格仍是那身武士裝扮，不過他氣宇軒昂坐在一群武士之中仍然顯得鶴立雞群。端起面前酒碗道：「胡大人，今日之事全都怪我失禮，這杯酒我先乾為敬。」

胡小天道：「王子殿下太客氣了，我可當不起，這杯酒還是同乾共飲。」他端起酒碗不甘人後，和霍格同乾了這杯酒。

霍格喝完了這杯酒，抹乾唇角的酒漬，笑瞇瞇道：「胡大人，我能看出你也是性情中人，咱們雖然是第一次喝酒，可是我感覺和你頗為投緣。」

胡小天心想這大鬍子還真是不可小覷，長得像個莽漢，但是心思縝密，不但進退有度，而且套話說得那個漂亮啊，他笑道：「我也是呢！」心中暗罵，一看就知你是個笑裡藏刀的貨色，想糊弄老子沒那麼容易。

霍格道：「我心中有一個疑問，胡大人是不是早已知道我在使團之中？」

胡小天笑眯眯看著霍格，並沒有回答他的問題。

霍格又道：「今日胡大人的所為，就是要逼我現身對不對？」

胡小天微笑道：「王子殿下雖然換上了普通的武士服，雖然刻意隱瞞了自己的身分，但是你的鋒芒氣場卻是掩飾不住的。」他指向霍格身邊和他穿著同樣服裝的沙迦武士道：「他們和你站在一起的時候，目光已經將你的身分暴露出來。」

霍格笑道：「我還以為自己掩飾得很好，搞了半天早就被你們發覺了。」手中酒碗緩緩落下，盯住胡小天的雙眼道：「是不是你從維薩那裡得到了提醒？」

胡小天暗讚這廝厲害，居然很快就推測出自己身分暴露的真正原因，搖了搖頭道：「她說的話我都不懂，即便是她告訴我你的身分，我也不懂她說些什麼。」

霍格從胡小天的臉上並沒有找到任何的破綻，胡小天為人精明，一番話說得也是無懈可擊，霍格點了點頭道：「那舞女還不錯吧？」

胡小天聽到他再次提起維薩，心中暗忖，霍格應該對這件事耿耿於懷，原本給周王準備的禮物，旁落到自己這個九品縣丞的手裡，在他們看來肯定是明珠暗投了，胡小天故意拿捏出一副不好意思的樣子：「嗯……」其中的意思讓你自己去揣摩。看到胡小天如此曖昧的表情，摩挲利恨得牙根都癢癢了，得了便宜賣乖，這貨還能再無恥一點點嗎？

霍格道：「我聽聞昨晚你們遭到蛇群襲擊？」

胡小天暗罵這廝虛偽，昨晚雙方營地距離這麼近，當時被群蛇圍困的時候，他們鬧出了這麼大的動靜，沙迦使團又怎能不清楚，既便如此，他們也沒有過來增援，沙迦人還真是懂得明哲保身。胡小天道：「不知從哪兒爬來了那麼多的蛇蟲，有不少士兵因此而送命。」

霍格歎了口氣道：「等我們覺察到前往增援的時候，蛇群已經退去了。提起這件事本王心懷歉疚，若非為了護送我們，也不會犧牲那麼多的將士。」

胡小天道：「王子殿下，我聽說你們在前來大康的途中也曾經被五仙教突襲？還因此而損失了幾名手下？」

霍格點了點頭道：「確有此事！」他向身邊看了一眼，馬上有武士站出來給他們將面前的酒碗添滿，霍格道：「我聽聞胡大人抓了五仙教的妖女。」

胡小天笑道：「此事我已經跟摩挲利特使解釋過，那女子跟五仙教無關，只是我買來送給周王千歲的舞姬。」

霍格心中自然不信，微笑道：「我還以為昨晚你們被群蛇圍攻，全都是因為這個女子的緣故。」

「怎麼可能！」

霍格意味深長道：「聽說五仙教擅長驅使各種毒蟲。」說到這裡他忽然停下，犀利的目光如同利劍一般盯住前方的樹叢，右手揚起，一道寒光追風逐電般射了出去，奪的一聲，短刀正中樹幹上的一條花斑蛇，鋒刃穿過花斑蛇的七寸，深深釘入樹幹之中。

胡小天看到他的出手，不由得內心吃了一驚，想不到霍格的飛刀如此厲害，此人無論武功心智都非同尋常，難怪沙迦可汗會派他前來出使。

馬上有人過去將那條花斑蛇和匕首取下，送到霍格的面前，花斑蛇雖然已經死去，可是身軀卻仍然不停扭曲抽搐，霍格抓住蛇身，一腳踩住蛇頭，扯住蛇尾，一刀就將花斑蛇從頭到尾剖開，取了蛇膽扔入酒囊之中泡酒，然後剝去蛇皮，讓人將花斑蛇就在火上烘烤。霍格道：「凡事皆有利弊，這蛇雖然有毒，可是蛇膽泡酒卻可以明目。」

胡小天微笑道：「王子殿下好像並不怕蛇呢。」

霍格道：「每樣東西都有它的弱點，對付毒蛇就一定要抓住牠的七寸。」

胡小天道：「王子殿下果然英明神武。」

霍格伸手抓起泡入蛇膽的酒囊，主動給胡小天倒了一杯，然後又將自己面前的酒碗添滿。胡小天面不改色，端起那碗酒道：「願大康、沙迦兩國友誼青山不改，綠水長流。」

霍格笑道：「本王也正想說這句話呢。」兩人碰了碰酒碗，仰首一飲而盡。胡小天今天無論膽色還是氣場，在霍格面前不落半點下風，沒辦法，誰讓他們這邊的周王龍燁方上不得檯面，非但酒量不行，膽色更是不行。和眼前這位沙迦十二王子相比全然落在下風。身為大康子民，胡小天今日重任在肩，承擔著為國爭光的任務，表面上和霍格談笑風生，可私下裡兩人卻是鬥智鬥勇，相互較勁。

摩挲利始終在一旁相陪，看到胡小天在王子面前鎮定自若頗有大將之風，此時方才明白周王器重他的原因，難怪周王會將美貌女奴送給了他，這廝的確有過人之處。

胡小天道：「王子殿下，我聽說您此次前來是為了提親，卻不知殿下看中了哪位公主？」

霍格道：「安平公主！」

胡小天對安平公主到底是哪一位也搞不清楚，畢竟老皇帝子女眾多，只怕連他自己都記不清楚到底有多少女兒，正準備進一步詢問的時候。

摩挲利一旁進言道：「殿下，咱們應該出發了。」他看出胡小天正在旁敲側擊，試圖從霍格那裡套出更多的消息。

霍格微笑道：「好！」他拍了拍胡小天的肩頭道：「你我一見如故，以後要多多親近。」將自己剛剛用來射殺毒蛇的短刀納入鞘中，托在掌心雙手遞給胡小天道：「初次見面，小小禮物，還望胡大人笑納。」這把短刀乃是他從小攜帶，意義非同尋常，胡小天看到刀鞘上點綴的各色寶石，已經知道這把短刀價值非凡，趕緊雙手接過。

外交禮儀講究個禮尚往來，胡小天不能白白收了人家的東西，馬上又從靴筒之中抽出自己的匕首，這把匕首還是他未來岳父李天衡送給他的禮物，胡小天道：「寶劍送壯士，紅粉贈佳人。這把匕首乃是我岳父送給我的禮物，今天便送給王子殿下了。」

霍格一聽這禮物如此來歷，也知道對胡小天的意義非同尋常，於是也雙手接過，將匕首握在手中已經感覺到這匕首絕非凡品，從黑鯊魚皮鞘中抽出一截刀鋒頓時感覺到寒氣逼人，端的是一把削鐵如泥的利器，比起自己送給對方的短刀絲毫不差。

胡小天也將短刀抽出了一截，其實剛才在霍格飛刀斬蛇的時候已經見識到了短刀的鋒利，此時近距離觀看，又發現刀身雖然沒有光澤，但是通體遍佈六角形的暗紋，如同蜂巢。這是沙迦國特殊的鍛造工藝，製作而成的武器堅韌鋒利，強度極大。胡小天心想老子沒吃虧，別的不說，單單是刀鞘上的寶石扣下來單賣，也值不少銀子。

霍格對胡小天送給他的匕首愛不釋手，他微笑道：「敢問胡大人岳父的名諱？」

胡小天心想霍格終究還是蠻人，哪有直接這麼問的，不過告訴你倒也無妨，他輕聲道：「他老人家乃是西川開國公，劍南西川節度使李大人。」一言驚醒夢中人。

李天衡在西川經營多年，和沙迦國人經歷了無數戰事，正是因為他的存在，方才保證大康西南國境這十多年的安寧，在沙迦人的心中，李天衡的名氣絕不次於大康皇帝，霍格再次抱拳行禮道：「胡老弟，李大人乃是我心中最佩服的當世三位英雄之一，真是失敬失敬。」

胡小天也沒想到自己的這位未來岳父居然那麼拉風，連沙加國王子都是他的粉絲，他笑道：「我對貴國大汗也是仰慕已久，在我心中，他也是頂天立地的大英雄！」胡小天其實對桑木札沒多少印象，說這番話根本就是禮尚往來，虛情假意地恭維一下罷了。

霍格卻聽得心頭大悅，握住胡小天的手腕道：「來，你我再飲一杯。」剛才喝酒是打著欣賞的旗號相互試探，現在這杯酒就衝著對方的身家背景了。兩人又飲了一碗，霍格感到還不過癮，又將酒碗添滿，端起酒碗道：「胡老弟，你我一見如故，你岳父又是我敬仰的大英雄大豪傑。不如這樣，你我結為異姓兄弟如何？」

胡小天心想我靠，又要結拜，敢情沙加國人也流行這一套。霍格應該沒喝多，別看他喝了這麼多酒，可頭腦清醒言辭流利，此人是個千杯不醉的海量，剛才不提結拜的事情，現在突然說要結拜，肯定是衝著我岳父的緣故，看來從古到今都流行拼爹，岳父也算。倘若沒有這樣的家庭背景，霍格才不會屈尊提出這樣的要求。胡小天道：「王子殿下，您身分尊崇，只怕我高攀不起啊。」

霍格道：「哎，你這是什麼話，只要你不嫌棄我這個當哥哥的就好。」拖著胡小天的手來到空曠之處，朝著正西的方向跪了下去，胡小天也只能跟著他跪了下去。霍格道：「長生天在上，我霍格今日和胡小天自願結為異姓兄弟，從今以後，有福同享有難同當，倘若我違背誓言，必亂箭攢心而死！」他從箭筒中抽出一隻羽箭，雙手分執首尾，用力折斷。

胡小天學著他的樣子道：「關二爺在上，我胡小天今日和霍格自願結為異姓兄弟，從今以後同甘苦共患難，肝膽相照，唇齒相依，倘若我違背誓言，必天打五雷轟！」反正這毒誓已經說過不止一次了，再多一次也無妨。胡小天也抽了一支羽箭，用力一拗，沒想到這箭桿真是堅韌，彎曲這麼大的角度居然沒斷。胡小天望著霍格尷尬笑了笑，又拗了一次，還沒斷，第三次方才將這根羽箭成功折斷，已經累出了一身的大汗。

霍格今年二十四歲，當仁不讓地成為大哥，胡小天理所當然又當了小弟。

兩人從地上站起，膝蓋上都沾了不少的紅泥，霍格拍了拍胡小天的肩頭道：「兄弟，以後你我便是一家人。」

胡小天道：「大哥，您放心吧，以後兄弟一定當你是我親大哥一般尊敬愛戴。」結拜儀式完成，胡小天也返回自己的隊伍。

霍格目送他遠去，摩挲利悄然來到他的身邊，低聲道：「王子殿下，你的這位兄弟可精明得很呢。」

霍格唇角露出一絲淡然笑意：「你想說什麼？只管說！」

摩挲利壓低聲音道：「殿下，他知不知道這其中的內情？」

霍格瞇起雙目望著胡小天遠去的背影，緩緩搖搖頭道：「他應該並不知情。」

再次啟程之時，周王已經受不了這身笨重的盔甲，這半天已經捂出了一身的痱子，脫掉盔甲，換回了輕薄的裝束，看到胡小天回來，他不禁好奇問道：「聊什麼這麼久？」

胡小天恭敬道：「殿下，卑職有要事向您稟報。」

周王道：「說，別吞吞吐吐的。」

胡小天這才將他和霍格結拜的事情說了，這事兒還是自己主動承認的好，倘若被其他人傳到周王這裡，還不知會添油加醋說些什麼。周王對此反應平淡，笑道：「人家找你結拜，這面子當然不能不給，算了，結拜兄弟，只不過是個虛名罷了，誰見過同生共死的結拜兄弟？就算是親兄弟也做不到這樣。」說這番話的時候，周王的表情顯得有些失落，心中不由得想起他身邊的兄弟一個個勾心鬥角爾虞我詐，為了皇位不擇手段，哪還顧得上絲毫的骨肉親情。

胡小天看到他突然沉默下去，知道周王肯定是聯想到了他自己的遭遇，默默陪著周王並轡而行。周王沉默了好一會兒方才道：「霍格這個人好像很不簡單呢。」

胡小天深有同感地點了點頭道：「酒量過人，膽色出眾，剛才我還親眼看到他飛刀斬蛇呢，武功也應該很厲害。」

周王哦了一聲，伸手撥開頭頂橫亙的枝葉，低聲道：「他有沒有說此次前來大康的目的？」

「說是為了向安平公主求親！」

周王愣了一下：「安平公主？」他的手用力握緊了馬韁，胡小天留意到周王這個下意識的動作，心中有些奇怪，卻不知周王為何反應如此激烈，難道他和這位安平公主的關係特別要好？周王咬了咬嘴唇道：「安平公主是我一母同胞的妹子！」

胡小天這才明白周王反應劇烈的原因，安平是他親妹妹，作為兄長當然不想自己妹妹遠嫁。胡小天安慰周王道：「殿下不用擔心，他只說要求親，答不答應還要看陛下的意思，其實古往今來的和親，還真沒有幾個將出身正統的公主嫁出去。」

周王不解地眨了眨眼睛道：「什麼意思？」

胡小天道：「您肯定有堂姐堂妹吧。」一句話提醒了周王，他點頭笑道：「還是你主意多，此事我要先向父皇進言。」

胡小天心中暗自慚愧，自己的一句話或許保住了安平公主，可無心之中又不知坑了哪個無辜的女孩子，不過看霍格的樣子倒也不差，高大威猛氣宇軒昂，誰要是真嫁給了他未嘗也不是一種福氣。

這場旅途並不順利，自從離開紅谷縣境，先遭遇暴雨，然後又遇到蛇蟲圍困，進入赤陽山又因為山路狹窄，不得不棄去馬車，行進的速度變得緩慢，照目前的進展，胡小天預計自己很難在十日之內返回。

下午的時候，他們的隊伍中有不少士兵突然發病，上吐下瀉，苦不堪言，因為這一突發事件，他們不得不提前紮營。胡小天倒沒什麼事情，周王也沒什麼事情，初步點算，一下，生病的人數一共有二十七人，幾乎占了大康陣營的一半。

秦雨曈在山間採了一些草藥，用大鍋熬湯，讓眾人服下。這方面並非胡小天的長項，他只能在一旁打個下手。胡小天首先懷疑的就是中毒，病從口入，所有病人都是在中午吃了沙迦使團方面的羊肉之後才發病的，不過奇怪的是還有一半沒事，沙迦使團方面更是一個生病的人都沒有。

分發完草藥之後，秦雨瞳來到一旁的岩石上坐下，雙手托腮望著大鍋下熊熊燃燒的火苗，陷入沉思之中。

胡小天來到她的身邊坐下，輕聲道：「二十七個，還好周王沒事。」他看了秦雨瞳一眼道：「你的草藥很有效啊，士兵們吃過之後，已經止住了嘔吐。」

秦雨瞳道：「沒出人命就好。」

「你說這事兒是不是有些蹊蹺？過去都沒事，為何吃了羊肉就會有事？」

秦雨瞳秀眉微顰道：「你是說沙迦人故意在飲食中下毒？可為什麼有人吃了就沒事？」

胡小天道：「我剛剛詢問過，基本上生病的全都是只吃肉沒喝酒的，而喝酒的多數都沒事。他們會不會將瀉藥摻在羊肉裡，又在酒裡放了解藥？」

秦雨瞳道：「沙迦人這麼做的目的是什麼？我們陪同他們一路走來，為的是保護他們的安全，他們用這種方法對待我們，似乎於理不合。」

胡小天道：「我也說不清為了什麼，總之這件事很不對頭，沙迦使團的行為非常古怪。」

秦雨瞳道：「也許是你多想了，我也吃了肉，沒喝酒啊，可是我就沒事。」

胡小天道：「凡事還是謹慎為妙。」

忽然看到前方一個嬌俏的身影軟綿綿倒在了地上，正是夕顏。負責看守夕顏的梁慶慌忙叫道：「胡大人，胡大人！」

胡小天無奈搖了搖頭，秦雨瞳道：「那邊好像出事了。」

胡小天不屑道：「還不知那妖女又要玩什麼花樣。」

來到夕顏身邊，看到她雙目緊閉躺在地上，臉色潮紅，燦如明霞，胡小天伸手摸了摸她的額頭，感到非常燙手，再握住她的右手，感覺掌心冰涼，看來這次是真的生病了。

胡小天朝秦雨瞳招了招手，示意她過來幫忙。

秦雨瞳為夕顏診脈之後，點了點頭道：「應該是淋浴受了風寒，我去採些草藥回來。」

胡小天擔心她孤身前往遇到麻煩，主動請纓道：「我跟你一起去。」

秦雨瞳猶豫了一下，然後點了點頭道：「好吧！」

已是黃昏，夕陽終於從西方的雲層中探出頭來，橘色的光輝將天邊的晚霞渲染得瑰麗非常，山林中非常潮濕，蚊蟲眾多，胡小天跟在秦雨瞳身後深一腳淺一腳地走著，一會兒功夫已經讓蚊子咬出了幾個大包。

秦雨瞳草藥方面的知識非常豐富，她採了幾樣需要的藥草放在藥簍之中，和胡小天一起攀上山坡，來到高處，她伸手向胡小天道：「借望遠鏡一用。」

胡小天掏出單筒望遠鏡遞給了她，秦雨瞳湊在望遠鏡上看了看，仔細觀察沙迦使團的營地，看了一會兒，方才將望遠鏡遞還給胡小天，輕聲道：「他們的陣營中果然無人出事。」

胡小天道：「我早就說這件事有鬼。」

秦雨瞳道：「你剛剛說得不錯，他們的確在羊肉之中下藥，又在酒中摻了解藥，所以沒有飲酒的人大都中了他們的圈套。」

胡小天握緊右拳在左手的掌心中猛擊了一下，怒道：「這幫蠻夷，真是敵我不分。」他實在琢磨不透，沙迦使團因何會對他們下手？

秦雨瞳道：「昨晚五仙教的人只發動對我們的攻擊，沙迦陣營之中卻安然無恙，你難道不覺得這件事極其可疑？」

胡小天道：「你在提醒我五仙教和沙迦人有勾結？」

秦雨瞳秀眉微顰道：「我沒什麼證據，只是覺得事情有些不對頭，可如果他們有勾結，五仙教此前為何要殺死七名沙迦人？」

胡小天搖了搖頭道：「活不見人死不見屍，沙迦使團說他們有七個人死在五仙教手裡，誰看到了？搞不好是他們自說自話。」

秦雨瞳道：「沙加特使摩挲利前來要人有些突然，那時我就懷疑他的動機。」

胡小天道：「假如五仙教和沙迦人勾結，那麼夕顏混入咱們隊伍中的目的又是什麼？難道她想對周王不利？」

秦雨瞳搖了搖頭道：「應該不是。」

「你為何如此斷定？」胡小天道：「她要是想殺周王，早就動手了，何必等到現在。」

秦雨瞳搖了搖頭，轉身向一旁岩壁走去，萬綠叢中，一簇簇，一叢叢黃白相間的小花迎風戰慄，這是金銀花，全身都可入藥，具有清熱解毒，抗菌消炎、保肝利膽的功能。胡小天雖然專業是西醫，但是對這種常見的草藥還是非常瞭解的，過去臨床應用於治療呼吸道感染、頭痛咽痛等疾病。金銀花本身對葡萄菌、痢疾桿菌、肺炎雙球菌都有抑制作用。

秦雨瞳前去採擷金銀花的時候，胡小天在岩壁腳下發現了一些鴨拓草，這種草藥可以用於外感發熱，或持續發熱不退，咽喉腫痛，以及癰腫瘡瘍等症。性味甘寒，有清熱解毒的功效，凡外感發熱，或熱性病發熱不退，可單味應用；也可配合解表藥或清熱藥同用。對於咽喉紅腫疼痛，可配伍蒲公英、烏蘞梅或土牛膝、大青葉等同用。用治癰腫瘡瘍，可配地丁草、蒲公英、野菊花等藥同用。更為難得的是這種草藥還可應用於蛇毒咬傷，一方面煎湯內服，一方面用鮮草適量，洗淨，搗爛外敷，就可以起到中和蛇毒的效果。

這山林之中植被豐富，車前草、蒼耳子、燈籠草、垂盆草、馬蘭花、鳳眼蘭、柴胡等草藥隨處可見，其中有胡小天認得的，也有他不認得的。不過秦雨瞳全都認識，胡小天只需跟著她當個稱職的挑夫就好，很快就採滿了一簍藥草。

秦雨瞳道：「回去吧。」

胡小天點了點頭，下山的時候看到秦雨瞳腳步輕盈，如履平地，胡小天可沒有她那個本事，秦雨瞳伸手將藥簍接了過去。胡小天道：「你輕功好像不錯啊！」

秦雨瞳道：「沒什麼稀奇，從小跟隨在師父身邊學了一些武功，不過在真正的高手面前還是不堪一擊。」

胡小天道：「我現在真是有些後悔了，早知武功這麼有用，當初我就應該從小學起。」

秦雨瞳回身看了他一眼道：「你還記不記得我？」

胡小天被她問得一怔，笑道：「我怎麼會不記得你？化成灰我都記得！」

秦雨瞳道：「去年五月的時候，我曾經隨同師父前往尚書府為你治病，你記不記得這件事？」

胡小天這才明白秦雨瞳的真正意思，去年五月，那時候他還沒有真正來到這個世界，他的意識中又怎麼會有秦雨瞳的存在？胡小天笑道：「有嗎？」

秦雨瞳輕聲道：「你根本就不是胡小天，雖然不少人都相信一個傻子在一夜之間變成了聰明人的謊話，但是在醫學上這根本是說不通的。」明澈如深泉的雙眸凝望著胡小天道：「你無需擔心我會揭穿你，你們胡家的事情跟玄天館沒任何的關係。」

胡小天心中暗自苦笑，秦雨瞳把自己當成了胡小天的替身，認為老爹胡不為找了一個替身出來上任，其實她說得倒也沒錯，只是沒那麼精確，只怕她永遠都想不到自己和胡小天會以這樣的方式融合在一起。

胡小天道：「雖然你很聰明，可是這世上仍然有很多你想像不到的。」

秦雨瞳轉身繼續前行：「每個人眼中的世界都是不一樣的！」

回到營地，梁慶失魂落魄地迎了過來，他顫聲道：「胡大人……大事不好了，那……那妖女死了……」

胡小天和秦雨瞳都是一驚，兩人對望了一眼，迅速向帳篷走去。

周王龍燁方剛好從裡面走出來，他臉上充滿沮喪和傷感的表情，看到胡小天過來長歎了一口氣，充滿惋惜道：「真是紅顏薄命啊！」

胡小天瞪了梁慶一眼，剛剛明明吩咐過他，一定要避免周王接近夕顏，可周王仍然近距離接觸到夕顏。還好周王沒事，不然後悔都晚了。梁慶也自知犯錯，有些尷尬地垂下頭去，其實事情也怪不得他，周王堅持要進來，又豈是他能夠阻攔的。

胡小天和秦雨瞳兩人來到營帳之中，秦雨瞳探了探夕顏的脈門，胡小天伸手摸了摸她右側的頸總動脈，觸手處肌膚雖有餘溫，可是搏動全無，呼吸也完全消失。胡小天仍然心有不甘，扒開她的眼瞼，發現夕顏的瞳孔已經擴散。

秦雨瞳搖了搖頭，歎了口氣道：「果然是死了。」

胡小天抿了抿嘴唇，示意秦雨瞳讓到一邊，將夕顏的身軀仰臥於平地，他跪在夕顏面前，將左手上的掌根放在夕顏充滿彈性的雙峰之間，胸骨下半部偏上位置，將右手的掌根置於第一隻手上。手指不接觸胸壁，垂直向下用力按壓，心肺復甦是最基本的急救方法。

如果說周圍人對胡小天的這種襲胸行為還能夠理解的話，接下來出現在眾人面前的人工呼吸，他們就無法接受了。胡小天壓根沒有佔便宜的想法，他現在心中唯一的念頭就是救人，在缺少其他搶救工具的前提下，只能進行口對口人工呼吸。

胡小天將夕顏的身體放平，托住她的頸部並使頭後仰，保持呼吸道暢通，然後用拇指和食指捏緊她的鼻孔，用自己的嘴唇將夕顏的櫻唇完全包繞，持續吹氣一秒以上，使她的胸廓擴張，然後放開捏鼻孔的手，讓她胸廓及肺依靠其彈性自主回縮呼氣，同時均勻吸氣，以上步驟繼續重複。

胡小天雖然竭盡全力，可是夕顏仍然沒有任何反應，最終他不得不選擇放棄。按照他的臨床經驗，夕顏的生命體徵已經完全消失，換成在過去，胡小天早已做出死亡的診斷，可是在來到這全新的世界之後，他對人的生命力和免疫力有了一個嶄新的認識。更何況夕顏為人刁鑽古怪，智計百出，用裝死的方法解除眼前危機也很有可能。

秦雨瞳再度抽出銀針在夕顏的身上刺了幾下，意圖用銀針刺穴的方法將她喚醒，沒過多久，她就已經斷定了夕顏的死亡，向胡小天緩緩搖了搖頭。

胡小天此時方才相信夕顏已經死去，望著夕顏已經失去了神采的俏臉，一時間心中悵然若失，若是夕顏就這麼死了，他多少也要承擔一些責任，雖然夕顏是五仙教的妖女，可是直到現在，她並沒有真正危害到自己的地方。想起兩人在萬府屋頂聊天的情景，胡小天忽然感覺到心中有些酸楚，抿了抿嘴唇，低聲道：「把她葬了吧。」走過去抱起夕顏業已冰冷的嬌軀，向一旁山坡的樹林中走去。

梁慶和徐恒兩人找了鐵鍬跟了過去，胡小天在林中選了一塊地方，讓兩人開始挖坑，可兩人一動手就碰到堅硬的岩石。胡小天低聲道：「還是火化吧。」於是兩人在周圍砍下樹枝堆起，胡小天抱起她的屍身放在柴堆之上。

梁慶道：「我去找些油和火過來。」

胡小天點了點頭，再看了夕顏的俏臉一眼，仍然不甘心地摸了摸她的脈搏，聽了聽她的心跳。確信毫無反應之後，胡小天長歎了一口氣道：「想不到你如此命薄，其實我並無害你之心，但願你早日投胎，找個好人家，千萬別再誤入邪教。」

頭頂忽然發出嗡嗡聲響，胡小天抬起頭來，卻見一隻蜜蜂正縈繞在自己的頭頂，胡小天向後退了一步，那蜜蜂繞了一圈向徐恒飛去。

徐恒揮手驅趕，那蜜蜂始終縈繞不去，惹得他心頭火起，隨手一抓，將那蜜蜂抓了個正著，捏死在手中。

忽然聽到轟！的一聲，兩人都是心頭一驚，抬頭望去，卻見四面八方，密密麻麻的蜂群如同黑雲一般向他們籠罩而來，胡小天率先反應了過來，一個箭步向前方竄了出去，從足有兩丈高的巨岩之上騰空跳了下去。

蜂群尾隨胡小天身後飛撲而來，遠遠望去，如同他身後噴著一條長長的黑煙。

徐恒雖然武功強於胡小天，可是反應速度卻遠不如胡小天，等到他想起要逃的時候，蜂群已經撲頭蓋臉地衝了上來，瞬間已經將他周身籠罩，徐恒大聲慘叫，他根本看不清前方的道路，如同沒頭蒼蠅一樣亂衝亂撞，沒等他跑出幾步，就已經感到渾身麻痹，摔倒在地面之上，蜂群仍然在不停朝他的身上飛撲。

梁慶原本拿著火把拎著油桶已經來到樹林邊緣，看到前方如同黑雲迫境一般湧來的蜜蜂，嚇得他將油桶一丟，轉身就逃。

胡小天雖然落地的姿勢不雅，整個人趴倒在地上，可是他的應變速度讓他從生死關頭轉危為安，倒地之後隨即順勢打滾，雖然有幾隻蜜蜂蟄在他的身上，可算不上嚴重。

下方還有近二百多人，蜂群飛下來之後，馬上分散目標，向所有人同時發動攻擊，這等於分擔了胡小天所需要承受的火力。

現場哀嚎之聲不斷，胡小天不忘周王，大聲叫道：「快保護周王殿下！」蜂群遮天蔽日，仍然在不斷前來，眾人看到如此情景，只恨爹娘給自己少生了兩條腿，逃命要緊，誰還顧得上周王。

胡小天一邊揮舞著雙臂驅趕攻擊自己的蜜蜂，一邊尋找著安全的藏身途徑。混亂之中，他看到周王正在幾名貼身護衛的攙扶下，慌慌張張朝自己這邊跑來，沒跑幾步，他身邊就有兩人中毒倒了下去。

胡小天用衣袍遮住頭臉，只露出一雙眼睛，想要衝到周王的身邊，可是看到蜂群又黑壓壓撲了下來，只能打消了念頭，眼前這種情況下，還是自己保命要緊。

危急關頭鼻息中聞到一股焦糊的煙味，卻是秦雨瞳在關鍵時刻出現，她手中揮舞著一束植物，不停冒著白煙，蜂群遇到白煙一個個四散而逃，唯恐避之不及。

胡小天和秦雨瞳會合到了一處，秦雨瞳指了指他的左後方，那兒生了一堆火，火焰已經被悶滅，大股的白煙如同長龍一般升騰而起，周圍沒有任何蜜蜂飛進。

此時周王也終於成功逃了過來，幾人護衛著周王來到那火堆前。此時從他們後方也有白煙往這邊彌散，卻是沙迦使團一方也用煙熏的方法驅散蜂群。

這些生起的白煙很快起到了效果，山風一吹，白煙彌散得到處都是，約莫過了一刻鐘的功夫，蜂群終於完全散去，只剩下現場的一片狼藉。

昨晚的蛇群攻擊只是針對大康陣營，可在今天蜂群的攻擊中連沙迦使團也沒有得到倖免。初步點算傷亡的情況，大康一方有五人死於非命，幾乎所有人都受到了不同程度的螫咬，沙迦使團那邊有一人被當場螫死，受傷人數也只有十幾個。這其中的原因，一來是他們距離蜂群攻擊的地方較遠，具有充分的反應時間，還有一個原因是他們帶有驅蜂草，這種草原本就產於草原，沙迦人早就開始養蜂，所以也掌握了一些抵禦蜂群攻擊的方法。

徐恒沒有來得及逃出密林就被蜂群螫死，胡小天率人重新回到樹林之中，只發現了徐恒的屍體，上面爬滿了死去的蜜蜂，至於夕顏的屍體卻不翼而飛。眼前的情況證明了一件事，夕顏十有八九沒死，這場蜂群襲擊的慘烈大戲，應該是她或者她的同黨所導演。

胡小天雖然一開始就懷疑夕顏詐死，可終究還是心存仁慈，不然也不會給夕顏逃出生天的機會。

秦雨瞳循著他的腳步來到他身邊，看到胡小天默默站在那裡，以為他因夕顏的逃走而悶悶不樂，輕聲安慰他道：「這件事都怪我疏忽大意，被她詐死騙過了。」

胡小天搖了搖頭道：「我明明看到她沒了呼吸心跳，連瞳孔也已經散大了，一個人怎麼可以裝死裝到這種地步？」

秦雨瞳幽然歎了一口氣道：「我也不知道，剛才我真以為她死了，如果我朝她的身上刺傷一劍，或許這些事就不會發生。」

胡小天看了秦雨瞳一眼，她的這張面孔是假的，可是眼睛很難作偽，秦雨瞳的目光一如往常那般平靜鎮定，剛才的那番話從她的嘴裡說出，似乎沒有任何的不忍。胡小天心中暗歎，這些妞兒真是一個比一個心狠，就算他知道夕顏是裝死，也不忍心用劍去捅她一下，用這種極端的方式驗證她是否死亡。不過剛才如果用土掩埋她，或許她就不會召喚蜂群發動襲擊。自己讓梁慶去拿火把，想將她焚化，一定是夕顏知道無法繼續偽裝下去，方才召來了蜂群。

秦雨瞳道：「此地不宜久留，咱們還是趕快離開，等到了夔州城，一切就會好起來。」

在秦雨瞳的幫助下，幾乎所有被蜂螫傷的人員都開始好轉。離開赤陽山，夔州的城郭已然在望，自從遭遇蜂群攻擊之後，接下來的路程倒是無風無浪。

周王坐在馬上望著夔州城的城郭，終於一掃連日以來的陰霾，他揚起手中的馬鞭指著夔州城的方向道：「總算到夔州城了！」

沙迦王子霍格和周王並轡行進在隊伍的最前方，他微笑道：「這一路之上多虧了殿下親來保護，不然我等還不知道會遇上什麼麻煩。」口是心非，他可不認為周王他們保護了自己。

周王龍燁方點了點頭，夔州只是他們漫長旅程的一站而已，接下來還要前往康都，只有回到那裡才算完成了自己的任務，想起這件事，剛才內心中的那點愉悅頓時就消失得無影無蹤。

夔州城門大開，一隊人馬沿著官道飛奔而來，卻是夔州太守楊道全率領屬下官吏前來迎接。臨近隊伍之時，馬上眾人翻身下馬，向周王龍燁方施禮，為首一人高聲道：「屬下楊道全及下屬官員，特來迎接周王千歲千千歲！」

周王點了點頭道：「起來吧，這位是沙迦國霍格王子。」

他將身邊眾人一一向楊道全進行引見，介紹的時候龍燁方才意識到胡小天不知去了哪裡？他轉身望去，卻見胡小天正在隊尾處，向胡小天招了招手，親切道：「小天，過來！」

胡小天現在心中只有一個想法，那就是儘快拍屁股走人。將周王送到夔州，他的任務就算全部完成，接下來的事情交給楊道全了。這一路之上為了周王的事情可謂是擔驚受怕，胡小天連一個好覺都沒睡過。雖然途中遭遇了不少麻煩，死傷不少人馬，可好在周王和沙迦使團都沒什麼大事。

周王跟楊道全說話的時候，胡小天正在盤算著開口道別的事兒，按照他本來的意思，甚至連夔州城都不想進去了。聽到周王叫自己，胡小天只能縱馬行了過去，心中暗暗拿定主意，這次無論周王說什麼，都不能跟著他繼續前往了，儘早回去當自己的縣令，如今許清廉和他的那幫同夥都已經被自己制住，以後在青雲自己就是一個不折不扣的土皇帝了。

來到周王身邊翻身下馬，周王指了指他道：「楊大人，這位就是青雲縣丞胡小天，我們一路能夠平安抵達燮州，全都多虧了他。」

胡小天還是第一次見到楊道全，這位燮州太守可是自己的頂頭上司，不由得舉目多看了兩眼。楊道全四十左右年紀，鬚髮漆黑，頜下三縷長髯，面如冠玉，眉朗目秀，生得也是儀表堂堂，聯想起楊道全還是萬伯平的妹夫，卻不知萬伯平有沒有在他的面前說自己的壞話，有沒有把自己敲詐他的事情全都告訴這位燮州太守。

胡小天走上前去，深深一揖道：「下官胡小天參見太守大人！」

楊道全撫鬚笑道：「小天，你的事情我聽說了不少，過去只知道你是年輕有為，卻沒想到你生得還如此英俊，果然是英雄出少年啊！」

胡小天看到他的態度如此和藹，對自己讚賞有加，雖然此人的話未必可以全信，不過一位太守顯然沒必要對自己這個下屬這麼客氣，應該是看在自己背景的份上。

沙迦王子霍格笑眯眯看了胡小天一眼，雖然他和胡小天結拜為異姓兄弟，可自那以後兩人之間就沒有過太多來往，胡小天對和霍格的相處慎之又慎，畢竟涉及到兩國邦交，搞不好會被人安上一個裡通外國的罪名。

楊道全請周王上了馬車，護送一群人浩浩蕩蕩進了燮州城。

胡小天並不是第一次來到這裡，雖然燮州城繁華錦繡，可他此時並沒有多少心情欣賞，心中盤算著如何開口向周王告辭，一定要儘快甩開這個大包袱才好。

楊道全將沙迦使團和周王這邊的人分別安排到了不同的地方入住，周王直接入住了天府行宮，此地乃是大康皇帝遊歷西川之時的行宮，雖然常年閒置，可一直都將這裡整理收拾得乾乾淨淨。

進入行宮之前，秦雨瞳悄然向胡小天使了個眼色。

胡小天知道她有話對自己說，於是放慢了馬速，和她一起落在了隊伍的後面。

秦雨瞳道：「咱們就此別過，你自己珍重了。」

胡小天聽說她這就要走，不覺有些奇怪，低聲道：「怎麼？你不是要護送周王一直去康都嗎？」

秦雨瞳搖了搖頭道：「我剛剛接到家師的飛鴿傳書，讓我即刻返回京城，必須要先走一步了。」

胡小天點了點頭道：「也好，反正我最遲明日也要返回青雲了，以後若是有空，再來青雲找我，咱們可以在醫術方面相互切磋一下。」

秦雨瞳道：「好啊！」她將手中的一個革囊遞給胡小天：「裡面是我送給你的禮物，算是對你這一路之上照顧我的一點謝意。」

胡小天笑道：「太客氣了，明明是你照顧我多一些。」

此時前方周王又讓人叫他過去，胡小天接過秦雨瞳的禮物，納入自己的行囊之中，向她抱了抱拳，跟著周王的腳步大步向行宮內走去。

並不是所有人都有資格入住行宮，他們被分派到各自的房間內休息一下，行宮那邊也開始準備酒宴，為周王一行接風洗塵。

胡小天在安排給他的房間內好好洗了個澡，換了一身乾淨的衣服，想起秦雨瞳送給自己的禮物，解開革囊，伸手探入其中，感覺摸到了一張皮子，掏出來一看卻是一張人皮面具，還有一封信。

胡小天拆開那封信，這封信是秦雨瞳親筆所書，內容是介紹人皮面具的使用方法，秦雨瞳留給他這張精巧的面具以備不時不需，信中留言，他日若是遇到危機，這面具或許能夠救他一命。

胡小天將那張面具翻來覆去地看，面具製作極其精巧，還沒有來得及仔細研究，外面已經有人敲門請他過去赴宴。

胡小天慌忙將面具收好了出門。

離開住處經過花園的時候，正遇到周王龍燁方，胡小天過去見禮。

龍燁方換了一身嶄新的衣袍，也是剛剛洗過澡，看起來精神抖擻，一掃前幾日的晦氣，向胡小天親切道：「小天，走，今晚咱們好好痛飲一番。」

胡小天遇到這個良機自然不願錯過，他恭敬道：「殿下，算起來我已經出來了五日，青雲那邊還有很多事情等待處理，明日一早我就要回去了。」

龍燁方聽他要走，不由得皺了皺眉頭道：「這麼急？」

胡小天唯恐龍燁方再留自己，慌忙道：「那幫官吏貪污腐敗勾結山賊，已經被我全部下獄，我若是不能及時趕回去，只怕青雲城必然會陷入一片混亂。」

龍燁方聽他說得也在理，點了點頭道：「這一趟也的確辛苦你了，小天，你不必太過著急，好好休養兩天再走。」

胡小天道：「來不及了，最遲明日必須要趕回去。」

龍燁方也沒有勉強他繼續陪自己前往康都，輕聲道：「今晚酒宴之後，我想去環彩閣看看。」

胡小天心中暗自苦笑，龍燁方真是一個癡情種。之前蜂群襲擊的事雖然幾乎斷定是夕顏所為，可是胡小天並沒有將這件事告訴龍燁方，龍燁方對夕顏一往情深，胡小天只希望他能夠就此將夕顏忘了個乾乾淨淨，也免除了以後的麻煩，以夕顏的性情，龍燁方想接近她，無異於在刀尖上跳舞，稍有不慎很可能死在這妖女手中。

胡小天道：「殿下，那妖女都已經死了，咱們去環彩閣還有什麼意義？」

龍燁方抿了抿嘴唇，臉上流露出不捨和感傷參半的表情，他歎了口氣道：「不知為何，她的音容笑貌始終迴盪在本王的腦海之中，每每想起她的樣子，我就忍不住心痛。」這位多愁善感的皇子雙目之中居然泛起淚光。

胡小天道：「殿下，咱們先去吃飯，不要讓楊大人他們久等了。」

龍燁方點了點頭。

幾人一同來到景逸閣，走入其中發現大廳內空無一人，兩張桌子已經擺好了，可是上面空空如也。看到眼前一幕，幾人都愣了，剛才楊道全明明說過讓人準備酒宴，怎麼到現在還沒有準備停當。

龍燁方不由得有些惱火，怒道：「楊道全搞什麼鬼？」他這一路之上接連遭遇凶險，心情原本就鬱悶，到了夔州本以為一切不順都已經過去，卻想不到又遇到這種莫名其妙之事，心頭積壓許久的怒火終於爆發出來。

他的話音剛落，從兩旁屏風後湧出幾十名刀斧手，衝上來將他們圍在垓心。

龍燁方只帶了兩名侍衛，那兩名侍衛鏘的一聲將刀抽了出來，護在龍燁方身前。

門外又湧入十多名箭手，彎弓搭箭，弓如滿月瞄準了他們四人。

龍燁方嚇得魂飛魄散，雙腿發軟，差點沒跪倒在地，強裝鎮定道：「你們要做什麼？難道不認識本王是誰？」

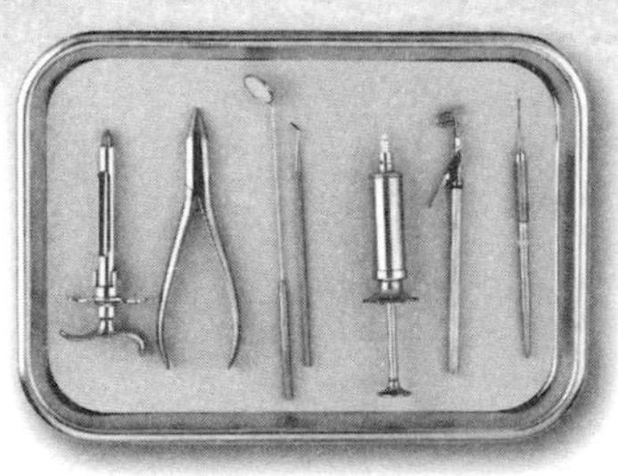

第八章

無徵兆的謀反

胡小天向周王的房間看了一眼，不知龍燁方現在情況如何，李家謀反前沒有任何徵兆，不知為何會做出這等大逆不道之事。胡小天唯一能夠斷定的是，大康朝廷內部一定發生了大事，不知道這事有沒有波及到老爹老娘，想到這裡他更是心急如焚。

眾人一言不發，帶頭的將領威嚇道：「放下武器，不然就讓你們死在亂箭之下。」

兩名侍衛分別護住周王前後，至於胡小天，現在根本無人關注他的死活。胡小天暗叫倒楣，本以為自己的楣運已經過去，來到夔州就是一個終結，卻想不到剛剛來到這兒就遇到這種倒楣事情。胡小天短時間內迅速分析了一下眼前的狀況。眼前的一切絕不是誤會，周王何等身分，膽敢將周王圍困，刀劍相向，這就是謀反之罪，按照大康律例是要殺頭的，這幫人就算吃了熊心豹子膽也不敢貿然這麼做，背後肯定已經做好了周密的計畫。

他們來到夔州之後，一切都是在楊道全的安排下進行，眼前的這局面必然和楊道全有著脫不開的關係。

胡小天暗暗提醒自己要鎮定，他咳嗽了一聲，瞬間將所有人的注意力吸引到了自己的身上，胡小天笑道：「諸位兄弟，你們該不是開玩笑吧，我們可是楊大人請來的，既然大家不歡迎，那麼我們只好走了。」他向周王擠了擠眼睛，裝模作樣的想要出門。可馬上就被兩把長刀封住去路，

帶頭的首領喝道：「將他們全部拿下！」

外面忽然傳來一個平靜沉穩的聲音道：「且慢！」

一位年輕英俊的男子在四名武士的陪同下龍行虎步地向這邊走了過來，他二十

多歲年紀，身材挺拔，虎背狼腰，長期的戶外鍛煉讓他的膚色呈現出健康的古銅色，鼻樑高挺，劍眉朗目，目光如劍，犀利非常。

胡小天並沒有見過此人，只是覺得這位年輕人長得非常英俊，是位十足的美男子。

周王看到那男子，驚聲道：「李將軍！怎麼是你？」原來那年輕人正是劍南西川節度使，西川開國公的大兒子李鴻翰。周王曾經在西州和他見過面，那時兩人還相談甚歡。

李鴻翰微笑道：「為什麼不可以是我？」

胡小天總覺得他唇角的笑意帶著嘲諷又似乎帶著一股殺氣。

周王道：「李鴻翰，你這是什麼意思？我父皇待你們李家不薄，你竟敢率兵圍困本王，難道你想謀反嗎？」

胡小天聽到周王叫出李鴻翰的名字，心中真可謂是驚駭莫名！此人是我未來的大舅子，他何時到的夔州？竟然率兵圍困周王，難道他不怕被滿門抄斬嗎？看到李鴻翰雙目中的凜冽殺機，胡小天的頭腦瞬間清醒了過來，完了！謀反！李鴻翰今日果然要謀反。

周王左側的那名侍衛怒吼一聲，揮刀衝向李鴻翰：「我殺了你這逆賊！」

李鴻翰身邊侍衛正欲上前擋住，卻聽李鴻翰冷冷喝道：「讓開！」他閃電般從腰間抽出一柄長劍，一道疾電如同天外驚鴻一般稍閃即逝，眾人都沒有看清他手上的動作，李鴻翰已經還劍入鞘。

那名侍衛胸前洞穿，仍然保持著前衝的動作，停頓了一會兒，他的胸口方才噴出鮮血，臉上充滿了驚駭莫名的表情，身軀撲通一聲倒在了地上，鮮血瞬間在地面上流淌了一大灘。

周王看到此情此景嚇得差點沒暈過去，他身邊的那位侍衛將手中劍扔到了一邊，雙膝跪倒在了地上，顫聲道：「我願歸順李將軍……」

胡小天看到這幫平日裡自詡英勇無畏，甘心為主人赴湯蹈火，犧牲性命在所不辭的武士，真正到了生死關頭，卻表現得如此怕死，心中不禁暗自鄙夷，回想起他身邊的家丁，其實大都也是這個樣子。人性就是如此，沒有人不怕死。眼前的局面已經明朗了，李鴻翰謀反已成定論，應該說這件事絕非是李鴻翰的個人行為，未來岳父劍南西川節度使李天衡不會不知道這件事，沒有他的授意，李鴻翰絕不敢這麼幹。聯想起進入燮州之後，楊道全的種種表現，胡小天更是心驚，只怕不僅僅是李家反了，而是李天衡統治下的整個西川全都反了。

種種跡象表明，楊道全也在其中起到了幫忙的作用，也就是說楊道全對這一切早有所知。謀反！看來真是發生大事了，未來老岳父竟然反叛了朝廷，難道他想要割據西川，自立為王！

李鴻翰瞇起雙目望著那名跪倒的侍衛，點了點頭，卻閃電般抽出長劍，一劍刺入那侍衛的心口，他的舉動大大出乎胡小天的意料之外，想不到他對一個投降之人還痛下辣手，那侍衛捂著胸口倒下，目光中充滿了不能置信。

李鴻翰冷冷道：「我生平最恨賣主求榮的小人。」

目光再度投射到周王龍燁方的臉上，龍燁方再也抑制不住心中的恐懼，噗通一聲坐倒在地上，他指著胡小天道：「原來……原來你們聯手害我……」

胡小天聽到他的這番指責真是有些欲哭無淚了，這人有沒有腦子？我跟他聯手害你？這件事根本就和老子無關好不好？我要是知道李家人想要謀反，說什麼都不會跟著你來這裡，老子連西川也不敢待啊，早就腳底抹油溜之大吉了。

李鴻翰道：「周王殿下，若想活命，還需多多配合我一些。」他擺了擺手：「帶周王殿下回房休息。」

馬上有兩人過來，將嚇得魂不附體的周王從地上拽了起來，將他架出了景逸閣，又有人將兩具屍體收拾乾淨了。

胡小天站在那裡始終沒有說話，腦子裡靜靜盤算著應對之策。

眾人全都散去之後，景逸閣內只剩下李鴻翰和胡小天兩人，李鴻翰打量著對面的胡小天，唇角流露出一絲淡淡的笑意：「你就是胡小天！」

胡小天點了點頭，雖然親眼目睹了如此驚心動魄的血腥場面，他仍然表現得鎮定自若，抱了抱拳道：「見過李大哥！」於情於理都要叫一聲大哥的，李鴻翰是他的未來大舅子，不過那是過去，如今李家已經謀反，自己的老爹就算再糊塗也不可能和一個反賊締結姻親，想到父親，胡小天內心一沉，此次李家謀反的事情還不知會帶給父親多大的影響。

父親遠在京城，即便是擔心也幫不上什麼忙，要擔心還是首先擔心一下自己。

李鴻翰微笑道：「你從青雲一路護送周王過來，一定非常辛苦吧。」

「倒是遇到了一些事，還好有驚無險。」胡小天暗歎，本以為來到夔州苦盡甘來，途中的艱險總算告一段落，卻想不到真正的凶險卻是到夔州之後方才開始。李家謀反，李家的首席謀士張子謙應該不會不知道一點風聲，這老傢伙也實在陰險，在青雲的時候居然不透露給自己半點口風，始終將自己瞞在鼓裡。

李鴻翰道：「父帥經常在我們面前誇你來著，自從知道你來到西川，我就一直很想見你，只可惜事情太多，沒有機會。」

胡小天笑道：「我剛到青雲也是沒完沒了的事情，本該早就去西州拜會李伯伯，可因為事情層出不窮，直到現在都未能成行，說起來作為晚輩真是失禮了。」

李鴻翰暗讚這小子精明，對於剛才眼皮底下發生的事情隻字不提，只是說著那些無關痛癢的小事。李鴻翰道：「我父帥很想見你，我來夔州之前，他特地囑咐我，若是遇到你，一定要請你前往西川一趟。」

胡小天連連點頭：「要的，要的，我是該去探望李伯伯了。」形勢所迫，又豈容他反對。

李鴻翰道：「小天，我已經讓人在攬月樓擺下酒宴，咱們一起過去吧。」

胡小天道：「好啊，只是我這身衣服好像不夠隆重，我回去換身衣服再說。」

李鴻翰也沒有阻攔，微笑道：「你只管去。」

胡小天向自己的房間走去，李鴻翰雖然沒有和他同行，可是派了兩名親信跟在胡小天身後，胡小天心中暗罵這廝狡詐，回到房間內，掩上房門，找出自己的行李，迅速換了身衣服，將要緊的東西全都收好，貼身收藏，這其中就包括胡家的丹書鐵券，還有老太監安德全送給他的烏木令牌，其餘不重要的東西全都捨棄。快速流覽了一遍秦雨瞳送給他的人皮面具的說明，貼身將面具藏好，然後將那張說明書燒為灰燼。

來到外面，發現李鴻翰的兩名親信仍然在外面守著，看來李鴻翰對自己也非常的警惕，害怕自己會逃走，所以才會派人貼身盯防自己。

胡小天不由得頭疼不已，眼前這種狀況，想要逃走還真是難於登天，只能走一步看一步，找到合適的機會再圖逃走。

經過花園的時候，胡小天下意識地向周王所在的房間看了一眼，卻不知龍燁方現在情況如何，李家謀反之前沒有任何徵兆，卻不知他們為何會做出這等大逆不道之事。胡小天唯一能夠斷定的是大康朝廷內部一定發生了大事，只是不知道這件事有沒有波及到自己的老爹老娘，想到這裡他更是心急如焚。

形勢越是緊急，越是要保持冷靜，倘若自己率先亂了方寸，那麼別說救不了胡家滿門，恐怕連自己的性命都難以保全。從目前的狀況來說，李鴻翰應該沒有殺害自己的意思，不然不會等到現在，更加不會對自己和顏悅色，難道那一紙婚約還是起到了一定的作用。李家人還很看重這件事？轉念一想又沒有任何的可能，李天衡既然做出謀反自立的決定，連忠義都可以不講，又豈會在乎那一紙婚約？

一輛馬車停在天府行宮外面，李鴻翰站在車前，看到胡小天出來，他微笑道：「小天，換件衣服也這麼久啊！」

胡小天笑道：「我這人素來都是個慢性子。」

李鴻翰笑道：「年紀輕輕就這麼沉得住氣，真是難得。」話中明顯暗藏深意。

一名武士拉開了車門，李鴻翰邀請胡小天坐了進去，然後自己也進入馬車。

馬車在燮州城的大道之上緩緩行進，胡小天拉開車簾，望著車外的街景，表面上顯得輕鬆愜意，內心卻是沉重非常。

李鴻翰眼角的餘光看了胡小天一眼，他沒想到胡小天如此年輕卻如此沉得住氣，直到現在都沒有詢問到底發生了什麼事？此子表現出的沉穩鎮定遠遠超出他的年齡，看來張子謙對他的推崇還是有一定道理的。

李鴻翰道：「我聽說你將青雲縣的那幫官吏全都抓起來關進了監獄？」

胡小天道：「全都是些貪官污吏，欺壓百姓貪贓枉法，即便是將他們全都殺了，也不會冤枉一個。」

李鴻翰微笑道：「你果然是胸懷大志，以後西川的經營還要仰仗你這樣的年輕才俊。」

胡小天心中暗歎，果然謀反無疑，李家割據西川，大康西南版圖從此缺了一大塊。胡小天雖然不在乎大康是否分裂，也不在乎誰當皇帝，但是李天衡割據為王絕非小事，這件事若是傳到京城，老皇帝必然不會善罷甘休，追究起來，首當其衝的就是那些和李家有關係的人家。老爹當初跟李家聯姻的目的無非是增加政治籌碼，為以後的皇權更替做準備。可老爹也應該沒有想到形勢會發生這樣的變化。和李家的聯姻非但沒有撈到什麼好處，反而惹了一屁股的麻煩，現在看來恐怕十有八九要被連坐了。

馬車經過環彩閣的時候，胡小天向環彩閣門前望去，正看到香琴在門口指揮著懸紅掛彩，像是要慶祝什麼大喜事。胡小天擔心被香琴看到自己，迅速放下車簾坐好，心中暗忖，不知夕顏回來了沒有？她和周王和西川李家又是何種關係？

俱懷逸興壯思飛，欲上青天攬明月。攬月樓因此而得名，李鴻翰和胡小天攜手走上攬月樓，胡小天本來以為今晚會是多大的場面，可當他來到攬月樓方才發現，李鴻翰做東宴請的客人只有兩個，一位是自己，還有一位就是沙迦國的王子霍格。

霍格穿著沙迦人特有的民族服飾，右側肩頭手臂赤裸，黧黑色的肌膚，健碩飽滿的肌肉更顯現出他孔武有力的體魄。此次他雖有六位侍衛隨行，不過並沒有跟入雅間內。

李鴻翰也讓自己的侍衛在外面候著，邀請胡小天進入其中。

霍格已經先於自己一步前來，李鴻翰抱拳笑道：「在下來遲了，讓王子殿下久等真是慚愧慚愧。」

霍格大笑站起身來，依著漢人的禮儀向李鴻翰抱了抱拳道：「鴻翰兄，何須如此客氣，我也是剛到。」他又向胡小天招呼道：「兄弟也來了。」

胡小天叫了聲大哥。

李鴻翰這才知道他們兩人原來是結拜兄弟，笑道：「原來都是一家人。」

胡小天看到兩人如此融洽，心中已經明白了個七八分，霍格和李鴻翰勾搭應該不止一天了，可能在霍格出使之前他們之間就暗通款曲，只是大康朝廷被蒙在鼓裡，周王被蒙在鼓裡，自己也被蒙在鼓裡。由此可見李家籌畫謀反應該不是倉促的決定。

李鴻翰邀請兩人入座，門外進來小二很快就將酒菜送上。

面對著滿桌的美酒佳餚，胡小天卻沒有任何的食欲，眼前的形勢表面上似乎和氣一團，可實際上卻蘊含著刀光劍影，李家謀反的事實讓自己已經置身於飄零的風雨之中，拋開李家對待自己的想法不說，倘若自己跟他們同流合污，那麼勢必影響到整個胡家，倘若自己堅決不從，流露出效忠大康皇朝的意思，很可能會觸怒這位未來的大舅子，他現在就拔刀將自己殺了也未必可知。最大的可能還是被他們軟禁起來，他們以自己的性命來要脅遠在京城的老爹老娘。

想起胡不為的父愛如山，想起老娘的無微不至，胡小天忽然感到一陣心酸，無論自己有著怎樣的經歷，血脈親情是他無法割捨的，他必須要想盡一切的辦法來維護家族的利益，保護自己的老爹老娘。

李鴻翰親手斟酒，端起酒杯道：「兩位兄弟遠道而來，為兄以這杯薄酒表達對你們的歡迎之情。」

胡小天和霍格端起酒杯和李鴻翰同時一飲而盡。

李鴻翰微笑道：「說起來大家都不是外人，霍格是我二妹的未婚夫，小天是我五妹的未婚夫，你們倆又是結拜兄弟，咱們都是一家人。」

震驚的消息一個接著一個，胡小天心中暗歎，霍格此次前來不是要往康都向公主求親的嗎？怎麼突然改變了主意和李家締結姻親，這麼說他此次出使的真正目的就是前來西川，只是其他人全都被他蒙在鼓裡罷了。胡小天暗罵霍格可恨，我當你這麼好心跟老子結拜，原來你早就知道咱們的關係，連襟啊！

霍格端起酒杯向胡小天笑道：「兄弟，大哥當初形勢所迫，並沒有將這件事向你坦誠相告，你不會怪我吧？」

胡小天嘿嘿笑道：「哪裡，哪裡，我怎麼敢怪大哥呢，其實每個人都應該有自己的秘密。」

霍格笑道：「這麼說，兄弟也有事情瞞著我了？」

胡小天哈哈大笑，瞞？瞞你媽個頭！一仰脖將那杯酒喝了，此時無聲勝有聲，你們兩個狼狽為奸，擺明了是要陰老子，老子跟你們玩，只有吃虧的份兒。

李鴻翰道：「小天，可能你並不瞭解現在的情況。」

胡小天道：「李大哥您說，我這人平時蒙混度日慣了，雙耳不聞窗外事，對外面世界發生的事情一向都不怎麼關心。」

李鴻翰道：「京城出了亂子。」

胡小天其實對此早已有了心理準備，若非京城出了亂子，李家也不會突然叛亂，難道是老皇帝傳位出了差錯？

事情果然如他猜想一般，大康皇帝龍宣恩剛剛昭告天下，決定廢黜太子龍燁慶，改立大皇子龍燁霖為太子，並傳位於太子龍燁霖，自己選擇退位，龍燁霖已經順利即位，尊龍宣恩為太上皇。他上任的第一件事就是將前太子龍燁慶賜死。

李鴻翰說到龍燁慶被殺之事的時候，雙目通紅，怒火填膺，他握拳在桌上擊了一下道：「那昏君無道，威脅聖上，謀朝篡位，眼看大康社稷就要落入奸人之手，我等大康臣子，豈容江山被宵小之輩佔據，清君側，立正統乃是我們大康臣子的職責。」

胡小天心中暗忖，說的好聽，還不是謀反？老皇帝將皇位傳給哪個兒子還不是人家自己家的事情，最終也沒有落到別人家去，大康的江山總歸還是姓龍的。你們李家這麼玩，是要將大康改姓，李天衡要是自立為王，你就是王子，你妹妹就是公主，這麼說我豈不是成了駙馬？也不算吃虧啊。不過胡小天明白，天下間沒有這樣的好事，李家當初之所以和胡家聯姻，還不是看中了老爹戶部尚書的權力，他們割據為王，只苦了跟他們聯姻的老胡家。

當今皇帝不知會不會因此而追責將胡家滿門抄斬？即便是老爹能夠逃過一劫，這戶部尚書的位子也很難保住了。從謀反這件事來看，李家絕非什麼講究忠孝節悌的人家，胡家失勢，李家又怎會看得上這個親家，婚約之事肯定名存實亡了。

霍格道：「李大哥說得極是，龍燁霖謀朝篡位，天下間人神共憤，這等不義之人做了皇帝，我們沙迦絕不認同。」

胡小天暗自冷笑，大康什麼人當皇帝跟你這個沙迦人有個狗屁關係？你也裝得義憤填膺，兩國邦交，首先就要講究互不干涉內政，你的這雙黑手伸得也夠長的。

兩人都望著胡小天，似乎都想聽聽他發表一下意見。

胡小天樂呵呵端起酒杯道：「其實什麼人當皇帝並不重要，這天下合久必分，分久必合，這大康自開國以來已經傳承了五百多年，這世間的萬事萬物都有一個命數，沒有什麼事情是永垂不朽的，王朝也是這樣，別的不說，單從青雲我就知道大康如今的腐朽已經到了何種地步，舊的不去新的不來，其實只要老百姓能夠過上好日子，誰當皇帝並不重要！」他並沒有旗幟鮮明的表明自己的立場。

李鴻翰和霍格聽到胡小天的這番話也覺得新奇有趣，其實每個人的心中都有登上九五之尊的野望，他們兩人都是胸懷宏圖大志之人，胡小天的這番話正合他們的胃口，不錯，只要老百姓能夠過上好日子，誰當皇帝又有什麼關係？

李鴻翰端起酒杯道：「好，衝著這句話，咱們喝上一杯。」

胡小天又喝了一杯，他對自己目前的地位認識得很清楚，老爹只要在大康失勢，自己就變成了一個可有可無的人物，李鴻翰之所以現在沒有殺掉自己，或許是想用自己為質牽制遠在京城的老爹，或許他們李家還存著一絲的道義之念，在外人面前做做樣子。自己不比霍格，霍格畢竟是沙迦國王子，人家背後有一個王國作為支撐，自己什麼都沒有。今晚的事情表明，西川李家和沙迦國之間已經達成了聯盟，這樣就免除了腹背受敵的危機。

霍格道：「我從沙迦前來西川的路上，曾經遭遇多次刺殺，若非李兄派人沿途保護，只怕我根本無法安全抵達這裡。李兄，我敬您一杯。」

李鴻翰道：「沙迦和西川乃是兄弟之邦，你來西川，你的安危自當我們負責，我已查清，發動刺殺的是天機局的人，以後但凡他們敢在西川露面，我必然將之一網打盡。」這番話說得斬釘截鐵，霸氣側漏。

胡小天有些奇怪，不是說五仙教想要在中途襲擊使團嗎？之前那沙迦特使摩挲利還親口說過五仙教曾經殺死了他們七名成員，聯想起途中幾起襲擊中沙加使團毫髮無損的事實，胡小天恍然大悟，五仙教十有八九和沙迦使團勾結，搞不好他們就是李家派去專程保護沙迦使團的。耳旁忽然回想起夕顏曾經對他說過的那句話——胡小天，我勸你還是多點心眼的好，不要到最後被人賣了，還要幫人數錢。

其實夕顏在有意無意之間已經流露出一些提示給自己，只是自己一直都沒有往心裡去，當時只是認定了夕顏不懷好意，卻沒有想到事情的複雜遠遠超出了自己的想像。夕顏也說過真正想殺周王的是秦雨瞳，從現在的情況來看應該不是這樣，但是秦雨瞳出身玄天館，她跟隨自己一路護送周王龍燁方來到燮州，應該還有不為人知的目的。只是她抵達燮州之後馬上匆匆離去，難道她已經得到了京城的消息？

想到這種可能，胡小天心中很是不爽，倘若秦雨瞳對這場叛亂已有覺察，那麼她沒有漏一絲口風給自己是不是太不厚道，怎麼說也是一起從青雲出來的，為什麼要把自己一個人扔在這裡？臨別時留給自己一張人皮面具當禮物，現在看來這份禮物果然滿懷深意，根本是留給自己一條逃跑的後路啊。

霍格和李鴻翰談笑風生，素來健談的胡小天反倒沉默了許多，李鴻翰看出他情緒不高，關切道：「小天，你好像有些不開心啊。」

胡小天道：「不是不開心，只是想起京城發生了這麼大的變故，不知我爹現在情況怎樣了。」

李鴻翰道：「胡叔叔深謀遠慮，見慣風浪，這次的事情應該不會影響到他。」

胡小天心中暗歎，改朝換代傷不到我老爹，可現在是你們李家造反，我是怕被你們李家連累。

李鴻翰又低聲道：「其實之前我已經派人去京城通風報訊，胡叔叔早就有所準備。」

胡小天點了點頭道：「多謝李大哥想得如此周到。」

前些日子胡天雄來青雲看望自己的時候還對此一無所知，否則肯定會透露風聲給自己。胡小天幾乎能夠斷定李鴻翰所說的一定是謊話，割據為王可不是小事，李家即便和胡家有姻親關係，也不敢提前告知，人心隔肚皮，尤其是政治上的事情，胡不為和李天衡當初的聯姻目的就是互利互惠，而現在李天衡決定自立，胡不為未必肯和他繼續站在同一立場上。

雖然僅僅是一天的時間，胡不為兩鬢的頭髮已經斑白。他默默坐在臥室內，一旁妻子徐鳳儀眼圈紅紅地坐在床上，雙目靜靜盯著燭火，兩人都是一言不發。

最終還是胡不為打破了沉默，歎了口氣道：「鳳儀，你若是感到心中難過，就哭出聲來，或許還能好過一些。」

徐鳳儀搖了搖頭：「我現在哭還有用嗎？」

胡不為抿了抿嘴唇，哭解決不了問題，此次朝中的風雲變幻來得實在太過突然，他雖然有所覺察，但是終究還是無能為力。

徐鳳儀咬牙切齒道：「倘若不是你權力熏心，又怎會和李家扯上關係？我們好端端的兒子偏偏要和李家那個癱瘓的女兒訂親，只是訂親倒還算了，你竟然趁著我回金陵期間，將兒子送到西川去，胡不為啊胡不為，枉你精明一世，老來竟是如此的糊塗，是你一手將兒子推入了火坑之中。」

胡不為垂下頭去，低聲道：「我讓他去西川，是擔心朝廷的變動影響到咱們胡家，若是咱們老胡家遇到了麻煩，至少還能夠保全這根獨苗。」

「你以為李天衡會善待他？過去李天衡之所以願意和咱們結親，那是因為你是大康戶部尚書，手握大康財權。現在大皇子繼承皇位，太子被殺，一朝天子一朝臣，你未來會怎樣還不知道，想當初皇上廢黜大皇子的時候，你跟著沒少說話，如今大皇子得勢，未必肯放過你。此次李家公然謀反，表面上正義凜然，打著清君側立正統的旗號，可實際上大皇子才是正統，李天衡割據西川，據西川之險，短期之內自然無憂。他若自立為王，咱們胡家對他還有什麼利用的價值，我可憐的孩兒啊……」徐鳳儀說到這裡，心中一酸，不禁潸然淚下。

胡不為對妻子說的這番道理早已明白，他自問機關算盡，可惜人算不如天算，終究還是沒有料到李天衡謀反。之前將兒子送到西川，無非是想給胡家留條後路，現在看來，無異於等於親手將兒子送入虎口。李天衡的為人他非常清楚，此人堅忍果決，做事雷厲風行，一旦決定的事情很難輕易更改，割據自立顯然不是突然的決定，此前李天衡肯定經過深思熟慮，而且做足了準備。

想起李天衡此前送給自己的那幅對聯，南橋頭二渡如梭，橫織江中錦繡。西岸尾一塔似筆，直寫天上文章。這對聯如今看來真是滿懷深意。江中應該指的是大康，二渡莫非指的是太子龍燁慶和大皇子龍燁霖，上聯指的是這兩位皇子在江中來回奔忙，可是真正可寫天下文章的卻是西岸尾的寶塔。如今才知道西岸指的是西川，寶塔是他李天衡。胡不為心中暗歎，李天衡胸懷異志，早有反意，自己為何如今方才悟到。

其實這對聯的下聯只是胡小天無心所對，當時並沒有那麼多的想法。經過胡不為現在的解讀就有了預言的意義，這就和古人寫了錯別字，到現代全都變成了通假字一樣，過分解讀的緣故。

胡不為現在的局面有些進退兩難，新皇即位，正是臣子爭相效忠的時候，今日傳來李天衡擁兵自立的消息，自己應該做的就是馬上公開斷絕和李天衡的關係，可現在他兒子還在李天衡的治下，不免有所顧忌，若是觸怒了李天衡，以他的性情很可能會遷怒於自己的兒子。

徐鳳儀看到丈夫始終沉默不語，不由得有些焦躁：「你倒是說話啊！咱們胡家只有這一根獨苗，他要是有了什麼三長兩短，你讓我可怎麼活啊！」她抽噎了一聲，抹乾眼淚道：「我今晚就去西川，不管付出怎樣的代價，我都要將小天平平安安地帶回來。」她猛然站起身來。

胡不為一把抓住她的手腕道：「鳳儀，不要胡鬧！」

徐鳳儀摔開他的手掌怒道：「我胡鬧？不是你將兒子送到了西川，我會胡鬧？你不敢去，我去！你現在就給我寫一封休書，我徐鳳儀一人做事一人當，無論出了什麼事情，都和你們胡家無關。」兒子是娘親的心頭肉，徐鳳儀想到兒子在西川時刻都有性命之憂，更是如坐針氈，恨不能脅生雙翅，立馬就飛到兒子身邊。

胡不為道：「鳳儀，小天也是我兒子，我心裡一樣焦急，一樣擔心，可是擔心又有何用？我已經讓胡天雄率人即刻前往西川，爭取將小天救出，即便是救出他，京城他也是不能來了。我曾經得罪過大皇子，他登基之後，肯定會重用過去的那班近臣，我看周睿淵十有八九會成為當朝宰相。若是他當了宰相，我定然撈不到好處。」一想起當初周睿淵被貶之時，自己曾經狠狠參了他一本，雖然出發點是因為當初周家悔婚，當時他以為周睿淵會就此銷聲匿跡，再無出頭之日，卻想不到風水輪流轉，被廢的大皇子龍燁霖居然成功登臨皇位。所以說做人還是留三分餘地的好，胡不為已經為自己昔日的所為懊惱不已了。

徐鳳儀聽丈夫說已經派人前去營救，這才平復下來，其實她也明白，事情到了如今的地步，即便是著急也沒用，現在能做的唯有耐心等待。冷靜下來，想起朝廷的變動，又不禁為丈夫的命運開始擔憂，她輕聲道：「當家的，事情既然已經發生，怕也沒有用，總之天塌下來我陪你一起扛，是死是活咱們都不用怕。」

胡不為淡然一笑，伸出手去握住妻子的手，這些年他什麼好日子沒有享受過，人生有高潮就會有低谷，對於今天的局面，他早已有了心理準備，可是他最擔心的還是自己的兒子，只有兒子才是他最大的牽掛。

就在兩人相對無言的時候，忽然接到下人通報，卻是梁大壯從西川趕回來了。要說梁大壯這些天果然沒敢耽擱，因為胡小天特地交代他，讓他務必要儘快將這封信送到，梁大壯風雨兼程，披星戴月，一路狂奔來到京城。

回到尚書府，甚至連一口水都沒顧得上喝，就過來參見老爺夫人。

胡不為出了房門來到隔壁書房，徐鳳儀因為關心兒子的事情，也跟他一起出來。

梁大壯早已在書房內候著了，見到他們進來，趕緊跪倒在地：「小的參見老爺、夫人，替少爺給老爺夫人磕頭了。」當下梆梆梆接連磕了三個響頭。

徐鳳儀道：「大壯，趕緊起來吧，小天沒有跟你一起回來？」

梁大壯起身搖了搖頭道：「少爺在青雲當官正威風呢，諸事繁忙，他也走不開，所以讓我先回來給老爺夫人報個平安。」

胡不為道：「只是讓你回來保平安嗎？」

梁大壯這才想起最重要的事情，趕緊從衣襟內找出那封胡小天讓他交給胡不為的信，不遠千里跋涉而來，為的就是送這封信，梁大壯也不知道這封信為何會如此重要，不過少爺既然吩咐了，他就得儘量做到，親手將這封信送到了老爺手裡，也算圓滿完成了任務。

胡不為並不急拆開那封信，和顏悅色道：「小天在青雲還過得慣嗎？」

梁大壯忙不迭地點頭道：「慣，好得很呢，少爺真是有本事，將青雲的那幫官員全都收拾得服服貼貼的，還幫人治病，賺了不少的銀子，我跟在少爺身邊不知有多好。」

聽到他這樣說，胡不為和徐鳳儀的臉上都浮現出欣慰的笑意。

徐鳳儀又問了一些胡小天的近況，這才讓梁大壯先去休息吃飯。

梁大壯離去之後，胡不為撕開那封信，從中抽出了兩張紙，一張是丹書鐵券的拓片，還有一張是胡小天寫的家信。胡不為先看完那封家信，然後將家信遞給了妻子，自己仔細端詳起那紙拓片，反反覆覆看了多遍，點了點頭道：「這小子居然找到了丹書鐵券！」

徐鳳儀聽到丹書鐵券四個字頓時欣喜非常，她驚喜道：「小天找到了，那豈不是意味著咱們胡家可以躲過一劫？」

胡不為將拓片湊在燭火上燒了，搖了搖頭道：「你還以為丹書鐵券當真是什麼免死金牌？老祖宗留下這東西不是什麼寶貝，而是一個麻煩，其實在我爹那代就已經遺失了，他交給我的就是贗品。君讓臣死，臣不得不死，如果新君當真想殺我，就算我拿出這樣東西又有何用？他絕不會因為這件流傳幾代的東西而留下我的性命。只是我們若是遺失了丹書鐵券，事情如果被他知道，十有八九會是死罪。」

徐鳳儀歎了口氣道：「早知道就不該要這勞什子破玩意兒。」

胡不為道：「皇上賞賜你的東西，又豈敢不要？我一直以為這丹書鐵券已經遺失了，卻沒有想到仍然還在我們胡家自己人的手裡，小天能夠找到這樣東西也算得上是因緣巧合了。我不擔心什麼丹書鐵券，只要小天平安就好。」

徐鳳儀黯然點了點頭。

胡不為安慰她道：「你剛才都聽大壯說了，小天如此精明能幹，就算遇到什麼危險也一定能夠逢凶化吉。」

徐鳳儀含淚道：「不為……我們只有這一個兒子，我不求他大富大貴，只要他活著，你答應我，你一定要答應我……」

胡不為展臂將徐鳳儀攬入懷中，此時的雙目也有些濕潤了，他的喉結蠕動了幾下，終於成功控制住了自己的情緒，聲音低沉道：「我答應你……」

想在李鴻翰的眼皮底下逃走絕非易事，酒至半酣，胡小天站起身來：「兩位哥哥，小弟失陪一下。」

李鴻翰深邃的雙目依然清朗，他雖然喝了不少的酒，可看起來沒有任何的醉意，微笑道：「小天去哪裡？」

胡小天笑道：「人有三急，我突然就尿急了。」

霍格和李鴻翰同聲笑了起來，霍格擺擺手道：「快去，回來後咱們接著喝。」

胡小天起身出門，李鴻翰並沒有出聲阻止，而是靜靜望著胡小天的背影，不知他心中在想些什麼。

胡小天出門之後，馬上就有兩名侍衛如影隨形。

胡小天笑道：「兩位兄弟，我去尿尿噯，不麻煩你們了。」

其中一人道：「李將軍吩咐過，要我們寸步不離地保護公子。」

胡小天心中暗罵，保護我？監視我才對。他知道拒絕也是沒用，只能任由這兩人跟著。來到茅廁中，發現撒尿的時候，兩人也是目不轉睛地盯著自己，看來李鴻翰對自己早已產生了疑心，時刻不忘盯防自己，胡小天側了側身道：「兩位，你們也有噯，沒必要盯著我，雖然我的長得俊俏了一些。」

那兩名冷面侍衛聽到胡小天這樣說禁不住想笑，可是又知道現在並不適合發笑，強忍笑意，臉都憋紅了。

胡小天撒完尿，緊接著打了個激靈，歎道：「爽！真是爽啊！人生快事莫過於此。」看到沒有逃走的機會，只能重新返回了房間。

當晚陪著兩人喝到夜深，胡小天三分酒意裝成了七分。

在兩名侍衛的攙扶下上了馬車。

李鴻翰隨後上車，胡小天滿嘴酒氣，瞇著一雙眼睛，衝著李鴻翰打了個酒嗝。

撲面而來的酒氣讓李鴻翰不由得皺了皺眉頭。

胡小天道：「李大哥……謝謝你的款待……呃……」又是一個酒嗝。

李鴻翰向一旁側了側身，隨手掀開了車簾，呼吸了一下外面清冷的空氣，輕聲道：「咱們都是自家兄弟，客氣什麼？」

胡小天呵呵笑道：「大哥說得不錯……咱們是自家兄弟，等以後我和……和無憂成了親，咱們就是一家人了……你就是我的大舅子……呵呵……」

李鴻翰也笑了起來，黑暗中一雙朗目灼灼生光：「小天，我看你今天好像並不開心啊。」

胡小天點了點頭道：「有點，皇權更替，老皇帝傳位給……大皇子……，我爹得罪過他……我擔心他……他會報復……」

這個理由倒也合情合理，李鴻翰道：「小天，我抓了龍燁方，你不會怪我吧？」

胡小天笑道：「他跟我有什麼關係……我是你妹夫，他是皇上的兒子……這種皇親國戚怎麼會把我……看在眼裡……我當然和李大哥更親近了。」

他似乎酒意上頭，伸出手臂居然勾住了李鴻翰的脖子，將腦袋枕在李鴻翰的肩頭：「哥！以後我就叫你哥……你叫我妹夫好不好？」

李鴻翰以為他是真醉了，禁不住想笑，輕輕掙脫開他的手臂道：「小天兄弟，你和我妹子還沒成親呢。」

胡小天道：「以後啊，無憂就是公主，我豈不是成了駙馬……哈哈……」這貨笑著笑著又把腦袋歪倒在李鴻翰的肩頭，李鴻翰再想挪開他的腦袋，發現這廝已經睡了過去，發出輕微的鼾聲。

回到行宮，李鴻翰讓兩名侍衛將爛醉如泥的胡小天攙入房間。胡小天躺在床上，翻騰了幾下，沒多久就鼾聲大作。

李鴻翰望著床上的胡小天，唇角的笑意漸漸消失，他示意手下人熄滅燭火轉身來到門外。

月光如水，將庭院映照得亮如白晝。李鴻翰來到庭院之中停下了腳步，低聲道：「你們兩個寸步不離地盯住他，若是出了什麼差池，我唯你們是問！」

「是！」兩名侍衛同時垂首行禮。

胡小天躺在床上輾轉反側，事情的發展超出了他的意料之外，如果不能儘快逃走，只怕就會被脅迫前往西州。李家人將自己留下肯定不是為了要讓他當女婿那麼簡單，他們是要利用自己這張牌，威脅老爹不得不按照他們的意思去辦事。

李鴻翰為人精明，派了兩個得力手下寸步不離地盯住自己，想要在他們的眼皮底下逃走，還真是不容易。雖然秦雨瞳給自己留下了一張人皮面具，可是這裡是行宮，外面戒備森嚴，總不能換上面具大搖大擺地走出去。

胡小天雖然身體素質不錯，可是他的武功實在稀疏平常，不可能神不知鬼不覺地擊倒外面的兩名高手，直到現在他方才意識到武功的好處，如果這次能夠得以逃出生天，一定要拜一位名師，好好學習一下武功，不求打遍天下無敵手，至少也要有在落難時逃出生天的本事。

胡小天掏出了安德全給他的暴雨梨花針，這玩意兒一直沒捨得用。不過即便是暴雨梨花針威力無窮，能夠成功放到門外的兩名侍衛，可還有其他侍衛駐守，仍然無法保證逃出行宮。胡小天思來想去，唯有一個辦法了。

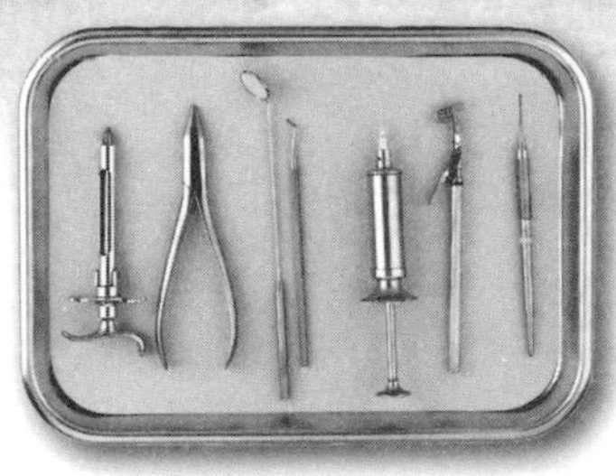

第九章

七十年前的鼠疫

胡小天故意引導眾人，讓大家懷疑自己得的是鼠疫，
他來西川之後不久就聽說夔州七十年前發生鼠疫的事情，
這個謊話果然奏效，沒花費太大的功夫就將那郎中嚇走，
連李鴻翰都躲開了，雖然胡小天是否得了鼠疫尚且不能確定，
但是碗裡面的老鼠屎大家都看得清清楚楚。

胡小天的辦法就是裝病，他的演技雖然不錯，可是真要是達到以假亂真的效果還差些火候，很容易被有經驗的郎中識破。幸好他隨身的物品之中，還有一些瀉藥，倘若不是逼不得已，他也不會主動服用瀉藥。服用瀉藥之後，沒過多久就起到了效果，胡小天開始上吐下瀉。

本來兩名侍衛還以為他使詐，可是看到他的情況不像作偽，趕緊去請示李鴻翰，李鴻翰聽聞胡小天突然發病，第一反應也是這廝裝病，可聽侍衛說胡小天的確是病了，現在仍然在茅廁中蹲著呢，拉得只剩下半條命了。

李鴻翰趕緊讓人去請郎中。

侍衛們深更半夜從附近請來了一位郎中，那郎中看到胡小天面色蠟黃，有氣無力，讓胡小天伸出舌頭看了看舌苔，再為他診脈。

胡小天虛弱道：「我可能是吃壞了肚子，不妨事，休息休息就好。」

李鴻翰道：「今晚咱們是一起吃飯，怎麼我沒有事情？」

那郎中道：「你仔細想想，最近還吃了什麼不乾淨的東西，又或是遇到了什麼異常的事情。」

胡小天皺著眉頭，一副苦思冥想的樣子，想了好一會兒，恍然大悟般道：「我只是喝了一些水……其他的事情我記不起來了……」他指了指床頭的水碗。

那郎中順著他所指的方向望去，卻見碗內還剩半碗水，裡面還飄著幾粒老鼠屎。這幾粒老鼠屎是胡小天從牆角處撿到的，也成為他裝病的道具之一。

李鴻翰看得真切：「原來是老鼠屎，可能你喝了不乾淨的水所以才生病。」

胡小天駭然道：「老鼠屎……我莫不是染上了鼠疫？」

幾人聽到鼠疫兩個字頓時為之色變，七十年前，夔州曾經發生過鼠疫，當時整個夔州城內的居民幾乎死絕，橫死遍野，滿目瘡痍，後來多虧了朝廷派遣醫官方才控制住疫情，直到現在夔州當地人仍然談鼠色變。

那郎中也有些害怕，向後退了一步，胡小天卻一把將他抓住：「大夫，我是不是鼠疫……」話沒說完，剛剛喝完的水噴了出來，噴了那郎中一身。郎中嚇得臉色都變了，慌忙掙脫開胡小天的手向外走去。

李鴻翰趁機跟了出去，來到門外，看到那郎中已經將長袍脫了扔到了一邊，李鴻翰不由得怒道：「讓你過來治病，怎地嚇成了這個樣子？」

那郎中嚇得撲通一聲跪倒在了地上：「李將軍，我只是一個普通的郎中，才疏學淺，實在看不出那位公子所得的是什麼病，將軍還是另請高明吧。」

李鴻翰道：「這夔州城內，何人醫術最為高明？」

「當推西川神醫周文舉先生。」

胡小天故意引導眾人的注意力，讓大家懷疑自己得的是鼠疫，他來西川之後不久就聽說夔州七十年前發生鼠疫的事情，知道西川百姓多半對此心有餘悸，這個謊話果然奏效，沒花費太大的功夫就將那郎中嚇走，連李鴻翰都躲開了，雖然胡小天是否得了鼠疫尚且不能確定，但是碗裡面的老鼠屎大家都看得清清楚楚。胡小天的這種方法就是心理暗示，本來大家都沒這麼想，可是在被他引導後，所有人都懷疑胡小天可能得了鼠疫。

沒有人會拿自己的性命冒險，所以那郎中才會嚇得落荒而逃。李鴻翰在得悉胡小天有染上鼠疫的可能之後，也馬上退避三舍，犯不著為胡小天冒險，更何況他原本就只想拿胡小天當要脅胡不為的棋子。

負責看守胡小天的兩名侍衛無法離開，職責所在必須要在門外守著，兩人不知從哪兒弄來了兩塊白布蒙住口鼻，雖沒什麼用處，可多一層防護畢竟多一層心安。

三更時分，西川神醫周文舉被從家裡請了過來，今日沙迦使團入城之後，整個燮州城變得戒備森嚴，空氣顯得異常緊張。旁觀者清當局者迷，反倒是身在燮州的老百姓搞不清楚到底發生了什麼事情。

周文舉今晚也是一直未能入眠，日間聽說了一些小道消息，搞得他心情煩亂，正準備等到天亮之後前往楊道全那裡問個究竟。他對楊道全有救命之恩，料想楊道全會對自己坦誠相告。

半夜的時候，楊道全派人來請周文舉，只是說有重要病人要看，也沒有說明生病的是誰。

周文舉坐車來到天府行宮的時候，已經明白生病的肯定是某位重要人物，他讓周興拎著藥箱，自己隨後下車。

跟隨侍衛來到西側的院落內，發現守門的兩名侍衛全都用白布蒙住了口鼻，周文舉馬上意識到情況不妙，他也從藥箱中取出口罩，這種口罩還是在青雲縣的時候胡小天教給他做的，用起來要比用面巾蒙住口鼻的效果好得多。

兩名侍衛指了指房內，周文舉示意周興在外面等著，倘若病人患的是傳染病，越少人進去傳染的機會就越少。

周文舉推門走了進去，借著燭光向床上的病人望去，當他看清病人的容貌之時，整個人頓時愣在那裡，周文舉萬萬想不到胡小天會出現在這裡，更加想不到這位在他心目中醫術近乎神話的年輕醫者竟然生病了。

胡小天裝病，並引導眾人懷疑他得的是鼠疫，一是為了嚇退眾人，讓所有人對他退避三舍，還有一個用意就是想引周文舉前來為他診病，周文舉人在燮州，有西川第一神醫之稱，普通郎中解決不了的問題，十有八九會想到此人。胡小天相信自己至少在目前還有些利用價值，李鴻翰這位大舅子不可能對自己不聞不問任由他自生自滅。當然他對這件事並沒有確然的把握，可現在還算是天從人願，他們果然將周文舉請來了。

看到周文舉當真被請了過來，胡小天雖然心中早有期待，仍然是喜出望外，雖然欣喜，可胡小天畢竟還保持著清醒的頭腦。他和周文舉雖然是患難之交，可是他更知道周文舉和楊道全的關係非比尋常。更何況個人的交情在政治立場面前根本不值一提，假如周文舉也支持西川李家，又或者早已成為叛軍中的一員，只怕自己想要從他這裡尋求幫助的想法唯有落空。

可事到如今，胡小天已經沒有了更好的選擇，唯有冒險一試了。

周文舉驚聲道：「胡大人，您何時到的燮州，怎會如此？你因何病得如此厲害？」他扯下口罩，來到床邊坐下。

胡小天淡然笑道：「人吃五穀雜糧，誰會不生病？」

周文舉道：「胡大人生得什麼病？」在他看來，胡小天醫術高超，自然知道他自己得的是什麼病。

胡小天道：「醫者不自醫，勞煩周先生為我診脈。」

周文舉點了點頭，讓胡小天將手腕放床榻之上，手指緩緩落在胡小天的脈門之上，約莫過了一盞茶的功夫，周文舉緩緩撫了撫鬍鬚，低聲道：「只是尋常的腹瀉罷了。」胡小天的體溫和脈相雖然有些異常，但是絕不嚴重。

胡小天道：「他們都說我得了鼠疫。」

周文舉微笑道：「胡大人應該清楚自己的病情。」

胡小天道：「周先生，外面情況如何？」

周文舉抿了抿嘴唇道：「流言四起，我也分辨不出什麼是真，什麼是假，胡大人因何來到夔州？」

胡小天道：「護送周王和沙迦使團前來。」

周文舉眉峰一動。

胡小天忽然反手將周文舉的手腕握住，低聲道：「周先生聽說了什麼？」

周文舉道：「聽說陛下將皇位傳給了大皇子，又聽說李大帥擁兵自立，今日這夔州城內人心惶惶，只是沒有官方的消息，誰也不敢確定。」

胡小天道：「若是傳言屬實，周先生將何去何從？」

周文舉抿了抿嘴唇道：「周某乃一介布衣，雖然不問世事，但周某知道我乃是大康子民，忠君愛國的道理連販夫走卒都知道，我焉能不知，倘若傳言屬實，周某絕不在西川逗留。」他這番話說得斬釘截鐵，毫不猶豫。

胡小天始終關注著周文舉的表情，從他的表情推測到周文舉這番話絕無虛言，他點了點頭，壓低聲音道：「周先生救我！」

雖然明知房門已經關閉，周文舉仍然下意識地向後看了看，低聲道：「究竟發生了什麼事情？」

胡小天附在他耳邊小聲道：「李氏擁兵自立，周王也已經被他們軟禁起來，我也是身陷囹圄無法脫身。」

周文舉聽胡小天說完，頓時驚得目瞪口呆，顫聲道：「他怎會如此？李帥過去一直忠君報國，怎會突然就反了大康，胡大人你這消息可否確實？」

胡小天道：「我何須騙你。」他將自己此次護送周王和沙迦使團前來燮州的經歷說了一遍，又將抵達燮州之後的遭遇說明。周文舉聽完，心中再無疑慮，李天衡之所以選擇反叛大康，一是因為太子被殺，二是為了自保。可無論他出於怎樣的目的，在正義之士看來，李天衡都是叛逆，罪不容赦，這樣的行徑為天下人所不齒。周文舉性情剛直，對忠孝節悌最為看重，聽說李氏果然造反，頓時義憤填膺。他憤憤然道：「李天衡割據為王，叛亂朝廷，禍害大康，人人得而誅之。」

胡小天知道周文舉的身上有不少書呆子的特點，若是這種人犯了脾氣最容易鑽牛角尖，他鑽牛角尖不怕，怕的是把自己也給連累了。胡小天慌忙提醒周文舉道：「周先生，男人大丈夫能伸能屈，雖然李氏自立，但西川畢竟是他們的勢力範圍，我等說話做事還必須要小心，留得青山在不怕沒柴燒。當務之急是離開這裡，將他們謀反的事情儘快通報給朝廷。」

周文舉經胡小天提醒，方才意識到胡小天如今還處於被軟禁之中，之所以說了那麼多的內幕給自己，一是因為相信他，還有一個更重要的原因是想請自己幫忙，將他救出虎口。周文舉道：「胡大人想我怎麼做？」

胡小天低聲將自己的想法說了出來，他剛剛已經成功引起了周圍人的懷疑，這幫人懷疑他得了鼠疫的同時也產生了恐懼心理，現在只缺少一個權威的論斷，只要周文舉說他很可能染上了鼠疫，恐怕包括李鴻翰在內的所有人會對自己避之不及，更不用說帶他前往西州了。

周文舉和胡小天商量之後，離開了門外，仍然是帶著口罩，走到庭院之中方才將口罩摘下。兩名負責值守的侍衛湊上來詢問胡小天的病情。

周文舉歎了口氣道：「十有八九是鼠疫了，他喝了被老鼠屎混入的水所以致病。」

兩名侍衛聽得內心發虛，他們對周文舉的醫術聞名已久，既然周文舉都這麼說，這件事應該錯不了。其中一人道：「周先生，我聽說鼠疫特別厲害，只要跟他接觸過的人都會患病。」

周文舉道：「現在還無法斷定，還是留在這裡觀察幾日，再做定論。」

一個聲音從遠處響起：「周先生仍然無法確定診斷嗎？」卻是李鴻翰去而復返。

周文舉向李鴻翰施禮道：「李將軍，我剛剛去房間為他診治，從他的症狀和那碗水來看，很多方面都符合鼠疫的特徵，只是咱們西川，鼠疫已經銷聲匿跡了七十年，疫情沒那麼容易死灰復燃，我看還是先將他留在行宮內，我每日替他診治，過幾天就能夠確定病情。」這番話都是胡小天讓他如此說的，假如周文舉一口咬定胡小天得的就是鼠疫，那麼李鴻翰未必肯信。胡小天和李鴻翰雖然接觸的時間很短，但是能夠看出此人性情多疑。故而讓周文舉將事情說得模棱兩可，又說要留在行宮內觀察。這樣一來，李鴻翰反倒沒有疑心了。

李鴻翰道：「周先生，如果他得的真是鼠疫，那麼應該如何做？」

周文舉道：「倘若他真得了鼠疫，必須要將整座行宮隔離起來，所有和他接觸過的人必須留在此地隔離觀察，不可讓任何人離開這裡，這也是為了避免疫情擴散的必然措施。」

李鴻翰點了點頭，他根本想不到會突然遇到這種事，想了想道：「周先生，那就有勞你了。」

周文舉道：「李將軍如果沒有其他的吩咐，我先回去準備配藥了。」

李鴻翰道：「去吧！」

周文舉離去之後，那兩名侍衛馬上來到李鴻翰的身邊。

李鴻翰道：「嚴周，我天亮後便陪著沙迦使團返回西州，這邊的事情就交給你了。」

嚴周是他的親信手下，也是負責盯防胡小天的兩名武士之一。嚴周拱手接令，心中卻忐忑不已，想不到這種高風險的苦差事落在了他的身上。嚴周低聲求教道：「將軍，如果胡大人得的是鼠疫怎麼辦？」

李鴻翰淡然笑道：「哪有那麼多的鼠疫，你剛剛不是聽周先生說了，現在還無法確定，要留在這裡觀察幾日。」

嚴周心中暗忖，如果不是鼠疫，你為何走得那麼急？原本定在後日出發，可現在突然就要走了，你也擔心胡小天染上了鼠疫，害怕傳染給自己，越想越是鬱悶，今次註定是要冒很大的風險了。

李鴻翰低聲道：「倘若他真得了鼠疫，就將這行宮一把火燒了，千萬不可讓疫情擴散，你明不明白？」

嚴周心中一凜，李鴻翰的意思再明白不過，如果胡小天染上了鼠疫，那是要將他一起燒死在天府行宮之中的。事到如今，再怕也是無用，雙手抱拳躬身領命。

李鴻翰臨行之前又叮囑道：「還有，一定要嚴守秘密，不可將他生病的事情洩露出去，以免造成恐慌。」

胡小天聽聞李鴻翰和沙迦使團一早離去的消息，不由得鬆了一口氣，看來這世上不怕死的人畢竟是少數。聽說自己可能得了鼠疫，無論是結拜大哥還是未來的大舅哥，一個走得比一個快，生怕被自己給傳染上了，真是世態炎涼啊，結拜兄弟，同生共死，全都是屁話。

李鴻翰帶走了不少人，天府行宮除了李鴻翰的兩名親信之外，還有六名士兵駐守，雖然對胡小天的盯防仍然不見放鬆，但是防守範圍擴大了很多，胡小天所在的院落已經無人主動靠近。

胡小天也樂得逍遙。

周文舉在傍晚的時候方才回來，他背著藥箱，進入房間內，將房門關上。

胡小天此時精神已經恢復了許多，一骨碌從床上坐起來：「周先生，外面的情況怎樣？」

周文舉道：「李鴻翰護送沙迦使團已經離去，天府行宮外還有六名士兵留守，你所在的院落外面還有兩名武士，一個叫嚴周，一個叫趙啟，兩人都是李鴻翰身邊的人。」

胡小天道：「城裡有什麼消息？」

周文舉道：「今晨我抽時間去拜會太守楊道全，可是他沒時間見我，我看燮州城內外調兵遣將，防備森嚴，從昨夜開始，城門各處已經限制出入，進出城門必然經過嚴格盤查。胡大人即便是能夠離開行宮，想要出城也並不容易。」

胡小天點了點頭道：「出城之事壓下不提，先想辦法離開這座行宮再說。」

周文舉道：「我有一個主意，我只說你的病已經確診，就是鼠疫，性命垂危，馬上就要死了，必須要將你從這裡帶走，尋找荒郊野外將你焚化，興許能夠將他們騙過。」

胡小天想了想，眼下也唯有這個辦法最為可行，於是點了點頭道：「這兩人非常精明，瞞過他們並不容易。」

周文舉道：「我且試試看！」

周文舉將藥箱放下，出門沒多久就去而復返，胡小天以為他計策得逞，卻見周文舉摘下口罩一臉惶恐：「胡大人，大事不好了。」

胡小天道：「何事如此驚慌？」

周文舉道：「我剛剛出門，正想向他們說起你病情垂危，命懸一線之事，正看到有人往行宮內運送乾柴，還有不少油桶，想必是引火之物。」

胡小天聽他說完，一顆心頓時沉了下去，不用問，那些武士已經做好了將行宮整個焚毀的準備，毫無疑問，這一切應該是李鴻翰的主意，若非他親自下令，那幫武士是不敢擅自做出這種決定的。不過轉念一想，如果真要是確診為鼠疫，將屍體就地焚燒，並將天府行宮一併焚毀也是必要的應對手段。只是這樣一來，他們想要打著鼠疫的藉口順利離開行宮的計畫就完全落空了。

胡小天短時間內陷入了一籌莫展的境地。

周文舉道：「胡大人，不如這樣。」他向胡小天走近了一步，低聲道：「反正我是帶著口罩進來的，咱們兩人身材差不多，如果你穿上我的衣服，趁著夜色離開，他們未必能夠分辨得出。」

胡小天聽到周文舉竟然要和自己對換位置，以這種方式讓自己離開，馬上搖頭道：「此事萬萬不可，我豈可讓先生為我冒險。」他心中明白，周文舉這樣做無異於拿性命來交換他的性命，用不了多久，此事必然暴露，周文舉雖然有些名氣，可畢竟只是一個郎中，如何擔得起這樣的責任。

周文舉微笑道：「胡大人不必擔心，我對夔州太守楊道全有救命之恩，他欠我不少的人情，即便是他們發覺此事，我想他也不至於恩將仇報，將我殺了。」

胡小天搖了搖頭道：「我絕不讓周先生為我冒險。」周文舉雖然醫術精深，可是在政治上的認識卻膚淺得很，他哪知道這些官場中人的陰狠毒辣。

周文舉握住胡小天的手臂道：「胡大人，西川如今已經淪為虎狼之地，你若不走，他們絕對不會將你放過，胡大人之前也不顧危險前來救我，周某今日所為只是報答大人的恩情。更何況大人年輕有為，身懷絕技，若是你的一身醫術就此失傳那該是怎樣的損失。」周文舉不但是在還胡小天昔日救他的人情，更是發自內心的憐惜胡小天的才華，他真不想見到一位如此年輕的醫國高手就這樣死去。

胡小天咬了咬嘴唇道：「周先生只需將他們騙進來，我有辦法除掉他們兩個。」

周文舉搖了搖頭道：「聽聞你有可能染上鼠疫，他們早已成為驚弓之鳥，除非將他們綁進來，否則他們斷然是不會靠近這院落的。胡大人，時間緊迫，不能再猶豫了。」

胡小天望著周文舉，一時間心中百感交集，用力抓住周文舉的雙手。他低聲道：「可若是我離開之後，他們便燒了行宮，先生該怎麼辦？」

周文舉道：「所以胡大人走得越早越好，等胡大人離開行宮之後，周某便主動投案，他們發現真相的時候已經晚了。」

胡小天的眼眶濕潤了，他用力閉上雙目，腦海中浮現出爹娘的面孔，也許這是他逃出生天唯一的機會，如果他不離開西川，那麼李家就會以他為質，要脅他的父親，而朝廷也會因為胡家和李家的姻親關係而降罪，這不僅僅關係到他，還關係到胡氏滿門，只有到了生死關頭，胡小天方才發現在自己的內心深處仍然對家庭抱有深深的責任感。

可每個人都是有家庭的，胡小天整理了一下情緒，低聲道：「周先生，您家人怎麼辦？」

周文舉淡然笑道：「大人無須擔心，除了我的藥僮周興，我在西川再無親人，來此之前，我已經將周興打發回去了，周某這世上還有兩個兒子，不過他們兩個早已隨同他們的娘親回了娘家，我在這世上了無牽掛了。」

胡小天抿了抿嘴唇，他從來都不是一個優柔寡斷的人，生死關頭更容不得片刻猶豫，恭恭敬敬在周文舉的面前跪下。周文舉慌忙上前攙起他的雙臂道：「大人萬萬不可！」

胡小天堅持給周文舉叩了三個響頭，周文舉於他有再造之恩，這三個頭絕不為過，大恩不言謝，胡小天也不多言，當下和周文舉兩人換過衣袍，此時夜幕已經完全降臨。

胡小天背了周文舉的藥箱，緩步走向大門，周文舉在床上躺好，低聲道了句：「大人珍重！」

胡小天鼻子一酸，兩行熱淚又險些滑落下來，理智告訴他現在絕不是流淚的時候，拉開房門來到院落之中。一切果然如同周文舉所言，院落之中空空蕩蕩，那幫武士誰也不敢靠近。

來到門外看到嚴周趙啟兩人遠遠站著，盯住這唯一的出口，兩人的臉上也都蒙著白布。

胡小天背著藥箱主動向兩人走了過去，走到中途故意咳嗽了兩聲。

嚴周和趙啟兩人嚇得慌忙向後退了幾步，嚴周大聲道：「周先生，您這是要走的嗎？」

胡小天點了點頭嗯了一聲，這才停下腳步。

嚴周和趙啟對望了一眼，嚴周道：「胡大人情況怎麼樣？」

胡小天歎了口氣搖了搖頭，背起藥箱緩步向外走去。他儘量控制步伐，步履緩慢，雙耳仔細傾聽，覺察到兩人並沒有跟蹤前來，這才將一顆心放下，看來鼠疫這招虛張聲勢果然嚇怕了不少人。

途徑前院的時候，看到兩名武士正在指揮三輛馬車進入，馬車上堆得滿滿的全都是乾柴，放眼四顧，發現行宮內部不少的地方已經堆滿乾柴，顯然是要準備將這裡付之一炬，胡小天心中暗罵李鴻翰歹毒，老子怎麼說也是你未來妹夫，你居然能想出將我毀屍滅跡，說是鼠疫，這不還沒確診嗎？

胡小天不敢耽擱，緩步出了天府行宮的大門，守門的衛兵看到他這身打扮也沒有生疑，因為所有人臉上都用白布蒙住口鼻，這為胡小天的逃離創造了絕佳的條件。

周文舉帶來的黑驢就栓在行宮右側的棗樹旁，胡小天上前解開黑驢的韁繩，牽著黑驢就走，卻想不到那黑驢四蹄釘在地上，根本不聽從他的指揮，胡小天低聲罵道：「畜生，敢不聽話，我將你扒皮抽筋。」

黑驢非但沒有害怕，反而江昂，江昂地叫了起來，黑驢這一叫，頓時將守門武士的注意力吸引了過來，胡小天臨危不亂照著黑驢腦門上拍了一巴掌，又恐嚇道：「再敢叫，我將你那話兒切下來燉湯吃！」

這招出奇的靈驗，不知黑驢是不是聽懂了胡小天的話，頓時停下叫聲，胡小天一牽韁繩，乖乖跟著他一起走了。走出行宮的範圍，胡小天暗自舒了一口氣，低頭看那頭黑驢，方才發現這黑驢居然是頭母的，胡小天啐道：「你都沒有，居然也怕？」

黑驢無辜地望著胡小天，突然又江昂江昂叫了起來，胡小天心中大駭，這黑驢還真是麻煩，黑夜降臨，街上行人稀少，這黑驢叫聲又大，遠遠傳了出去，非常明顯。胡小天將黑驢棄去，慌忙從藥箱中取出自己需要的東西，快步離開。

因為周文舉事先向他交代過，夔州城四門入夜後全都關閉，禁止出入，現在想要出城根本是不可能的，他讓胡小天前往步雲巷暫避，那裡有一座廢棄的油坊。詳細的路線也已經事先繪製好。可現在和胡小天過去所處的時代無法相比，沒有那麼明確的路標，更沒有ＧＰＳ導航，偌大的夔州城，連一盞路燈都沒有，入夜之後，雖然萬家燈火，可是道路上卻是黑漆漆一片，放眼望去大街小巷似乎全都差不多的模樣，胡小天雖然路線圖在手，可仍然不免弄了個暈頭轉向。

胡小天一向以為自己的方向感還湊合，可這夔州城的道路實在是紛繁複雜，沒轉多久就迷失了方向，抬頭看月亮，今夜烏雲密佈根本找不到月影星辰，胡小天暗歎倒楣，早知如此弄個指南針帶在身上也好。

雖然找不到周文舉所說的廢棄油坊，可是在這麼大的夔州城找到一家藏身之地應該不難。胡小天決定改變計畫，隨便找一家無人之所藏身，先捱過這一夜，明天再做打算。

他儘量避開大道，專門挑選燈光稀少的小巷，拐入前方黑暗的小巷，胡小天隱約感覺有些不對，身後隱約傳來腳步聲。聲音雖然不大，可是仍然沒有能夠逃脫胡小天敏銳的耳朵。他刻意放慢了腳步，他慢下來的時候，對方也慢了下來，他加快腳步，對方也加快了腳步。

胡小天心中一沉，知道自己十有八九被人跟蹤了，停下腳步緩緩轉過身去，卻見身後十多丈的地方，一名勁裝武士也停下腳步站在那裡，正是李鴻翰的親信嚴周。

胡小天臉上的口罩仍然沒有摘掉，嚴周卻早已將臉上的白布除去，望著前方的胡小天，他冷冷道：「周先生這是要往哪裡去？」

胡小天刻意嘶啞著喉頭道：「回家！」

嚴周臉上充滿狐疑，緩步走向胡小天，其實在胡小天離開之時，嚴周就覺察到有些不對，但是出於對鼠疫的恐懼並沒有敢深入院落，前往屋內探望病情，否則這件事早已揭穿，他悄悄一路跟蹤而來，很快就發現這位周文舉的行跡非常可疑，先是黑驢驚叫不止，等到胡小天將黑驢和藥箱棄下的時候，他已經斷定眼前人絕不是周文舉，十有八九是胡小天利用金蟬脫殼之計逃離了行宮。

嚴周右手握刀一步步走向胡小天，刀身已經抽離刀鞘半尺有餘，暗夜之中，明晃晃的刀光極其炫目。

胡小天一動不動地站在那裡。

嚴周道：「摘下面巾，讓我看清你的樣子。」

胡小天歎了口氣，抬起右手，將口罩摘掉。

嚴周冷笑道：「胡大人，呵呵，想不到您的病好得這麼快。」

胡小天笑道：「本來就沒什麼大事，普通的傷風感冒而已，有勞各位兄弟費心了。」

嚴周道：「胡大人不在房間裡休息，來這裡做什麼？」

「行宮裡面實在氣悶，我出來散散步。」

嚴周已經來到距離胡小天三丈之處：「胡大人好大的興致！我也喜歡散步，胡大人為什麼沒叫上我一起。」

胡小天道：「我這個人自由慣了，向來喜歡獨來獨往，有算命先生曾經給我算過，說我這人生來命不好，誰跟我走得太近，誰就會倒楣。」

嚴周呵呵大笑，又向前走了一步，握住刀柄的右手青筋綻露，一股有質無形的殺氣如同大網一般向四周輻射開來，將對面的胡小天籠罩在其中。

胡小天感到一股無形的壓力，壓迫得胸口透不過氣來。他全神貫注地盯著嚴周的腳步，手中握著暴雨梨花針，對他來說只有一次死裡逃生的機會，沒有百分百的把握絕不出手。

嚴周的目光留意到胡小天低垂的右手，整個人頓時警覺起來，低聲道：「將你的左手慢慢抬起來。」

胡小天慢慢抬起左手。

嚴周道：「用右手將左手的袖口拉開！」

胡小天無奈地搖了搖頭，慢慢拉開左手的衣袖。

嚴周手中的鋼刀已經離鞘而出，雖然他知道胡小天不懂武功，可仍然保持著十二分的警惕，一個真正的武士絕不會輕視任何一位對手，只可惜嚴周此次的對手是胡小天，一個完全不會用常理出牌的人。

嚴周雖然估計到胡小天的袖中藏著暗器，卻沒有料到這暗器的威力威猛如斯。黑色盒子露出袖口的同時，胡小天果斷按下了暴雨梨花針的機括，一陣細微的破空之聲傳來，數百根鋼針同時激發而出，嚴周雖然武功高強，可是在這麼近的距離下，根本做不出及時的反應，他怒吼一聲揮刀去擋，出刀的速度仍然趕不上鋼針射擊的速度，雖然擋住了一些鋼針，可是仍然有大部分射入了他的體內。

嚴周也絕非尋常人物，在身中這麼多針的情況下，仍然向前跨出一步，揚起手中鋼刀，狠狠向胡小天的胸膛刺去。

胡小天之所以等他靠近，就是想一擊必中，沒想到嚴周如此強悍，一輪鋼針射罷居然沒有將他射殺當場，慌忙又舉起黑盒子，連續摁下機括，剩下的鋼針全都射出，這兩下全都射在了嚴周的臉上。雖然如此仍然無法阻止嚴周的全力刺殺。

鋼刀攜帶著嚴周畢生功力，以不可匹敵之勢刺在胡小天的胸口之上，胡小天嚇得魂飛魄散，心中暗叫，我命休矣，刀鋒觸及他的胸口發出噹的一聲，竟然無法刺入他的胸口分毫。胡小天這才想起是自己藏在胸口的丹書鐵券在生死存亡之際救了他的性命。饒是如此，胡小天仍然被刀鋒傳來的力量震得向後連退數步，幸虧後背靠在院牆之上，方才沒有摔倒在地上。

嚴周此時已經耗盡了最後一絲氣力，手中鋼刀再也無法前進一分，臉上密密麻布滿了鋼針，雙目也已經被射瞎，整個人猶自站在那裡不知是死是活。

胡小天從靴筒中抽出霍格給他的短刀，小心翼翼走了過去，看到嚴周仍然一動不動，他深吸了一口氣，壯了壯膽子，繞到嚴周身後，揚起短刀狠狠插入嚴周的後心，再度將短刀拔出來之後，嚴周魁梧的身軀緩緩倒在地上。

胡小天擔心他不死，伸手摸了摸他的右側頸總動脈，確信嚴周已經脈息全無，這才將短刀在他身上擦淨血跡重新納入鞘中，轉身看了看周圍，並沒有看到任何人影，看來嚴周是一個人追蹤而來，並沒有帶上其他的幫手。

此地不宜久留，胡小天快步離開了現場。周文舉給他的那張路線圖徹底棄去不用。如周文舉之前所說，燮州城內外戒備森嚴，走不幾步就會遇到巡邏的士兵，燮州城內百姓早已閉門不出。胡小天時刻注意藏匿行蹤，正在躊躇何處藏身之時，忽然發現自己身處在一片熟悉的所在。

他感覺自己似乎到這裡來過，周圍的景物顯得極其熟悉，小街兩旁並沒有幾盞燈火，再往前走，經過的一處宅院大門上貼著封條。胡小天走過去看了看。仔細一想，這地方居然是豐澤街玉錦巷，貼封條的正是周睿淵的老宅。看來冥冥之中定有命數，自己居然稀裡糊塗地摸到這裡來了。

遠處忽然響起馬蹄聲，由遠而近似乎朝玉錦巷的方向而來，胡小天心中駭然，若是此時被人發現，一定會將他抓起來盤問，那麼之前的努力豈不是完全白費，他慌忙從圍牆爬了上去，好在周家的圍牆不高，胡小天並沒有花費多大的力氣就翻了過去。剛剛在院子中站穩腳跟，就聽到一隊人馬從門前經過，火把將外面映照得燈火通明。

胡小天一顆心怦怦直跳，生恐那幫人破門而入，假如此時進來搜查，肯定要將他抓個正著。還好那支巡邏的隊伍並未停留，很快就從門前經過。

胡小天長舒了一口氣，這才顧得上看了看眼前的院落，紫丁香仍在，黃銀翹依然盛開，只是原本整齊潔淨的院落因為無人打理，而變得荒草叢生，院內的石桌椅也已經歪斜倒地。房門大敞著，多半已經損壞，顯然這裡在不久前曾經經歷了一場浩劫。

胡小天簡單巡查了一下各個房間，周家並不大，一共只有八間房屋，大都空空蕩蕩，被人掠劫一空，只有西廂房內還有一張小床，胡小天摸索著在小床上坐下，兩扇房門全都倒在地上，抬頭向外望去，外面黑沉沉看不到任何的光線，因為擔心暴露目標，胡小天不敢點燃燈火，和衣躺在小床之上迷迷糊糊睡了過去。

睡夢中似乎看到父母雙親向自己走來，他們全都穿著囚服，身上帶著枷鎖鐵鍊，周圍人不停唾罵，向他們身上投擲著爛菜葉臭雞蛋，又看到兩名兇神惡煞的劊子手拿著明晃晃的鬼頭刀，陽光照射在刀身之上，光芒刺得胡小天睜不開眼，依稀看到鬼頭刀舉起落下，胡小天驚呼道：「不要！」他猛然坐了起來，已經是滿身的冷汗。他大口大口喘息著，忽然聽到外面再次傳來喧囂之聲。

胡小天慌忙走出房間，卻聽到有人道：「給我挨家挨戶的仔細搜查，不要放過任何一個地方，一定要將胡小天找出來！」

胡小天心中一驚，應該是嚴周的屍體被人發現，當地駐軍展開了全城搜捕。只怪他剛才睡得太死，倘若再晚醒一刻，可能要在床上被人抓住了。

胡小天四周張望，看到這院子周圍全都是火炬的光芒，隔壁傳來破門之聲，犬吠之聲，還有那家主人驚慌失措的問話聲，用不了多久，就會搜查到這個院子，此時想要離開似乎已經遲了。

房間內根本沒有藏身的地方，院子中雖然有幾棵樹，可枝葉疏鬆也無法藏身，胡小天的目光最終落在院子西北角的那口井上，能夠藏身的應該只有那口井了。

胡小天毫不遲疑，快步向井口走去，在進入井口之前他的目光落在旁邊的青竹上，馬上想起了什麼，抽出短刀，飛快地砍斷一根竹子，削去兩端，留存中空的竹管，然後重新來到井邊。井口不大，剛好可容一個人的身體經過，胡小天雙腿先跨了進去，雙手撐住井口，然後用力吸了一口氣，鬆開雙手落了下去，落下去的時候胡小天方才想起一件極為重要的事情，倘若這口井是枯井，豈不是要摔個筋斷骨折？幸好這悲摧的事情並未發生，咚！的一聲，胡小天已經落在了冰冷的井水內，下墜力讓他深深沉入水底，然後又緩緩浮了上去，抹去臉上的水漬，大口大口喘息著，剛一浮出水面就聽到大門被人推開，有人進入了院落之中，外面有人道：

「搜！不可放過任何一個角落。」

胡小天聽到沉悶的腳步聲，腳步聲由遠及近，似乎有人向井口的方向走來，聽到有人道：「這裡有口井！」

胡小天含住那根竹管重新沉入水面之下，他不知這幫人何時才會離去，所以在跳入井內之前才斬了一截竹管，利用竹管露出水面，這樣可以保證他長時間在水面之下自由呼吸。

有兩名士兵拿著火把向下面望去，兩人看了一會兒，仍然看不太清，其中一人將手中的火炬直接扔了下去，借著火炬的亮光終於成功看到井底水面的情況，並沒有看到任何人在。

胡小天看到頭頂火光落了下來，浸入水中之後瞬間熄滅，井底彌散出一股煙霧，煙霧經由竹管吸了進去，胡小天強忍住咳嗽的欲望，胸口在水下不停起伏，感覺自己的肺部都要炸開似的。

還好那兩人轉身走了，胡小天看到頭頂火光消失，這才探出頭去。他不敢咳嗽，一張面孔已經憋得通紅，身上被井水浸泡得冰冷異常，幾乎快要喪失了知覺。

胡小天本以為那幫人會就此離開，卻沒有想到那兩人又去而復返。這次兩人手中並沒有拿著火把，換成了弓箭，兩人同時拉開弓弦，瞄準井內連續射了幾箭。

胡小天在他們射箭之前已經沉入水面之下，事到如今只能聽天由命了，胡小天顯然沒那麼好命，仍然有一支羽箭射在他的左肩之上，胡小天強忍疼痛，冰冷的井水多少起到了一些鎮痛的作用。

那兩人射光了手頭的羽箭，轉身離去，此次沒有再回來。

這幫人在周家裡裡外外搜了一遍，最終一無所獲，這才離開。

胡小天確信這幫人都離開之後，這才從水底探出頭來，抬起右手，摸到左肩上的箭桿，幸好鏃尖入肉不深，他咬了咬牙，一狠心將羽箭從肩頭拔了下來，痛得他險些閉過氣去。

從懷中摸出盛有金創藥的小瓷瓶，擰開之後，倒出些許敷在傷口之上。等到疼痛稍稍緩解，胡小天方才抬頭觀察井口的天空。

上方的黑沉沉的天空在漸漸褪色，最終變成了灰濛濛的色彩，黑夜即將過去，黎明即將來臨。

借著微弱的天光望著井壁，光光滑滑無處著手。還好他有霍格送給他的那柄短刀。短刀刀身堅韌，足可以承受胡小天身體的重量，他先將刀鋒插入井壁的邊緣，然後向上一點點攀爬，因為井壁濕滑，再加上他的左肩受傷，左臂無法自如用力，足足耗去了半個時辰，方才從井內爬了上去。

從井口爬上去的剎那，胡小天感覺整個人已經虛脫，四仰八叉地躺倒在地上，如同一個大字。一滴雨水落在他的臉上，胡小天仍然一動不動，呆呆望著上方烏沉沉的天宇，雨如同斷了線的珠子一般從天而降，胡小天望著這場從天而降的大雨，萎靡不振的生命似乎被雨水滋潤，開始一點點復甦。

人生中有很多事情是不能等待的，胡小天不敢等待，等待下去意味著拿自己的生命冒險。昨晚搜查過後，周家的大門被重新貼上封條，也就是說這裡短時間內不會有人再來搜查。可是昨晚射殺嚴周的事情勢必驚動全城，今天燮州的防備只怕比昨天更加森嚴。

胡小天來到房間內，先處理了一下傷口，又從周家的衣櫃之中找到了幾件破舊衣服，換上之後，取出秦雨瞳留給自己的那張人皮面具，按照秦雨瞳寫給自己的方法，將人皮面具覆蓋在臉上，西廂應該是一個女子的閨房，從地上找到了一隻銅鏡，胡小天對著銅鏡將面具仔細整理好，出現在鏡中的是一位膚色黧黑的中年漢子，看起來飽經風霜，眼角額頭已經有了不少的皺紋，完全是一張陌生的面孔，即便是胡小天自己也認不出此時的自己。

確信臉上毫無破綻，這才將所有東西收拾好，救了自己性命的丹書鐵券卻成為了難題，現在城門處盤查森嚴，士兵很可能會上下搜身，如果丹書鐵券被發現，那麼自己也就無所遁形。可是這丹書鐵券又關係到胡家一門的性命，如果留在這裡苟且偷生，胡小天又心有不甘。

趁著清晨無人，胡小天爬出了周家。走出玉錦巷的時候，看到一輛倒夜香的糞車停在那裡，車主卻不在車旁，胡小天眉頭一皺計上心來，他悄悄將糞車推走，走了一段距離，回頭看了看，確信車主沒有跟上來，這才將丹書鐵券和短刀全都扔入其中的一個糞桶之中。

拉著糞車徑直朝燮州城的西門而去，所到之處，路人紛紛閃避，胡小天心中暗樂，看來今日應該能夠順利混出城去。此時雨勢漸小，路上行人多了不少，仍然有盔甲鮮明的士兵不停經過，整個燮州城內戒備森嚴，充滿了劍拔弩張的氣氛。

途中經過告示欄的時候，看到上面貼著一張告示，胡小天舉目望去，發現告示之上畫著一名男子，不看旁邊的文字還真看不出畫的是自己。要說這畫師的畫功也實在太差，拿著這張畫像去追捕自己，恐怕就算自己不化妝，他們也找不出來。

胡小天拉著糞車繼續前行，經過西門大街的時候，看到一隊人馬經過，隊伍之中一人被五花大綁坐在馬車之上，正是周文舉。

周文舉面帶微笑，臉上的表情絲毫沒有懼意，胡小天看到周文舉被抓，心中又是感慨又是欣慰，感慨的是周文舉因為自己蒙此大難。欣慰的是周文舉終究沒有被李鴻翰的手下燒死在天府行宮之中。倘若胡小天有萬夫莫當的武功，此時一定衝上前去將周文舉解救出來，可現在他衝上去只有束手就擒的份兒，周文舉做出如此犧牲，無非是為了幫他逃走，他不可辜負周文舉的一番苦心。

此時周文舉的目光朝胡小天的方向望來，他根本沒有認出易容後的胡小天，只是發現那拉著糞車的中年人雙目中似乎蕩漾著淚光，應該是同情自己的遭遇。周文舉向他微微頷首，唇角露出了一絲淡淡的笑意。

胡小天熱淚盈眶，心中默默道：「今生我胡小天但有一口氣在，必報周先生大恩大德！」整理了一下心中的情緒，重新拉著糞車出發。

燮州城各大城門守衛森嚴，無論進出全都要搜身盤查。

胡小天拉著糞車隨著人群來到城門前，馬上就有兵丁將他攔住，一人喝道：「幹什麼的？」

胡小天朝身後糞車看了一眼：「兵大爺，您說我拉著個糞車能幹什麼？」

幾名士兵全都捂住了鼻子，一人過來將胡小天搜身，另外一人找了根木棍在糞桶裡面捅了幾下，生怕裡面藏人。負責搜身的那位還專門將胡小天和城門處貼著的畫像仔仔細細對比了一下，發現兩人並無相同之處。

後面的人已經開始不耐煩了：「喂！挑大糞的，你快走啊，你快點走，臭死了！是不是想熏死人啊！」

胡小天笑道：「不是我不走，幾位兵大爺要搜查。」

「送糞的有什麼搜的？」

幾名士兵發現毫無可疑之處，也擺了擺手，同意給胡小天放行，胡小天慢條斯理地整理糞桶，後面的人又開始罵了。連守門士兵都忍不住了：「喂！你搞什麼？讓你走你還不走，是不是想我把你抓起來？」

胡小天這才裝作惶恐的樣子，拉起糞車向城外走去，內心之中有種逃出牢籠的狂喜。

沿著官道一直向前，走出五里多路，看到前方有一條河流，方才拖著糞車下了大道，來到無人之處。胡小天將藏有丹書鐵券的糞桶倒空，用布包著手撿起沾滿污穢的丹書鐵券和短刀，來到河邊，用河水沖洗乾淨，然後重新用布包好貼身收藏。

雨已經停了，胡小天呼吸了幾口新鮮空氣，檢查了一下肩頭的箭傷，還好，恢復情況不錯，換上金創藥之後，回到大道上，轉身看了看遠處的燮州城，想起自己的一夜驚魂，胡小天不由得慶幸萬分，如果沒有周文舉的捨身相救，只怕自己難以逃脫李氏的掌心。

官道之上並沒有太多行人，胡小天來到最近的市集，找到一家麵攤，叫了一大碗牛肉麵，飽飽吃了一頓，然後又來到馬市之上買了一匹棗紅馬。

胡小天當然沒有胡佛那種相馬的本領，只是看到那棗紅馬肌肉飽滿，鬃毛油亮，應該體格不錯，為棗紅馬添置馬鞍轡頭之後，牽著馬兒來到當地人那裡問路，往東繞過燮州城可以返回青雲，往西沿著官道一直走，在蓬陰山下分為兩條道路，一條繞過蓬陰山進入大康腹地，還有一條是他來時的道路，直接翻越蓬陰山，後者雖然近了一些，可是胡小天想到之前過來的時候一路驚心動魄險死還生的情景，決定還是選擇大路繞過蓬陰山前往康都。

吃飽喝足，又購置了一些途中的必須物品，方才離開了市集，有了棗紅馬代步，果然省力了許多，一天下來居然走了一百五十里路，隨著距離燮州城越來越遠，胡小天的心情也漸漸安穩了下來，其實他現在的樣子根本已經變成了另外一個人，用不著擔心別人會認出他來。

因為對路途不熟，胡小天天黑之前並沒有趕到預定的村鎮，他並不想摸黑趕路，剛巧看到路旁有一座廢棄的土地廟，於是決定在土地廟中湊合一夜。

胡小天在廟中點燃篝火，架起樹枝，將水壺掛在其上，燒了點開水，用白日裡集市上買來的大餅卷了鹹菜大口大口吃了起來，雖然集市上也有肉賣，可是現在天氣炎熱，攜帶肉類上路只怕中途就會變質。

簡單填飽了肚子，又給馬兒弄了些草料，然後將土地廟門掩上，利用廟裡找到的木樁將大門頂住，以免晚上有不速之客潛入。自從離開京城之後，胡小天的社會閱歷也是與日俱增。

胡小天在偏殿掃了一處乾淨的地方，鋪好褥子躺下，一彎明月從東方的天空冉冉升起。月光如水照在胡小天的臉上，他的心中不禁感到說不出的迷惘。離開京城之前，他曾想到逃婚，過自己想要的生活，後來心中的想法幾經改變，他一度以為自己這一生要只為自己而活，要活得瀟灑過得自在，他不會顧忌任何人的感受。

可是當劇變突然發生，胡家面臨生死存亡的時候，一直深埋在內心中的責任感前所未有的強大起來。他本可以有更好的選擇，他可以返回青雲，去找慕容飛煙，去找他的結拜兄弟，依靠他們的幫助，他或許可以轉危為安，再不濟或許也可以占山為王，偏安一隅，短時間內應該不會有性命之憂，可是他卻選擇了一條更為艱難的道路。

胡小天感覺有個聲音始終在呼喚自己，引領自己前往京城，他要盡自己所有的力量去挽救胡氏家族的命運。也許要冒失去生命的危險，也許徒勞無功，但是他卻知道，如果自己不去，只怕以後的生命力永遠都無法面對自己，面對良心的譴責。

夜風輕動，一片樹葉在經歷和夜風長久的抗爭之後終於敗下陣來，悠悠蕩蕩，最終落在胡小天的胸膛上，胡小天撿起那片葉子，用嘴巴吹了吹，他想像著自己現在的樣子，無論怎麼想，都想不起自己現在長著一張怎樣的面孔。對了，此次能夠順利逃離夔州城，還要感謝一個人，秦雨瞳！這位玄天館的女弟子，若非她臨行前留了一張面具，自己也不能大搖大擺地出了夔州城。

胡小天摸了摸自己的面皮，現在自己成了如假包換的二皮臉，想想還真是好笑，胡小天打了個哈欠，正準備進入夢鄉，忽然聽到棗紅馬發出一聲嘶鳴，然後不安地在廊前踱步。

胡小天霍然起身，之前的凶險經歷，讓他的神經變得非常敏感，對於危險的防範意識也空前強大。從篝火中抽了一根燃燒的木棍走進棗紅馬，看到距離棗紅馬不到三尺的地面上有一條青蛇昂首吐信，蓄勢待發。胡小天看準時機，猛然揮動手中木棍，燃燒的那端狠狠擊打在青蛇的頭部，將青蛇橫掃了出去，空氣中彌散著一股焦臭的味道。

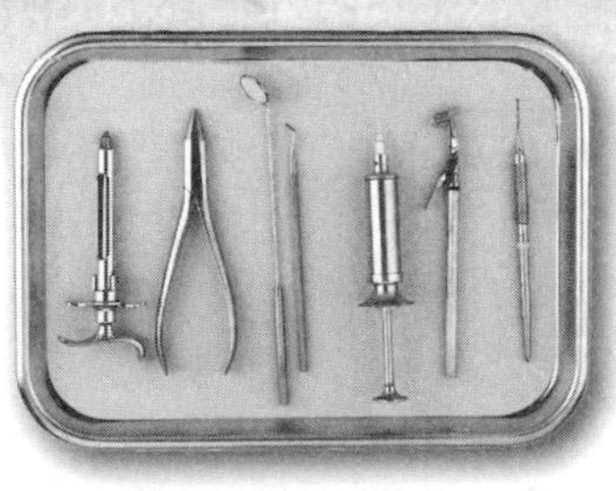

第十章

不是冤家不聚頭

在青雲之時，胡小天尚且有把握在她的手下逃生，
可是現在，胡小天卻沒有任何的把握。
畢竟當初自己將她擒住，又打了她的耳光，夕顏裝死蒙混過關，
他為了以防萬一還讓人堆起柴堆，準備將夕顏的屍體焚化。
這其中任何一件事都足以成為夕顏殺死他的理由。

胡小天的內心突然變得緊張了起來，不由得想起護送周王前往燮州途中遭遇群蛇圍攻的事情。看了看周圍並沒有看到其他青蛇出現，這才內心稍安。

棗紅馬的情緒卻依然沒有平復下來，在廊前不停挪步，雙目中流露出惶恐的光芒。

胡小天來到馬前，伸手撫摸牠頸後的鬃毛，以此來幫助牠平復情緒，一道黑影從空中俯衝而下，胡小天慌忙一仰頭，那黑影貼著他的鼻尖飛掠了過去，卻是一隻蝙蝠，隨即夜空中響起嗡嗡振翅之聲，卻見黑壓壓的一片蝙蝠飛越院牆，朝著胡小天的方向飛撲而來。

棗紅馬再度嘶鳴起來，胡小天揮動手中燃燒的木棍，驅趕那群蝙蝠，就在手忙腳亂的時候，腦後忽然被一物重重彈射了一下，痛得胡小天險些慘叫起來。回頭望去，卻見屋簷之上坐著一位紅衣少女，肌膚欺霜賽雪，眉目如畫，月光之下笑靨如花，不是夕顏還有哪個？

胡小天看清這屋頂是夕顏的時候，馬上就感覺頭皮一緊，也忘了剛剛的疼痛了，本以為逃出燮州城就萬事大吉，卻想不到這五仙教的妖女陰魂不散，居然追到這裡來了。

轉念一想自己現在的樣子連親爹親媽都不認識，夕顏又怎麼會認得自己？

再看夕顏和那晚在萬府的裝扮幾乎相同，只是看起來比起那晚還要美豔動人。

胡小天故意啞著喉嚨道：「姑娘，趕緊下來，這麼高摔下來可了不得。」

夕顏笑盈盈望著胡小天：「這張面具真是不錯，看來那妖女對你還真是情深義重。」

胡小天仍然裝出一臉迷惘道：「在下不明白姑娘是什麼意思？」

夕顏冷笑道：「裝傻是不是？你騙得過別人，以為騙得過我嗎？」

胡小天知道行蹤已經敗露，歎了口氣道：「我還是不明白啊，姑娘，我從未見過你，你找我作甚？」

夕顏道：「胡小天，看來你是不見棺材不落淚了。」她站起身，夜風吹起她的紅色長裙，勾勒出她完美無瑕的輪廓，可此時胡小天的內心非但沒有任何的驚豔之感，存在的卻是深深的恐懼，夕顏性情喜怒無常。在青雲之時，胡小天尚且有把握在她的手下逃生，可是現在，胡小天卻沒有任何的把握。畢竟當初自己將她擒住，又打了她的耳光，夕顏裝死蒙混過關，他為了以防萬一還讓人堆起柴堆，準備將夕顏的屍體焚化。這其中任何一件事都足以成為夕顏殺死他的理由。

胡小天暗歎天亡我也，想不到費盡辛苦逃出了燮州城，卻被這妖女尾隨追蹤，今日十有八九難逃她的魔爪了。

夕顏紅色的繡花鞋在屋簷上輕輕一點，嬌軀旋轉如同一片花瓣一般，姿態極盡優雅地落在地面上，一雙美眸似笑非笑盯住了胡小天：「我的銀笛呢？」

胡小天從頭上取下了銀笛朝她拋了過去。

夕顏一伸手，將銀笛接住。她柔聲歎了口氣道：「我從未見過像你這般心腸毒辣的男子！」

胡小天自知已經無法隱瞞，淡然笑道：「我和姑娘比起來只能算是小巫見大巫了。」

夕顏狠狠瞪了他一眼道：「這世上還有比你更加喪盡天良的男子嗎？是誰在你危難之時借了五十兩銀子給你救急，是誰在鴻雁樓保住了你的顏面，又是誰在萬府饒了你的性命？」

胡小天平靜道：「是夕顏姑娘！」

夕顏道：「你又是如何對我？幫助那妖女害我，對我百般侮辱，最可恨的是，連我死了你都不肯放過，竟然要將我的身體給燒成灰燼，你還是不是人？」

胡小天微笑道：「姑娘此刻不是好端端地站在我面前，好像連一根毛都沒傷到嘤！」

夕顏揚起纖纖素手，風情萬種地理了理秀髮，柔聲道：「你想怎麼死？是被萬蛇吞噬，還是被蝙蝠吸乾血液，又或是我用小刀一點點將你的皮肉割下來，慢慢死去呢？」她美麗絕倫，口中說著如此陰狠毒辣的話，卻仍然顯現出一副楚楚可憐的姿態。

胡小天暗罵她蛇蠍心腸，依然笑瞇瞇道：「活得好好的，我為什麼要死？」

夕顏笑靨如花道：「因為我想讓你死，不如這樣，我讓甜甜咬你一口，你非但不會痛苦，而且死前會感覺自己進入了一個極樂世界。」她揚起左手，一條白色的小蛇出現在她的掌心，昂首吐信，蓄勢待發。

胡小天望著那根不及筷子粗的小蛇，內心駭然，雖然這白蛇很小，可能被夕顏這妖女托在掌心，想必是最厲害的殺器。

胡小天笑道：「真要是不得不死，我寧願被你折騰死，石榴裙下死，做鬼也風流，夕顏姑娘不妨考慮一下成人之美。」

夕顏幽然歎了口氣，一雙如秋水般清澈的明眸在胡小天的臉上審視了兩下，輕聲道：「我本來以為你不算討厭，甚至還有那麼一點點的喜歡你，可是你太沒良心，我好心待你，你卻屢次害我，最後還要將我送給那個廢物皇子。」

胡小天道：「天地良心……」

「你還有良心啊？」夕顏又向胡小天靠近了一步，胡小天暗叫倒楣，早知如此就不該將暴雨梨花針全都射完，現在連最厲害的防身武器都沒有了，豈能對付得了這個女魔頭，夕顏的武功遠超自己，她的心智也不在自己之下，現在的局面，自己已經全然落在下風。

胡小天點了點頭道：「我當然有良心，周王對你是什麼心思，你自己應該清楚吧？當時那種情況下，我若是不採用一些極端的手段，又怎能保住你的完璧之身？我表面上害你，其實我心底是最關心你的一個，當時我打你那兩巴掌，打在你臉上，痛在我心底，直到現在，每每想起那件事，我都心痛不已，內疚不已。」

夕顏一臉的鄙夷，胡小天這張嘴當真是顛倒黑白，舌燦蓮花，明明屢次害她，居然說成了為她著想。

胡小天道：「你可以不相信，可是我不能不說，反正今天註定要死在你手裡，不妨讓我把心裡話全都說出來。」

「你說！」

胡小天道：「這件事說來難以啟齒，其實……其實我當日在環彩閣看到夕顏姑娘的倩影便念念不忘，我想這就是別人常說的一見鍾情。」

「呵呵……」夕顏冷笑。

「鴻雁樓再見到姑娘，我對你早已情根深種，為你畫像之時，我已將你的影子深深刻在我的心中，姑娘應該知道，若是對一個人沒有深刻的感情，又怎能畫出形神兼備的畫像？正所謂極濃於情方才極濃於畫。」

夕顏發現這廝的口才好生了得，這番話居然連她也有些相信了。

「第三次你來萬府找我，雖然你待我如此野蠻，可是即便是我被你戲弄，心中非但沒有任何羞惱之感，反而感到一種前所未有的幸福，那時候我就知道，我已經愛上了你，情根深種，不能自拔！」

夕顏咬了咬櫻唇，俏臉有些發燒，這廝實在是不要臉到了極點，這種話居然也能夠說出來，用厚顏無恥這四個字都不足以形容。夕顏道：「說完了沒有？」

「沒有！我還有話說。」

夕顏譏諷道：「你的話還真不少，若是聽你說完，恐怕這輩子都要過去了。」

胡小天深情款款道：「能跟你這樣說上一輩子的話我也不會膩！」這種話連胡小天自已都覺得肉麻，可跟性命相比，肉麻算個毛線？對付夕顏這個智慧超群的妖女，必須尋找她的弱點，鬥武功，玩心機估計他的勝面都不大，唯有用自己的長處攻擊夕顏的短處，夕顏雖然風情萬種，可在感情上應該沒什麼經歷，所以胡小天才突出奇兵，老子對你一往情深，你總不忍心殺一個對你這麼癡情的人。

果不其然，夕顏應是被他的這番深情表白所打動，手中的小白蛇已消失不見。

胡小天道：「我對你癡心一片，今日能把這番話全都說出來，已經心滿意足了，要殺要剮，悉聽尊便。」他閉上眼睛，仰起脖子，一副引頸就刎的樣子，其實眼睛還真不敢完全閉上，從瞇起的細縫裡望著夕顏，老子情話說盡，你要是再不感動，就真是蛇蠍心腸了。

夕顏的手裡卻多出了一把明晃晃的彎刀，和天上的明月相映生輝，她輕聲道：「誰知道你說的是不是真話，你騙了我這麼多次，我還是將你的心剜出來看看。」

她揚起手臂，揮刀向胡小天砍去。

胡小天嚇得慌忙後退了一步：「且慢！」

夕顏的手停在半空之中：「你還有什麼話說？」

胡小天道：「你有沒有良心啊？當初你在萬府，其實有一名高手就潛伏在你的身後，如果不是我為你阻擋，當時你就已經死了。」

夕顏聞言不由得一怔，其實那晚在萬府她的確感覺到有種潛在的壓力，當時也留意了周圍的動靜，並沒有發現異常，如今胡小天這樣說，和她的預感不謀而合，她冷笑道：「謊話連篇。」

胡小天道：「我為何要騙你，當時那人說你是五仙教妖女，還讓我殺了你。」

夕顏道：「你有何本事殺了我？」

胡小天道：「他給了我一樣東西，只消我動動手指，你就死無葬身之地。」

夕顏呵呵冷笑：「什麼東西這樣厲害？」她只當胡小天在恐嚇自己。

胡小天道：「就是這樣東西。」他從衣袖中亮出了一個黑盒子對準了夕顏：「暴雨梨花針，你應當聽說過吧？」

夕顏聽到暴雨梨花針的名字整個人頓時花容失色，借著月光向胡小天的手中望去，他握持的那黑盒子的確是暴雨梨花針無疑。

胡小天道：「他將這件東西交給我，讓我用來對付你，可是我一直都捨不得對你下手，沒想到落花有意流水無情，你對我的一片深情非但無動於衷，反而要將我置於死地，丫頭，你的心腸也太狠了一些。既然你不仁，休怪我不義，今兒我就要辣手摧花。」

夕顏緩緩點了點頭道：「胡小天，你以為能夠射中我嗎？」

胡小天道：「能不能射中你我不清楚，不過昨晚李鴻翰手下的高手嚴周也沒有躲過我的射殺，這針盒中還剩下兩發，咱們之間的距離不到一丈，你以為自己的武功能夠躲過我的兩輪射擊？」

夕顏的目光變得凝重，暴雨梨花針位列天下七大暗器之一，這種暗器的製作工藝目前只有大康皇宮內部掌握，據說即便是一流高手在一丈以內的範圍都難以逃脫暗器的射殺，她從未接觸過這件東西，並沒有把握可以在這樣的距離下躲開胡小天的射殺。旋即俏臉之上浮現出一個嫵媚的笑容：「胡小天，你果然是個滿口謊言的騙子，剛剛還說對我一往情深，現在居然拿著這件兇器對我，你還是不是人？」

胡小天道：「這正是我對你情深意重的表現，如果你執意要殺我，我只能先將你殺了，然後我在你的身邊自殺，雖然咱們今生無緣成為夫妻，到了黃泉我也願意與你同行。」這番話說得情真意切，在夕顏眼中卻是虛偽之極。

夕顏向前走了一步，胡小天道：「站住！再敢往前走一步，我便射了！」

夕顏格格嬌笑道：「你想射便射嘛，東西在你手裡，跟我有什麼關係？」

呃……胡小天怎麼感覺此情此境非但不像威脅，居然還有點像調情，難道我的威懾力天生不足，仰或是我的氣質帶著純天然的猥瑣？胡小天道：「別逼我射！」

「逼你又怎樣？」夕顏又向前一步，胡小天退了一步：「我的忍耐是有限度的！」

夕顏道：「空盒子吧？胡小天，你居然拿一個空盒子來唬我？」

胡小天強裝鎮定：「對啊，空盒子，有種你再走一步試試，我就射死你！」

夕顏揚起手中彎刀，再度擺出進攻的架勢。胡小天又道：「且慢！」

夕顏從他的表現已經看出這廝底氣不足，冷笑道：「胡小天，你還想玩什麼花樣？」

胡小天歎了口氣道：「看來我對你不出絕招是不行了！」

「你有什麼本事，只管全都拿出來，我等著看呢。」

胡小天撩起長袍，突然將束腰的褲帶扯了下來，這貨的褲子刷的一下落在了地上，露出兩條健壯的大腿。隨之落下的還有一隻繡花鞋，正是夕顏遺失的那只，卻是之前在前往燮州途中被他撿到的。

夕顏如同踩到了老鼠一般，大聲尖叫起來，雙手第一時間蒙住了眼睛，接連向後退了數步。

胡小天笑道：「你別怕，我還穿著底褲呢，有道是赤條條來去無牽掛，我生下來是光溜溜的，既然要死了，也要光溜溜的走，我把衣服脫光，你只管來殺我，男人大丈夫，該死該活鳥朝上，死在你手裡，我今生無憾！」

夕顏蒙著眼睛道：「混帳東西，你趕緊把褲子穿上。」

胡小天道：「穿上也是死，不穿還是死，我還是這樣走得清爽。」這貨邊說邊脫，渾身上下，只剩下一個大褲衩了。如果不是為了保命，這貨也不會採用這樣節操喪盡的方法，忽然發現，這一招還是蠻靈驗的，至少夕顏連頭都不敢抬了。

夕顏跺了跺腳，啐道：「胡小天，你是我見過最不要臉的人！」嬌軀一擰宛如一朵紅雲一般冉冉升起，再看的時候，她已經飄出了土地廟外，銀鈴般的聲音仍然在夜空中迴盪：「你脫得那麼乾淨，是不是想餵蝙蝠啊……」

撲啦啦，蝙蝠拍動著翅膀從四面八方蜂擁而來，胡小天嚇得抱頭鼠竄，以百米衝刺的速度衝到土地廟的後院一頭就跳進了臭水塘裡面。

直到憋不住氣，胡小天方才從臭水塘中冒出頭來，發現蝙蝠群早已散去，舉目四望，也看不到夕顏的身影，他仍然不敢從水塘中出來，在裡面躲了半個時辰，確信仍然沒有動靜，這才小心翼翼地爬了上來。

來到前院，看到那匹棗紅馬癱倒在地上，早已死去多時，身上的血液業已被蝙蝠吸乾，望著棗紅馬死去的慘狀，胡小天不寒而慄，夕顏這妖女果然夠狠，可回頭想想，她應該不是真心想殺自己，不然就算自己有十條性命也早已死在她手中了。

胡小天從地上撿起自己的隨身物品，無論是丹書鐵券還是安德全送給他的烏木令牌，又或是霍格結拜時送給他的短刀都在，甚至連夕顏的那只繡花鞋也沒有帶走。唯有他脫掉的那身衣服不翼而飛。不用問，肯定是夕顏順手將他的衣服全都給帶走了。

胡小天暗叫倒楣，總不能穿著個大褲衩上路，在破廟裡好不容易找到了一個破舊的經幡，圍在腰間，上面赫然印著慈悲兩個大字，胡小天暗歎，慈悲？老子是悲慘至極好不好！

直到第二天胡小天方才發現，夕顏不僅僅將他的衣服給帶走，還順手將他身上不多的那點盤纏全都給收繳了，於是胡小天一夜之間變得身無分文。圍著經幡，精赤著上身，光著腳板，拎著破布包裹的丹書鐵券繼續上路。

胡小天開始還感覺有些不好意思，可越走越是坦然，發現途中像他這種形象的不在少數，本以為標新立異，可真正走入官道之後，方才發現這樣的形象實則泯然眾人矣。

走了三天方才遇到村莊，胡小天趁著村民不備，偷了身別人晾曬的衣服，總算有了點人樣。腳底板已經磨出了血泡，每走一步都是鑽心般的疼痛。這位養尊處優的尚書公子總算感受到了何謂人間苦旅。

如果指望著步行前往京城，恐怕他到地方黃花菜都涼了，必須要弄一匹好馬方才能夠儘快趕回康都，走了這些天仍然沒有走出西川的範圍，找當地官府求助也不現實。因為被夕顏洗劫一空，胡小天目前身上最值錢的就是那柄短刀了，其實丹書鐵券應該更值錢一些，可全指著那塊鐵板救命，輕易是不能賣的。

當地名為河清鎮，鎮子雖然不小，可是並沒有一家當鋪，胡小天無奈只能效仿楊志賣刀，弄了個跟草標兒插在刀柄之上當街叫賣。

不過胡小天很快就意識到，這種短刀在當地並沒有什麼市場，他在集市上蹲了快一個上午，居然少有人過來詢問，臨近正午的時候，一位中年大媽過來了：「小夥子，這刀多少錢呢？」

「一百兩銀子。」胡小天真沒捨得要，不說別的，單單是刀鞘上鑲的寶石也得價值千金，可胡小天多了個心眼，把刀鞘藏起來了，這種鄉下集市好東西也賣不上價。

「切！搶錢啊你？這麼小的刀，又不能切菜，又不能剁肉，最多拿來削削水果，居然要一百兩，想錢想瘋了！」大媽數落著胡小天離開，走的時候不忘留給他幾個鄙視的眼神。

胡小天知道這世上識貨的人總是少數，繼續叫賣，九月的天，太陽仍然很熱辣，胡小天叫到口乾舌燥仍然無人問津，這貨真正有些失望了，看來這河清鎮不是什麼賣刀的地方，只能繼續他的苦旅，步行到大點的城池再尋找買主。

胡小天正準備收攤走人的時候，一幫流裡流氣的潑皮圍了上來，為首一人肥頭大耳，滿臉橫肉，腆著大肚子來到胡小天面前：「喂！你賣刀啊？」

胡小天一眼就看出這幫人不是什麼好鳥，搖了搖頭道：「不賣，我是過路的！」他起身想走，不意被幾人攔住去路，那胖子伸手搭在胡小天的肩膀上：「這位兄弟，別急著走嘛，刀給我看看。」

胡小天手中的短刀還沒收起，緊握在手中，向他揚了揚道：「我這刀不賣！」

「呵呵，兄弟，我可盯你半天了，剛剛你蹲在這裡賣刀，怎麼遇到我真心想買的，你又不買了？是不是覺得我沒錢？弟兄們告訴他我是誰？」

幾人同時道：「這是我們大哥，打遍河清鎮無敵手的銅頭鐵臂毛三哥！」

胡小天心想，這種街頭混混老子見多了，都是欺行霸市的無賴，胡小天身在異鄉也不想得罪幾人，他抱了抱拳道：「幾位大哥，在下路過此地，叨擾之處還望海涵，我有急事先走一步了。」胡小天再次想溜。

那個號稱銅頭鐵臂的毛三一把將他的手臂給拽住：「把刀拿給我看看。」

胡小天道：「大哥真心想看，付給我一百兩銀子，這刀想怎麼看就怎麼看。」

「喲呵！有點意思，你小子也不打聽打聽，在這河清鎮上，誰在集市上擺攤賣貨不得給我交點銀子，居然還敢找我要錢，我看你是個外鄉人，不懂規矩，今兒就不怪你了，刀留下，人可以走，我保證不為難你。」

胡小天心中這個鬱悶啊，老子賣了半天刀，生意沒做成，你早不過來，晚不過來，偏偏等我要走的時候過來，根本就是蓄意想要敲詐我。胡小天道：「這位大哥，誰都有落難的時候，四海之內皆兄弟，還望幾位高抬貴手放兄弟一條路走，真要是把兄弟逼到絕路上，大家都不好看。」

毛三呵呵笑了起來，他向周圍幾人道：「哥幾個，聽到沒？他威脅我，威脅我噯！」

胡小天也跟著笑了起來：「這位大哥，你們人多勢眾，我哪敢威脅你，我這人從來都是敢幹敢說……」話音未落，已經揚起左拳狠狠痛擊在毛三的下頷之上，胡小天腦子裡幻想著一拳擊倒對方的情景，可事與願違，毛三頭大脖子粗，胡小天的全力出擊打得他只是腦袋向後仰了一下，並沒有摔到。

胡小天應變奇快，第二擊已經跟上，膝蓋狠狠頂中毛三的下陰，這下終於奏效，毛三慘叫一聲，鬆開胡小天的手臂，雙手捂住褲襠蹲了下去。他的三名同伴見狀慌忙圍了上去。

胡小天已經奪路而出，握著短刀向集市外一路狂奔。換成過去，胡小天絕不會因為一柄短刀招惹這麼大的麻煩，好漢不吃眼前虧的道理他當然懂，可是這柄短刀已經是他身上最為貴重的物品，他寄希望於賣掉短刀換取銀兩，從而湊夠返程用的盤纏，添置馬匹，也只有這樣才能在最短的時間內返回京城。可以說現在這把短刀已經成了挽救胡氏一門的關鍵。

狂奔之時，腳底血泡摩擦得疼痛鑽心，可人到了絕境的時候，忍耐力就會前所未有的強大，胡小天的潛力已經完全被激發而起，他以驚人的速度摔開四名無賴，毛三在這一帶欺行霸市，同黨遠不止這三個，沒過多長時間，他的同伴就從前方包抄而來，胡小天看到前方道路擋，只能轉身向右逃去。

往右跑了不久就是馬市，馬市規模很小，只有兩三家馬棚，衝出馬市前方已經沒有藏身之地，耳邊聽到毛三那幫人的呼喝之聲。胡小天看到前方只有一個孩童跪在那裡，地上放著一張破席，席子下面不知蓋著什麼，胡小天慌不擇路，來到那孩童身邊，低聲道：「小兄弟，江湖救急！」直接掀開破席就躺了進去。

躺下去方才發現席子下面還躺著一個，胡小天低聲道：「借光借光……」輕輕拍了拍對方的身體，方才發現那人竟然早已死去多時，胡小天此驚非同小可，此時方才憶起那小孩子頭上插著一個草標兒，應該是賣身葬父，胡小天驚得差點沒一下坐起來。

這時候毛三那幫人已經追到，卻聽那小孩子淒淒慘慘哭道：「爹啊！娘啊，你們死得好慘……」

毛三捂著褲襠趕到這裡，發現胡小天已經不知所蹤，他望著那小孩子道：「小子，有沒有看到一個黑臉漢子從這邊逃走？」

那小孩子帶著哭腔道：「大爺，你們可憐可憐我吧，幫我把爹娘葬了，我會做牛做馬服侍你們一輩子。」

毛三哼了一聲：「滾一邊兒去，弄兩個死人擺這裡，我覺得今天這麼晦氣，趕緊滾遠點，讓老子看到你，我把你也弄死。」其餘幾名潑皮也沒有找到胡小天，一個個失望而返，毛三罵咧咧轉身回去，來到那小孩身前，抬腳在屍體上踢了一腳。

想不到他的舉動激怒了那小孩，不顧一切衝了上去：「你侮辱我爹，我跟你拚了！」他抱住毛三的大腿狠狠就是一口，咬得毛三一聲慘叫，揚起蒲扇大小的手掌照著那孩子臉上就是一巴掌，打得那男孩半邊面孔都腫了起來。

胡小天聽到此情此境，心中再也按捺不住憤怒，看到毛三的大腳移動到自己面前，揚起手中的短刀狠狠插了下去，這柄短刀乃是霍格所贈的利器，本來就削鐵如泥，再加上胡小天全力揮出，手起刀落將毛三的大腳穿了個透心涼。

毛三哪能料到這地上的死屍會突然爬起來，還以為是詐屍，嚇得魂飛魄散，他的那幫同伴也被嚇得四散而逃，等看清是胡小天之後，方才重新聚攏過來。

胡小天已經拔出短刀，刀尖抵住毛三的脖子，冷笑道：「你這個畜生，居然對一個小孩子下手，還有沒有人性？」

毛三慘叫道：「兄弟們上，給我砍他……」話音未落，胡小天摟住他的脖子，一刀插在他的肩頭，毛三痛得又是一聲殺豬般的慘叫，此時已經徹底膽寒了，顫聲道：「這位大哥……我……毛三有眼不識泰山，還請手下留情。」

胡小天呵呵冷笑道：「現在知道怕了？可惜已經晚了。」他向那名小男孩道：「小弟弟，到我這邊來。」生怕毛三的同夥將這孩子拿住用來要脅自己。

毛三道：「你想怎樣……你到底想怎樣？」

胡小天道：「讓你的兄弟去給我找一輛馬車，現在就去。」

毛三慌忙擺了擺手，馬市就在一邊，沒過多久，那幫潑皮就牽來了一輛馬車，胡小天讓他們將地上的屍體抬上馬車，然後又道：「你們所有人都面朝牆站著，把褲子脫了！」

那幫潑皮稍一猶豫胡小天又在毛三的肩頭插了一刀，毛三嚇得破口大罵：「快……快按照大哥說的做，難道你們真想害死我嗎……」

一幫潑皮將褲子脫掉，胡小天讓他們逐一扔了過來，那小男孩跑過去將褲子全都撿了起來，胡小天讓他先上車，然後押著毛三跟他們一起上了馬車。

那小男孩抓住馬韁，一聲呼喝，馬車向鎮外狂奔而去。一直跑出鎮外十里，來到無人的田野，胡小天方才讓毛三下車，臨走之前不忘將這廝身上的財物搜刮殆盡，居然搜出了十多兩銀子，還有一個金鑲玉的掛件。

望著毛三的身影在視野中成為一個小黑點，胡小天方才來到馬車前，那小男孩抬起頭向他看了看，兩人的臉上同時露出會心的笑意。

胡小天道：「你叫什麼名字？多大了？」

那小男孩道：「我叫高遠，十二歲了。」

胡小天點了點頭，轉身看了看車內的屍體：「他是你爹？」一句話觸及了高遠的傷心事，這孩子禁不住又流出了眼淚：「嗯，我爹被人打死了。」

胡小天歎了口氣，拍了拍他的肩頭道：「別哭，咱們現在有了銀子，等到了前面鎮上，買具棺材，好好將你爹安葬了。」

胡小天說到做到，在經過的集鎮買了一口薄棺幫助高遠將他父親安葬，搶來的掛件居然在當鋪賣了一個好價錢，換了足足七十兩紋銀，這也算得上是一個不小的驚喜。胡小天將手頭的銀子分出一半給高遠，讓他拿著銀子去投奔親戚，卻想不到高遠家裡已經沒什麼親戚，否則他也不會淪落街頭賣身葬父。

高遠因為胡小天為他埋葬了父親，認定這輩子都要追隨胡小天身邊，以報答他的大恩大德，胡小天雖然不認為這孩子欠自己什麼，可是看到他聰明伶俐，又可憐這孩子孤苦無依，於是就答應了下來，畢竟此去康都路途漫漫，身邊有個同伴說話也好。

事實證明胡小天的這個決定極其英明正確，高遠雖然才十二歲，可是他從小獨立，跟隨父親走南闖北，江湖閱歷甚至比胡小天還要豐富許多，這孩子不但聰明而且勤快，無論什麼事情都搶著去做，一路之上將胡小天的衣食住行安排得妥妥當當，省去了胡小天的許多麻煩。

說來奇怪，自從高遠來到身邊，胡小天的旅途順利了許多，一路之上不停聽到關於西川叛亂的消息，從聽到的傳言能夠初步斷定，大皇子龍燁霖已經正式繼位，老皇帝龍宣恩退位當上了太上皇安享晚年，至於那個倒楣的太子龍燁慶被扣了一頂謀朝篡位，意圖弒君的帽子，賜死於承恩府之中。李天衡的割據自立等於給龍燁慶謀反罪名增添了確鑿的證據。

新皇雖然主政，但是仍然沒有正式登基，據傳新皇登基之後，會天下大赦，而大赦之前，大康王朝卻面臨著一場重新洗牌的腥風血雨。西川李氏的謀反不但是對皇權更替的不滿，同時也是一種迫於無奈的自保行為，李天衡若是不反，作為前太子龍燁慶的堅定支持者，一定會成為新君首當其衝的清除對象。

相比權傾一方的封疆大吏李天衡，身在京城的胡不為等人日子過得更加煎熬，雖然新君繼位之後，並沒有馬上對他們有所動作，但是他們知道距離這把舉起的屠刀落下已經用不了太久的時候了。

門外響起梁大壯驚慌失措的呼喊聲：「老爺……大……大事不好了……」

胡不為皺了皺眉頭，拉開房門走了出去，看到梁大壯上氣不接下氣地跑了過來，氣喘吁吁道：「老爺外……外面來了好多士兵，將尚書府前前後後給圍……圍了起來……」

胡不為點了點頭，臉上的表情依然古井不波，其實他早就料到會有這一天的到來，平靜道：「打開大門，迎接他們到來，傳我的命令，無論發生了什麼事情，任何人不得抵抗。」

「老爺……」

「快去！」胡不為怒喝道。

梁大壯這才慌慌張張去了。

胡夫人徐鳳儀此時也聞訊趕到，驚聲道：「老爺，發生了什麼事情？」

胡不為抬頭看了看天空，豔陽高照，天高雲闊，今天的天氣前所未有的好，他撫鬚微笑道：「該來的始終都會來！」

徐鳳儀挽住他的手臂道：「老爺，無論發生了什麼事，我都會和你同進退。」

胡不為抿了抿嘴唇，緩緩點了點頭，輕輕拍了拍夫人的手背，此時門外傳來一聲尖細的呼喝：「聖旨到！」

身穿紫色宮服的內官監都督姬飛花，在數十名御林軍的陪同下，魚貫進入尚書府內。

胡不為率領夫人和一幫胡府家人全都跪了下去。

姬飛花徐徐展開聖旨，尖聲誦道：「奉天承運皇帝，詔曰：戶部尚書胡不為身為戶部官員，執掌朝廷財政，本應標榜士子，表率群臣，以身作則，垂範後世。執料其利用職務之便，貪贓枉法，欺上瞞下，勾結劍南西川節度使李天衡，謠惑眾聽，密謀造反，顛覆大康，即刻革職拿交刑部，其子胡小天加入叛軍，反叛朝廷，一併予以革職，待到緝拿歸案，押解來京治罪，所有本籍及任所財物，並做查處，收繳國庫。欽此！」

胡不為跪在地上，內心已經沉到了穀底，聖旨上的這幾條罪狀，無論哪一條都足夠誅他九族，今次是萬難倖免了。

徐鳳儀含淚道：「冤枉，我們胡家幾代忠良，為國操勞，鞠躬盡瘁，何嘗有過造反的心事，還請公公明鑒……」

姬飛花陰測測笑道：「有什麼話你們大可去刑部去說，咱家只是過來傳旨，來人！將胡不為夫婦給我鎖了押往刑部！」

徐鳳儀大聲道：「且慢，我們胡家有先皇所賜的丹書鐵券，你們誰敢動我家老爺！」

姬飛花道：「丹書鐵券，的確有這回事兒，可是我卻聽說，你們胡家的丹書鐵券早已在大火中遺失了，胡不為，你若拿得出丹書鐵券或許還可以免除一死，若是拿不出，嘿嘿……那可是罪加一等啊！」

胡不為歎了口氣道：「姬公公，您說得不錯，胡家的丹書鐵券早已被人盜走了。」

「老爺！」徐鳳儀熱淚盈眶。

胡不為緩緩站起身道：「君讓臣死，臣不能不死，相信陛下會給胡某一個清白。」

胡不為夫婦被押上囚車，送往刑部，囚車駛出尚書府大門之時，胡不為回頭望去，雙目也不禁變得濕潤起來，一朝天子一朝臣，新君上任，果然先將屠刀對準了他們這幫人，他並不怪罪新君心狠手辣，為官多年，他對政治的血腥殘忍早就心知肚明，倘若此次順利登上皇位的是太子龍燁慶，那麼現在的大康又將是另外一番景象。怪只怪自己當初錯判形勢，沒想到大皇子龍燁霖居然能夠東山再起，成功奪得皇位。

胡不為知道此次必死無疑，胡氏滿門只怕無一倖免，他心中暗暗道：「小天，走吧，走得越遠越好，永遠也不要回來。」

圍觀胡氏被抓的人群之中，一雙眼睛已經發紅，正是易容之後的胡小天，他歷盡千辛萬苦趕回康都，可終究還是晚了一步，眼睜睜看著父母被囚車押走，胡小天幾次都想衝出去，可是理智卻告訴他，此時衝出去非但於事無補，反而會和父母一樣落入官府的控制之中。

高遠跟在胡小天身邊，從胡小天發紅的眼圈，握緊的雙拳隱約猜測到胡小天和這被抓的胡家有著極其密切的關係，這孩子非常機靈，胡小天不說的事情，他從不主動去問。一旁只使用手牽了牽胡小天的手臂，小聲道：「公子，咱們走吧！」

胡小天點了點頭，這才意識到自己剛才的情緒過於激動，關心則亂，如果被有心人看到自己剛才的樣子，十有八九會產生疑心，於是悄悄和高遠一起退出了人群，來到附近的茶攤坐下，叫了兩份大碗茶，一邊默默喝茶一邊想著對策。

從剛才聽到的消息可以知道，父母雙親已經被押往刑部待審，倘若定下溝通叛賊，意圖謀反的罪名，胡家肯定是要誅九族的，他手中雖然有丹書鐵券，但是如果就這樣冒失地找到刑部，很可能起不到應有的作用。必須要有一個擁有相當份量的人物站出來為父親說話，這樣才能發揮出丹書鐵券的真正效力。

可另一個難題擺在胡小天的面前，父親在京城雖然有幾個盟友，可是這幫擁護前太子的人現在幾乎全都到了清算之期。現在這幫人的處境全都不妙，即便是目前尚未波及者，也是一個個唯恐避之不及，又怎肯為胡家出頭？世態炎涼，在官場之上表現得尤為淋漓盡致。再者說胡小天對老爹的交往圈子並不熟悉，能夠想起來的只有一個戶部侍郎徐正英。

戶部侍郎徐正英這段時間一直都沒有出門，對外宣稱抱恙在身，實則是躲在家裡靜觀朝堂的風雲變化，新君上位，老皇帝退下去當了太上皇，在短暫的平和過後，大康內部隱藏的矛盾便不可避免地觸發了出來，先是西川李天衡打著勤王的旗號割據自立，然後這位新任天子就開始在朝廷內部進行大規模的清洗。

徐正英因為自己的好運氣而慶幸不已，當初他不止一次地提出要在自己的兩個女兒之間挑一個嫁給胡家的傻兒子，可胡不為瞧不上自己，始終對他冷眼以對，最終選擇了劍南西川節度使李天衡家的癱瘓女兒。當時自己還好生羨慕了一番，胡李聯手，一旦太子龍燁慶繼承大統，他們兩家將成為大康最有權勢的人家。

而事實證明，胡不為的運氣沒那麼好，自己的運氣也沒那麼壞。李天衡擁兵自立已經成為大康叛將，而胡不為因為和李天衡聯姻而深受牽連。

人無遠慮必有近憂，官場之上千萬不可以將寶全都押在一個人的身上，胡不為的事情給徐正英提了一個醒，有些時候千萬不能落井下石，焉知不會十年河東轉河西，焉知人家不會東山再起。當然胡不為這種例外，他這次難逃大劫，百分百是個被誅九族的下場。

徐府官家徐福敲門進來，附在徐正英耳邊低聲道：「老爺，外面有一個小孩子求見，他說是您遠方的親戚。」

徐正英皺了皺眉頭，身為戶部侍郎，聞名過來投奔的親戚的確不少，他擺了擺手道：「給他二兩銀子打發他走。」現在這種心情下，的確不想見什麼外人。

徐福低聲道：「他寫了張字條讓我帶來，說您看了就會明白。」

徐正英接過那張字條，卻見上面寫著：「上豎是狗，下垂是狼！」徐正英看到這行字不由得驚出了一身的冷汗：「人在哪裡？」

徐福道：「就在門外！」

徐正英道：「你說小孩子？」

徐福點了點頭道：「十二三歲的小男孩，長得頗為機靈，西南口音。」

徐正英本以為胡小天親自登門，被嚇了一跳，倘若讓外人看到，還不知怎麼想自己和胡家的關係，聽說是個小孩子這才放下心來，沉吟片刻低聲道：「徐福，你帶他進來，留意一下外面，有沒有人跟在他後面。」

徐福應了一聲，不多時帶了一個青衣男孩走了進來，那男孩來到徐正英身邊，很乖巧地給徐正英叩頭道：「小的高遠給徐大人請安。」

徐正英撚著山羊鬚，打量著眼前的小孩子，確信自己從未見過這男孩，瞇著雙眼道：「你認識我嗎？」

眼前男孩正是高遠，他眨了眨眼睛道：「不認識，但是我知道您是戶部侍郎徐大老爺。」

徐正英道：「你是我遠房親戚？」

高遠馬上搖頭道：「我哪有那個福氣，是別人給我錢，讓我送信時候這麼說的。」

徐正英道：「什麼人讓你送信過來的？」

高遠道：「是個年輕男子，我也不認識他，他給了我一兩銀子，說讓我送信來這裡，只要將信送到，說徐大老爺還會重重有賞。」

徐正英皺了皺眉頭：「他還讓你傳什麼口訊沒有？」

高遠伸攤開右手伸了出去，分明是找徐正英要賞錢。

徐正英讓管家徐福給他拿了二兩銀子，高遠喜孜孜接了過去，揣在懷裡收好，又道：「他說一個時辰後在筆會的地方等您。」

徐正英已經斷定寫給自己紙條的這個人是胡小天無疑，外人不可能對當天的情形知道的那麼清楚。

望著高遠矮小的身影離去，他向徐福低聲道：「找人盯著那孩子，看看他究竟往哪裡去。」

「是！」

徐正英出門的時候，派去跟蹤高遠的家丁來報，那小孩子拿了銀子之後直接去集市上吃東西，然後去看人耍猴，一直都沒有離開過，沒看到有人和他聯絡。

徐正英這才放下心來，只要抓住胡小天，就意味著大功一件。等於自己向新君立下的投名狀，想到這裡，他的內心不由得一熱。

徐正英也算得上老奸巨猾，他擔心打草驚蛇，所以提前將人馬佈置在煙水閣內外，快到約定時間的時候，他帶著徐福和兩名家丁來到煙水閣外。徐正英並沒有讓家丁跟隨自己上樓，示意徐福帶著他們在外面等著，獨自一人走上煙水閣。他是這裡的常客，煙水閣老闆看到他過來慌忙上前打招呼，徐正英就在五樓挑選了個靠窗的位子坐了，環視周圍，並沒有看到胡小天的影子。

約定的時間已經過去了很久，仍然不見胡小天露面，徐正英不由得有些心急了，難道這小子察覺到有什麼不對？

此時鄰桌的客人已經付帳走人，整個五層除了他和家丁之外再沒有其他人。徐正英不禁有些失望，估計胡小天不可能再來了，決定離去，他站起身來仍然獨自離開了煙水閣。來到門外卻看到一輛馬車剛好從外面經過，擋住了他的去路。徐正英正準備繞過馬車，走向自己的座駕，冷不防一名中年漢子貼近他的身邊，手中短刀抵在徐正英的身後，低聲道：「別回頭，不想死的話，就老老實實上車。」

徐正英心頭駭然，身體僵在那裡。

那中年漢子正是胡小天所扮，他冷冷道：「讓你的人不要跟過來，上車！」

徐正英哪敢不從，他向遠處的徐福大聲道：「你們在原地等我，我遇到了老朋友，去去就來。」

那幫家丁察覺有異本想跟上來，徐正英慌忙擺了擺手，示意那群家丁留在原地，在胡小天的要脅下上了馬車，兩人剛一上車，駕車的高遠揚鞭狠狠在馬背上抽了一記：「駕！」兩匹健馬齊聲嘶鳴，向前方狂奔而去。

徐正英坐在馬車內，心中惶恐之極，顫聲道：「你是誰……」其實心中已經猜到了來人的身分。

胡小天呵呵笑道：「不知道我是誰，你因何赴約見我？」他用短刀抵在徐正英的咽喉之上，來到徐正英對面。這會兒功夫，胡小天已經用黑布將面龐掩上，即便是易容之後，也不想徐正英看到自己的本來面目。

徐正英顫聲道：「賢侄……徐某並沒有得罪之處，何苦刀劍相向？」

馬車的速度明顯減緩下來，胡小天道：「你派數十名家丁裡裡外外設下埋伏，是不是想將我抓住向朝廷請功？」

徐正英從聲音中判斷出眼前是胡小天無疑，他苦笑道：「賢侄……我怎會做那種喪盡天良的事情？之所以帶家丁過來，是為了保護你。」

「保護我？」胡小天禁不住冷笑，徐正英真是謊話連篇，這種話只怕連三歲孩子都不會相信。

徐正英道：「賢侄，你為何還要回來，皇上下令將你們胡氏抄家，你爹你娘也已經被押往刑部候審，倘若讓人知道你返回了京城，肯定會全程緝捕，你要是被人抓住豈不是麻煩。」他故作關心，希望能夠減輕胡小天的敵意，促使他放下兇器。

胡小天道：「這輛馬車是不是很破，比不上你之前送我的那輛？」

徐正英暗暗叫苦，這小子言語中暗藏機鋒，分明在暗示自己過去曾經給他行賄，倘若他要是落入法網，只怕會將自己做過的事情全都抖出來。徐正英道：「賢侄，你不該以這樣的方式過來見我，我那些家人以為我被劫持，必然會上報官府，用不了多長時間，京兆府的捕快就會搜遍全城，到時候只怕你想走就晚了。」他表面關心實則是威脅胡小天，要說這小子還真是膽大包天，竟然在自己十幾名家丁的眼皮底下把他給劫持了出來。

胡小天道：「我既然敢到這裡來找你，就不怕被他們抓住，大不了咱們同歸於盡，黃泉路上有人作伴倒也算不上寂寞。」

徐正英心中惶恐，現在胡小天走投無路，真不排除狗急跳牆和他同歸於盡的可能。徐正英道：「賢侄，你一定是誤會了，我和你爹共事多年，相交莫逆，又怎麼會害你，我若是害你，因何不去報告官府，反而自己親自過來？賢侄啊賢侄，你可千萬不要曲解了我的好意。」

胡小天心中冷笑，你徐正英帶了那麼多人出來，還不是想抓了我去朝廷那裡領賞，真要是相信你，只怕我現在已經成為階下囚了。胡小天道：「我爹娘現在身在何處，朝廷想要將他們如何處置？」

徐正英不敢撒謊，老老實實將胡不為夫婦現在的情況告訴了胡小天，他故意裝出一副好人嘴臉，歎了口氣道：「賢侄，我看這件事已經無可挽回，你還是儘快離開京城為好，真要是被官府抓住，只怕你們胡家連這根獨苗也沒了。」

胡小天道：「事情還有沒有轉機的可能？」

徐正英搖了搖頭道：「除非皇上法外開恩，又或是新任左相周大人肯出面為你爹說情。」

胡小天道：「若是有丹書鐵券呢？」

徐正英道：「這丹書鐵券乃是先皇御賜，興許有些作用，只是即便你拿出來，也未必能夠證明是真的。」

胡小天道：「當今皇上身邊，是不是有位名叫安德全的太監？」

徐正英聽胡小天這樣問不禁微微一怔，他搖了搖頭道：「我從未聽說過，大內禁宮裡面的太監也有幾千個，我平日裡也沒機會進入內宮，焉知是否有這樣一個人存在？」

胡小天點了點頭，他揚起一個烏木令牌：「你認不認得這樣東西？」

徐正英定睛望去，卻見那烏木令牌沒什麼特別，上半部刻著一個禁字，下方刻有雲紋，背面刻著承恩兩個小字。他皺了皺眉頭，這令牌從未見過，不過承恩兩個字倒是熟悉，他忽然想起了承恩府。承恩府乃是用來關押皇室宗親的一處地方，當今皇上龍燁霖被廢黜之時，曾經有一段時間被軟禁在承恩府，難道這木牌和承恩府有關，他低聲道：「可能是承恩府的東西，這木牌有什麼用處，我也不清楚。」

胡小天說了一聲好，忽然揚起手狠狠砸在徐正英的頸後，徐正英眼前一黑，頓時暈了過去。

胡小天讓高遠駕著馬車尋了一個僻靜的街角，先把徐正英身上值錢的東西洗劫一空，然後將他推了下去，然後兩人迅速離開了現場。雖然胡小天此次並沒有得到自己想要的幫助，可是從徐正英那裡多少也瞭解到了一些父母最近的情況，思來想去，決定去承恩府碰碰運氣，或許能夠找到老太監安德全，他既然將這個木牌給自己，想必自有深意，也許能夠幫忙救出自己的父母。

臨行之前，胡小天將高遠叫到自己的房間內，他已經整理好了東西，將剩下的銀兩都放在一個小包內。

胡小天道：「高遠，我今日要出門辦事，不知此次離開還能不能夠回來。」

高遠撲通一聲在胡小天面前跪下道：「公子，你去哪裡高遠就去哪裡，生就一起生，死就一起死。」

胡小天搖了搖頭道：「能夠活著誰願意去死，你這兩天跟我出生入死，想必已經猜到了我的身分，我的名字叫胡小天，我爹是當朝戶部尚書，因為得罪了當今皇上，所以胡家被抄，滿門落罪，我爹我娘被暫時羈押於刑部，只怕是凶多吉少了，身為人子，我不能苟且偷生，這令牌乃是一位故人給我，我今天就是去找他，希望他能夠幫助我們胡家脫難。」

高遠道：「公子，我跟你一起去。」

胡小天拍了拍他的肩頭，將他從地上拉了起來道：「不瞞你說，我對此事毫無把握，倘若他不願意幫我，我這次多半是有去無回了，多一個人跟過去，也只是多一個人送命，咱們相識一場也算有緣，我現在身無長物，只有這些銀子給你，你聰明伶俐，想必能夠自己照應自己，我此次若是僥倖成功，咱們以後自有見面之日，我若是不幸蒙難，你就儘快離開京城，找個戰火波及不到的內陸小城生活。以後每逢我的周年祭日，就去野外面對京城的方向幫我們全家燒些紙錢，也不枉咱們相識一場。」

高遠聽到這裡不禁哭了起來：「公子，既然明知凶險，你有何必前去，不如咱們離開京城，從此隱姓埋名，當個普通的老百姓就好，天高皇帝遠，時間過得久了，誰也不會想起您這個人。」

胡小天道：「人有所為有所不為，我身為人子，總得為父母做點什麼，高遠，我還有一事，這把短刀你幫我收著，如果有一天你遇到一位曾經在京兆府做事的女捕快，她叫慕容飛煙，你幫我將這把刀送給她，告訴她，有那麼一個人曾經喜歡過她……」胡小天說到這裡，眼前浮現出慕容飛煙的俏臉，聲音竟然不由自主有些哽咽了。他深吸了一口氣，驅散了離愁，抿了抿嘴唇用力點了點頭道：「高遠，我走了！記住我的話。」

高遠再度長跪不起，眼淚長流。

胡小天離開他們住宿的客棧，整理了一下衣服，除了丹書鐵券和那塊木牌之外，他身上已經再沒有任何重要的東西，當下昂首闊步走向承恩府。

胡小天不知安德全給自己這塊令牌的用意究竟是什麼，他現在有些病急亂投醫的意思，除了安德全之外，他實在想不起京城之中還有什麼人有能力幫助自己。根據安德全在青雲所說，當初他在蘭若寺救得那個女孩七七很可能就是大皇子龍燁霖的女兒，否則安德全不會費盡辛苦將她送往西川周睿淵那裡。假如自己的推斷正確，那麼自己於龍燁霖也就是當今皇上是有恩的，因為此事，或許皇上能夠法外開恩放了他們胡氏一家。

可這件事能否成功的關鍵首先就是要找到兩個人，一是老太監安德全，二就是那位小姑娘七七，這兩位都是心機深沉之人，想想之前兩人的所作所為，不排除他們也會恩將將仇報。胡小天現在已經沒有了其他選擇……

請續看《醫統江山》卷六　鋒芒畢露

醫統江山 卷5 辣手摧花

作者：石章魚
發行人：陳曉林
出版所：風雲時代出版股份有限公司
地址：10576台北市民生東路五段178號7樓之3
電話：(02) 2756-0949
傳真：(02) 2765-3799
執行主編：劉宇青
美術設計：許惠芳
行銷企劃：林安莉
業務總監：張瑋鳳

初版日期：2020年2月
版權授權：閱文集團
ISBN ：978-986-352-764-0
風雲書網：http://www.eastbooks.com.tw
官方部落格：http://eastbooks.pixnet.net/blog
Facebook：http://www.facebook.com/h7560949
E-mail：h7560949@ms15.hinet.net
劃撥帳號：12043291
戶名：風雲時代出版股份有限公司

風雲發行所：33373桃園市龜山區公西村2鄰復興街304巷96號
電話：(03) 318-1378
傳真：(03) 318-1378
法律顧問：永然法律事務所 李永然律師
北辰著作權事務所 蕭雄淋律師

行政院新聞局局版台業字第3595號 營利事業統一編號22759935

定價：270元

國家圖書館出版品預行編目資料

醫統江山 ／ 石章魚 著. -- 臺北市：風雲時代，
2019.11- 冊；公分

ISBN 978-986-352-764-0（第5冊；平裝）

857.7 108014766